# 궁예 이야기

# 궁예 이야기

원재길 장편소설

## 2

단강

차례

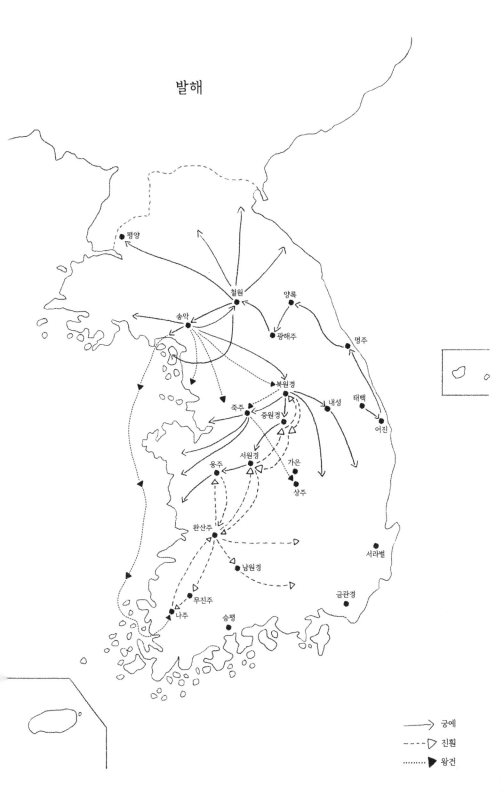

발해

평양

철원

양록

송악

광해주

명주

북원경

죽주 중원경 내성 태백

어진

서원경 가은

웅주 상주

완산주

서라벌

남원경

금관경

무진주

나주 승평

→ 궁예

--▷ 진훤

······▶ 왕건

4부

# 장군과 왕

## 박달

궁예는 군대를 이끌고 태백산 당골을 떠났다. 동해 바닷가에 있는 삼척군 호산 마을로 가는 길은 거의가 내리막이었다. 모든 병사들이 가을 풍경을 즐기며 크게 힘들이지 않고 이동했다. 궁예가 태백산이 고향인 무사를 다시 불렀다.

"오늘부터 나와 나란히 말을 타고 가세. 나무 얘기 좀 들려주게나."

"예, 잘 알겠습니다. 그럼 시작하겠습니다."

눈빛이 날카롭고 날렵하게 생긴 이 무사 이름은 박달이었다. 태백산 서쪽에 있는 상동 마을에서 태어나 어린 시절을 보냈다. 박달은 겁이 없고 아주 모험심이 강한 아이였다.

'나무 꼭대기에서 바라보는 세상은 어떨까?'

어느 날 그게 무척 궁금해서 까마득하게 높은 상수리나무 꼭대기에 올라갔다. 태백산 능선에서 자라는 나무였다. 짜릿한 쾌감이 온몸을 휘감았다. 어디로 고개를 돌려도 아주 먼 곳까지 한눈에 들어왔다. 마치 구름을 타고 세상을 내려다보는 듯했다.

"와, 멋지다!"

바람이 세차게 불면서 박달이 걸터앉은 나뭇가지가 금세 뚝 부러질 듯이 크게 흔들렸다. 박달은 나뭇가지를 두 손으로 잡고 온몸을 허공에 띄웠다. 대롱대롱 매달려 그네를 타듯이 오르내리면서 함성을 질렀다.

"야호, 신난다!"

지나가던 약초꾼들이 박달을 올려다보고 외쳤다.

"애야, 어쩌려고 그러니? 어서 내려오너라."

박달이 한 손으로 나무에 매달려 다른 손을 흔들며 인사했다.

"아저씨들도 올라와 보세요! 엄청 재미있어요!"

궁예가 박달의 어린 시절 얘기를 듣다가 고개를 가로저으며 웃었다.

"나도 어렸을 때 겁이 없다는 말을 들었어. 그런데 자네는 나보다 단수가 높았구먼."

박달은 칡넝쿨을 타고 깎아지른 벼랑에서 벌집을 따다가 저 아래 소나무 우듬지로 떨어진 일, 호랑이한테 쫓겨 돌배나무에 올랐던 일도 들려주었다.

"호랑이가 사흘이나 나무 밑에 웅크리고 앉아 있었어요. 그때가 겨울이었는데 사흘 내내 꼬박 굶으며 추위에 덜덜 떨었어요. 그 뒤로 나무에 오르는 일을 그만두었지요."

궁예가 외눈을 크게 뜨고 박달을 돌아보았다.

"살아생전에 자네를 못 만날 뻔했네."

궁예와 박달 뒤에서 호위대장 은부가 바짝 붙어 따라왔다. 박달은 돌아보지 않고도 은부가 줄곧 자기를 쳐다보고 있음을 알아챘다. 갈수록 뒤통수가 더욱 얼얼해졌고 등이 후끈거렸다. 그동안 박달이 쭉 지켜보았는데, 은부는 하루에 한 번밖에 오줌을 누지 않았고 잠을 조금밖에 안 잤다.

'궁예 장군을 지키려고 그러는 거겠지.'

이제나저제나 박달은 궁예와 단둘이 있게 될 때를 기다렸다.

'언젠가는 반드시 그럴 때가 올 거야.'

박달은 궁예 부대가 처음으로 석남사를 떠나 예천과 주천과 내성을 무너뜨리고 다닐 때 영원산성에서 지내고 있었다. 양길 장군이 박달을 불러 물었다.

"무척 몸이 날래고 칼솜씨가 뛰어나다고 들었다. 내 말이 맞나?"

자부심이 센 박달이 고개를 끄덕였다.

"예, 그렇습니다."

양길이 소리를 내지 않고 입을 벌리며 활짝 웃는 시늉을 하면서 덧붙였다.

"이달 그믐날 죽주성 성주 기훤이 석남사로 자객을 보낼 거라는 첩보가 들어왔다. 자객은 궁예 부장을 죽이려 할 거야. 네 손으로 자객을 없애고 궁예 부장에게 청해서 호위대에 들어가도록 하라."

뒤이어 태백산 상동 마을에 사는 부모와 형제들의 안부를 물었다.

"모두 잘 지내지?"

"예, 부모님 사이도 좋고 형제들끼리 서로 도와 가며 아주 잘 지냅니다."

"내일 너희 집으로 쌀과 보리를 닷 말씩 보내겠다. 앞으로 너한테 무슨 일이 생기더라도 가족 걱정은 안 해도 된다. 내가 끝까지 그들을 잘 보살펴 주겠다."

양길은 박달을 가까이 오게 해서 호위대에 들어간 뒤에 할 일을 일러 주었다. 이튿날 박달은 아주 튼튼하고 잘 달리는 말 세 필을 끌고 석남사로 내려갔다. 며칠 지나서 내성군을 손에 넣고 돌아온 궁예를 만났다.

"영원산성에서 가장 뛰어난 말들입니다. 양길 장군님께서 보내신 선물입니다."

"한눈에 봐도 평범한 말들이 아니네."

"장군님께선 저더러 이 부대에서 지내라고 하셨습니다."

"가장 잘 쓰는 무기가 무엇이냐?"

"칼입니다."

"곧 보직을 줄 터이니 물러가 기다리거라."

다시 열흘이 지난 그믐날 밤, 박달은 궁예가 잠든 막사로 다가가던 자객을 사로잡았다. 궁예 앞에 끌려간 자객이 순순히 자백했다.

"죽주성 기훤 장군이 보내서 왔습니다."

그날 낮에 궁예가 박달을 따로 불렀다.

"네가 큰일을 해냈구나. 바라는 게 있으면 말해 보거라."

"앞으로도 가까이에서 지켜 드리고 싶습니다."

그렇게 해서 박달은 은부가 이끄는 호위대에 들어가게 되었다.

양길 장군은 겉보기와 달리 무척 세심하고 꼼꼼한 사람이었다. 부하들이 어떤 상황에서도 자기에게 충성을 다하리라 굳게 믿으면서도 만에 하나 배신할 때에 대비했다. 양길이 박달을 궁예에게 보낸 까닭은 한 가지였다. 앞서 영원산성에서 박달과 헤어지는 자리에서 잘 벼린 칼을 건네며 마지막으로 한마디 덧붙였다.

"만일 궁예 부장이 내 명을 어길 때는 이 칼로 없애라."

박달에겐 영원산성으로 돌아오라는 양길의 명을 어긴 궁예를 죽일 기회가 세 번 있었다. 한 번은 궁예가 동해 호산 마을 앞에서 난생처음 바다를 보고 감격해서 투구와 갑옷을 벗고 칼을 내려놓은 채 모래펄을 거닐 때였다. 호위대장 은부는 궁예가 혼자 있게 해 달라고 말했기에 멀찍이 물러나서 지켜보았다.

궁예가 바닷물에 발을 담그더니 껑충 뛰었다.

"와, 물이 얼음물처럼 차갑네!"

이윽고 가슴까지 잠길 만큼 물속으로 깊이 걸어 들어갔다. 만세를 부르듯이 두 팔을 높이 들고 한참 서 있더니 뒷걸음질해서 모래펄로 돌아왔다. 그때 박달은 자기처럼 말을 타고 팔짱 낀 모습으로 궁예를 바라보는 은부를 쓱 쳐다보았다. 잠깐 궁예에게서 눈을 떼고 고개를 젖힌 은부는 끼룩거리며 머리 위로 날아가는 갈매기들을 올려다보고 중얼거렸다.

"허, 저 녀석들이 물고기를 잡아서 부리로 물고 날아가네."

박달은 이때를 놓칠세라 칼집을 꽉 잡았다. 말을 몰고 궁예를 향해 힘껏 달려가려는데 갑자기 궁예 목소리가 날아왔다.

"은부, 어서 이리 와 보게!"

모래펄을 내려다보던 궁예가 감탄하며 다시 외쳤다.

"이 녀석, 참 희한하게 생겼구먼!"

은부는 곧 말을 몰고 불가사리를 들여다보는 궁예에게 쌩 달려갔다.

두 번째 기회는 궁예 부대가 바닷가 길을 따라 남쪽으로 내려가 어진(지금의 경북 울진)을 지키는 관군과 전투를 벌일 때 찾아왔다. 어진은 곧게 뻗은 바닷길로 서라벌과 이어진 고을이었다. 서라벌 조정에선 어진이 뚫리면 서라벌이 위험하다는 생각에 줄기차게 군대와 물자를 보내왔다. 좀처럼 전투는 끝날 기미가 보이지 않았고 갈수록 희생자가 늘어났다. 궁예는 일곱 명으로 불어난 부장들과 의논한 뒤에 고개를 저었다.

"그래, 더는 안 되겠어. 일단 여기서 퇴각했다가 나중에 다시 기회를 보는 게 낫겠네."

어진을 떠나기 전날 새벽에 궁예는 일찍 일어나 막사를 나섰다. 은부와 다른 무사들은 아직 잠을 자고 있었다. 막사 앞에 앉아 있던 박달이 벌떡 일어나며 궁예에게 물었다.

"아직 어두운데 어디를 가시려는지요?"

"바닷바람 좀 쐬고 오겠다."

"혼자 가시면 위험합니다. 제가 따라가겠습니다."

궁예가 말없이 말에 올라 앞으로 천천히 나아갔다. 박달이 재빨리 말을 타고 뒤따랐다. 궁예는 무쇠골 언덕에 쳐 놓은 마흔 채가 넘는 막사들을 둘러보았다. 밤을 꼬박 새운 초병들을 격려한 뒤에 어느덧 밝아 오는 죽변 앞바다로 말을 몰았다.

'이렇게 좋은 기회는 다시 오기 힘들 거야!'

몹시 흥분한 박달은 가슴이 쿵쿵 뛰었다. 궁예를 좇아 달리면서 칼집에서 칼을 한 뼘쯤 꺼냈다가 도로 넣었다 했다. 드디어 언덕 하나를 넘으면 바닷가 모래펄이 펼쳐지는 곳에 이르렀다. 꽤나 가파른 언덕이었는데 흙에 모래가 많이 섞여 있었다. 박달이 탄 말은 헛발을 딛고 자꾸 미끄러졌다.

'이 녀석아, 조금만 더 힘내자. 거의 다 왔다.'

박달은 어금니를 악물고 칼을 빼어 들며 두 발로 힘껏 말의 옆구리를 걷어찼다. 박달과 궁예 사이가 빠르게 좁혀졌다. 박달은 칼을 높이 들어 올려 투구를 쓰지 않고 머리에 띠를 두른 궁예의 뒷목을 겨누었다. 바로 그때 궁예가 탄 말은 언덕 꼭대기를 넘어갔고, 박달도 말을 탄 채 하늘로 붕 날아오르듯이 언덕을 넘었다. 그 순간 박달은 막 수평선 위로 떠오른 해를 보았다. 어찌 된 일인지 여느 날과 달리 햇빛이 무척 강했다.

'어이쿠, 앞이 안 보이잖아!'

눈이 먼 박달은 고삐를 당겨 말을 세웠다. 겨우 고개를 들어 앞쪽을 살폈으나 궁예는 어디로 갔는지 보이지 않았다.

궁예 부대가 어진을 떠나던 날엔 눈보라가 몰아쳤다. 오전 내내 눈보라를 헤치며 북쪽으로 올라가던 궁예와 병사들은 점심을 먹으며 쉬었다. 궁예가 부장들에게 바닷길을 가리켰다.

"예전에 신라 화랑들이 걸었던 길이야. 신라는 오늘날 우리가 맞서 싸우는 나라지만 배울 점이 많다네."

귀를 쫑긋 세운 부장들에게 덧붙였다.

"예로부터 신라엔 풍류 사상이 전해져 오는데 풍류엔 세 가지 가르침이 들어 있어. 하나, 부모님께 효도하고 나라에 충성하라. 바로 공자님의 가르침이지. 둘, 무위자연. 억지로 일을 꾀하지 말고 자연의 순리를 따르라. 이는 노자의 가르침이야. 셋, 악행을 삼가고 선행에 힘써라. 이는 부처께서 하신 말씀이지. 화랑들은 이 길을 따라 금강산으로 가면서 가슴속에 풍류를 깊이 새기며 마음을 가다듬었다네."

궁예 부대는 태백산에서 올 때 지났던 호산 마을을 지나 철마산으로 올라가서 짐을 부리고 막사를 쳤다. 여기서 오랜 전투에 시달린 몸과 마음을 추스르고 새로운 전술을 익히며 겨울을 보내기로 했다. 철마산 막사에선 동쪽으로 시원스럽게 트인 바다가 한눈에 들어왔다. 뒤쪽으로 흰 눈에 덮여 층층나무처럼 겹겹이 포개진 사금산과 뇌암산 능선이 보였다.

궁예는 훈련을 쉬는 날엔 바다를 멍하니 바라볼 때가 많았다. 맑은 날 아침마다 놓치지 않고 바다에서 떠오르는 해를 맞았으며, 바닷가가 고향인 병사들을 불러 어떤 물고기들이 바다에 사는지 물었다.

"어부들이 작살과 그물로 물고기를 어떻게 잡는지도 들려주게나."

궁예는 병사들의 이야기를 듣는 내내 어깨를 들썩이며 웃었다. 멀찍이 물러나서 궁예를 지켜보던 박달은 머릿속이 어질해졌고, 자기한테 이런 일을 맡긴 양길 장군이 원망스러웠다.

'궁예 장군은 모든 병사들을 자기 가족처럼 아끼고 사랑하셔. 저렇게 어질고 소탈한 사람이 세상에 또 있을까?'

그러나 박달은 고향집에 있는 부모 형제한테 화가 미칠까 봐 두려웠다.

　'궁예 장군이 양길 장군의 명을 어긴 지 벌써 석 달이 지났잖아. 더는 머뭇거릴 수 없어.'

　박달에게 세 번째이자 마지막 기회가 왔을 때는 보름달이 뜬 한밤중이었다. 그날 낮에 말 열 필이 돼지고기와 물고기와 술을 잔뜩 실은 마차 다섯 채를 끌고 철마산으로 올라왔다. 가까운 여러 현에서 궁예 부대에 투항하는 뜻을 담아 보낸 음식이었다. 모든 병사들이 고기와 술을 실컷 먹고 배를 두드리다가 잠들었다. 초소를 지키는 병사들은 모닥불을 피워 놓고 둘러 앉아 달빛을 즐기며 두런두런 이야기를 나누었다. 이따금 기분 좋은 꿈을 꾼 말들이 히히힝 울며 입술을 푸우푸우 떨었다.

　궁예는 낮에 병사들과 음식을 들며 입에 술잔을 대는 시늉만 했다. 하지만 은부는 여러 잔 연거푸 마시는 바람에 꽤 취했다. 두 사람이 나란히 누운 막사에선 은부가 줄기차게 코를 고는 소리가 울렸다. 막사 복판에서 모닥불이 거의 다 타서 흐릿한 빛을 내고 있었다.

　자정이 지났을 때, 칼을 빼어 든 박달은 발소리를 죽이고 막사 안으로 들어갔다. 은부는 등을 돌리고 잠들어 있었고 궁예는 위를 향해 반듯하게 누워 있었다. 왼손을 배에 대고 오른손은 옆으로 내려 바닥에 댄 모습이었다. 오른손에서 두어 뼘 떨어진 곳에 황룡도가 놓여 있었다.

　한 발 한 발 궁예에게 다가가는 박달의 등골로 식은땀이 흘러내렸다. 칼을 든 손이 가늘게 떨렸고 가슴이 쿵쾅쿵쾅 뛰었다. 박달은 심장이 뛰는 소리에 궁예가 깨어날까 봐 걱정되었다.

'자, 어서 빨리 끝내고 말을 몰고 달아나자.'

눈을 꾹 감았다 뜨며 성큼 나아갔다. 궁예 앞에 이르러 칼끝을 밑으로 내리고 위에서 두 손으로 칼 손잡이를 잡았다. 힘껏 두 팔을 내리며 궁예의 가슴을 칼끝으로 찔렀다. 뜻밖에 아주 부드럽게 칼이 쑥 들어갔으며 아무런 비명도 들리지 않았다. 눈을 부릅뜨고 허리를 구부린 박달은 숨이 멎는 줄 알았다. 분명히 그곳에 누워 있어야 할 궁예는 보이지 않았다.

'이게 뭐야? 짚으로 만든 인형이잖아!'

칼을 뽑아 든 박달은 속으로 신음하며 돌아서서 막사 밖으로 뛰쳐나갔다.

그날 아침에 궁예가 막사로 박달을 불러 물었다.

"고향집이 어디라고 했지? 지금 누가 살고 있지?"

박달이 기어드는 목소리로 대꾸했다.

"부모님과 동생 넷이 태백산 서쪽 상동 마을에서 살고 있습니다."

궁예가 곁에 있던 은부에게 손짓했다. 은부는 보리떡과 말린 오징어와 물병이 든 바랑을 들어 박달에게 건넸다. 궁예가 바랑을 등에 진 박달에게 일렀다.

"지금 바로 상동 마을로 가서 부모 형제를 데리고 멀리 가도록 해라. 언제 영원산성에서 보낸 병사들이 그리로 들이닥칠지 모른다."

박달이 바닥에 넙죽 엎드려 절했다. 곧 일어나서 뒷걸음으로 물러났다. 등을 보이며 돌아서서 막사 문으로 나가기 직전에, 궁예가 박달의 등에 대고 한마디 던졌다.

"더는 나무 얘기를 듣지 못하게 되어 무척 아쉽구나. 그동안 즐거웠다. 잘 가거라."


## 허월

일백여 년 전에 진골 귀족이자 태종무열왕의 자손인 김주원은 왕 다음으로 권력 서열이 높았다. 선덕왕이 병들어 죽자 옥좌에 오르고자 서둘러 집을 나섰다. 그런데 여러 날 내린 비로 한껏 불어난 개울 앞에 멈추어 서서 고개를 가로저었다. 개울물에 잠겨 다리가 보이지 않았고 물살이 너무 세어 배를 띄울 수도 없었다. 바로 이때다 하고 김주원과 맞선 무리가 받들던 김경신이 서둘러 달려가서 옥좌에 올라앉았다.

화를 입을까 봐 두려웠던 김주원은 눈물을 머금고 서라벌을 떠서 친족이 모여 살던 명주군(지금의 강원도 강릉)으로 갔다. 이곳에서 김주원은 잇몸이 퉁퉁 붓도록 치를 떨다가 화병으로 죽었다. 한 세대 뒤에 옛 백제 땅 웅주에서 김주원의 아들 김헌창이 대군을 모아 반란을 일으켰으나 얼마 못 버티고 붙들려 목이 베였다. 세 해 지나서 이번엔 김헌창의 아들 김범문이 같은 길을 지나 저세상으로 갔다.

이런 일들이 겹치면서 명주군은 서라벌 조정에서 함부로 다루지 못하는 고을이 되었다. 명주군 태수는 말할 것도 없고, 아홉 개 군과 스물다섯 개 현으로 이루어진 명주(지금의 강원도 오른쪽 일대)를 다스리는 도독으로 임명되기를 바라는 서라벌 관리는 아무도 없었다.

자연히 김주원의 자손들이 스스로 태수와 도독을 뽑고 대물림했다.

허월은 선승 범일이 세운 굴산사 승려이자 김주원의 직계 자손이었다. 명주군에 터를 둔 호족 우두머리이기도 했다. 서라벌 권력다툼에서 억울하게 밀려난 5대조 할아버지 김주원이 생애 마지막 순간까지 뼛속 깊이 품었던 분노와 원한은 허월에게도 그대로 전해졌다. 그런 감정들이 줄곧 참선과 수행을 방해했다. 신라에 충성하려는 마음과 신라를 뿌리째 흔들어 무너뜨리고 싶은 마음이 끝없이 맞부딪치면서 온 정신을 흔들었다.

지난봄 허월은 궁예 부대가 내성군을 쳐서 관아를 불바다로 만들었다는 소식을 들었을 때 아침밥을 먹고 있었다. 화를 내야 옳은지 기뻐해야 옳은지 알 수 없어 입에 숟가락을 물고 멍한 표정을 지었다. 아침나절 내내 꼼짝 않고 앉아 있다가 밥 짓는 보살이 방문을 열고 한마디 건넸을 때 비로소 정신이 돌아왔다.

"스님, 점심 상 들일까요?"

얼마 뒤에 궁예 부대한테 울오가 박살났다는 소실을 들었을 땐 아주 또렷하게 반응을 드러냈다. 굴산사 뒤쪽 채마밭에서 김을 매던 중이었는데 벌떡 일어나서 호미를 땅에 패대기치며 외쳤다.

"지원병을 삼백 명이나 보내주었잖아. 그런데 그 지경이 되면 어떡해!"

그러나 성난 목소리와 달리 낯빛은 무척 밝았다. 휙 돌아서서 텃밭을 나서며 주먹을 불끈 쥐고 중얼거렸다.

"화끈하구먼. 아주 잘했어!"

궁예 부대가 정선을 손에 넣고 태백산을 돌아 어진으로 가서 밀고 밀리는 전투로 가을을 보내고 겨울을 맞는 동안, 명주 관청에선 닷새에 한 번씩 대책회의가 열렸다. 날씨가 좋은 날엔 허월이 십여 리 들길을 걸어 굴산사에서 도독이 일하는 관아로 왔다. 궂은 날엔 허월이 없는 자리에서 명주 도독과 명주군 태수가 장수 여럿과 함께 의견을 주고받았고, 나중에 허월을 다시 만난 자리에서 보고했다.

허월은 어떤 얘기를 듣더라도 눈을 지그시 감고 생각에 잠길 뿐이었고 좀처럼 입을 열지 않았다. 한번은 허월이 헛기침하며 입술을 달싹거렸다. 모두 동시에 쳐다보았는데, 허월이 자리에서 일어나며 짧게 말했다.

"자, 그럼 다음에 또 얘기를 나누세."

새벽부터 눈이 많이 내려 허월이 다시 절에 발이 묶인 날 아침이었다. 대책회의에서 허월의 아들이자 명주군 태수 김순식이 목소리를 높였다.

"궁예 부대는 아무리 추운 날에도 철마산과 바다 사이를 오가며 격렬하게 훈련을 한답니다. 저들이 언제 쳐들어올지 모르는 판에 마냥 허월 스님 입만 쳐다보고 지낼 순 없지 않겠어요?"

허월의 아우이자 김순식의 삼촌인 명주 도독 김정렴이 고개를 끄덕거렸다.

"내 말이 그 말일세. 오늘부터는 어떤 전술로 궁예 부대에 맞서면 좋을지 의논하도록 하자고."

도독과 태수와 장수들은 탁자에 지도를 펼쳐 놓고 작전을 세우기 시작했다.

"궁예 부대는 그 사이에 병사 숫자가 크게 늘었어요. 기마병 오백 명에 보병이 이천 오백 명에 이른다고 합니다."

"그게 정말이에요? 우리와 병력이 비슷하잖소. 저들은 실전 경험이 많기 때문에 정면으로 맞붙어선 우리가 이기기 힘들어요."

"저들은 산악 전투에 익숙해요. 이쪽으로 선봉대를 보내서 싸우다가 요쪽으로 물러나면서 모래펄로 끌어들이는 방법이 좋겠어요."

동치미를 곁들여 찹쌀떡을 먹으며 쉬지 않고 작전을 짜는 사이에 밖에선 눈이 그쳤다. 빠르게 흩어지는 구름 사이로 흐릿하게 햇살이 비쳤다. 관청 건물 처마 끝에서 눈 녹은 물이 뚝뚝 땅으로 떨어졌다. 같은 시각에 허월은 학산 마을에 있는 굴산사를 나서 질척거리는 들판을 건너고 있었다. 아침에 읽은 <대념처경>에 나오는 부처의 가르침이 머릿속을 울렸다.

'악하고 불건전한 것들이 생겨나지 않고, 오로지 선하고 건전한 것들이 생겨날 수 있도록 의욕을 갖고 노력하라.'

이는 마음속에 이는 괴로움을 없애는 여덟 가지 길 가운데 하나였다. 허월이 도랑 하나를 건너뛰며 중얼거렸다.

"한쪽엔 권력을 이용해 백성들의 양식을 빼앗아 자기 몸을 살찌우는 이들이 있어. 다른 쪽엔 백성들을 수렁에서 건져 내려고 탐욕스러우면서 부패한 세력과 싸우는 이들이 있지."

허월은 그들 가운데 어느 쪽에 서는 것이 여러 달째 밤잠을 설치게 했던 마음속 괴로움을 없애는 길인지 더듬어 보았다. 명주 호족과 궁예 부대가 맞붙어 싸워 양쪽 다 큰 희생을 치르기를 간절히 바라는 세력이 누군지도 따져 보았다.

"갑자기 안개가 걷히듯이 모든 게 또렷하게 눈에 들어오는구먼."

한결 밝고 맑아진 눈빛으로 고개를 끄덕거렸다.

"더는 미룰 수 없어. 결단을 내릴 때가 되었다는 얘기지."

갈수록 발걸음이 빨라진 허월은 몇 번이나 발을 헛디디고 미끄러져 엉덩방아를 찧었다. 낯을 찌푸리기는커녕 허허 하고 웃으며 일어나 다시 발을 옮겼다. 팔꿈치와 무릎과 엉덩이에 잔뜩 흙이 묻은 모습으로 허월이 숨을 몰아쉬며 문을 열고 들어서자, 작전회의를 하던 이들이 모두 동그란 눈으로 쳐다보았다. 두 팔을 넓게 벌린 허월이 큰 소리로 말했다.

"여보게들, 뱀 굴에 꼭 손을 넣어야 할 때는 다른 사람 손을 빌리는 게 좋다고 하지 않나. 내가 싸우지 않고서도 이길 수 있는 길을 찾아냈다네."

해가 바뀌어 정월로 들어섰을 때, 허월은 명주 도독의 이름으로 철마산에 머무는 궁예에게 편지를 보냈다. 초대장 형식을 띤 항복 문서였다.

'명주군을 찾아 주신다면 큰 영광으로 알겠습니다. 우리 병사 오백 명과 말 일백 필을 선물로 준비해 놓겠습니다.'

때는 따뜻한 햇볕에 얼음이 녹고 개울물 소리가 점점 커져 가는 이른 봄날 한낮이었다. 허월은 아들 김순식과 함께 명주 관청 앞뜰을 거닐었다. 김순식이 입을 쑥 내밀고 툴툴거렸다.

"아버님은 아직 궁예 장군 얼굴도 모르시잖아요."

"어째서 그런 사람한테 마음을 열었느냐, 이 얘기지?"

"예, 그렇습니다."

허월은 김순식에게 궁예가 어떤 사람인지 들려주었는데 이미 김순식이 아는 내용이었다.

"부모 얼굴도 모르고 유모 손에서 밑바닥 생활을 하며 자랐다지. 열 살 때 유모가 세상을 뜨자 내성군 세달사로 들어갔고, 절반은 승려이며 절반은 속인인 삶을 살았어. 이런 남다른 인생 역정이 왠지 마음을 끄는구면."

고개를 갸웃거리며 아들에게 물었다.

"영원산성으로 돌아오라는 양길의 명령을 어긴 까닭이 무얼까?"

말없이 눈을 끔뻑이는 아들에게 덧붙여 말했다.

"양길은 진훤이 내린 비장 자리를 선뜻 받아들이고 진훤의 부하가 되었어. 그런데 진훤은 스스로 나라를 세워 왕이 되려는 마음을 만천하에 밝혔잖아. 이미 스스로를 왕으로 부른다는 말도 있어."

김순식이 눈빛을 반짝였다.

"궁예 장군 스스로도 나라를 세울 꿈을 품고 있다, 그래서 더는 양길의 부하이자 진훤의 부하로 머물기를 거부했다, 바로 이런 말씀이군요?"

허월이 고개를 끄덕였다.

"궁예 장군이 과연 나라를 세울 만한 그릇이 되는지 가까이에게 지켜보자고."

명주 도독 김정렴과 여러 관리들이 관청을 나서 허월에게 다가갔다.

"스님, 벌써 와 계시네요."

"좋은 날이지 않나. 얼마나 가슴이 설레는지 모르겠네."

김정렴이 마당 건너 관청 정문을 손으로 가리켰다.

"이제 거의 다 왔을 겁니다. 밖으로 나가시지요."

도독이 앞장섰고 허월과 태수와 관리들이 뒤따라 정문을 나섰다. 모두 저 멀리까지 탁 트인 남쪽 들판을 바라보고 걸음을 멈추었다. 맑은 하늘을 날던 갈매기들이 한꺼번에 끼룩거리고 울며 날개를 퍼덕거리더니 모래 언덕을 지나 바다 쪽으로 사라졌다. 허월이 중얼거렸다.

"갈매기들이 무언가를 본 모양이구먼."

들판 끝에서 아련하게 말발굽 소리가 들려왔다. 그 소리는 갈수록 커지고 또렷해졌다. 마른번개가 치는 소리 같기도 했고 지진이 일어 땅이 우르르 울리는 소리 같기도 했다. 말발굽 소리가 나는 곳에서 뿌옇게 흙먼지가 일면서 갈색과 검은색 점들이 지평선에 나타났다. 이윽고 힘차게 달려오는 말들이 눈에 들어왔다. 기마병들이 든 깃대에서 펄럭대는 깃발도 보였다. 들판 왼쪽 끝에서 오른쪽 끝까지 삼천 명에 이르는 기마병과 보병들이 시야를 가득 채우고 밀물처럼 몰려왔다. 일찍이 허월과 명주 관리들이 보지 못한 장면이었다.

"참으로 장엄하구먼."

"그러게 말입니다. 정말 대단하군요."

894년 명주군의 봄은 그런 장관과 함께 시작되었다. 서라벌 왕족과 귀족들이 가장 두려워하고 가장 멀게 느끼는 명주군 한복판에서 벌어진 일이었다. 궁예 부대는 철마산을 떠나 이곳까지 바닷길을 전속력으로 달려왔다. 겨우내 산과 바다 사이에서 힘을 키우고 무술과 전술을 익히며 훈련을 거듭한 뒤였다. 모든 병사들이 무척 튼튼하고 당당하면서 용감해 보였다. 말들도 이대로 천 리를 더 달리더라도 전혀 지치지 않을 듯했다.

맨 앞에서 말을 타고 달리던 궁예가 번쩍 손을 들며 고삐를 힘껏 당겼다. 뒤따르던 모든 말들이 거칠게 콧김을 뿜으며 멈추어 서서 요란하게 히힝거렸다. 궁예는 허월과 명주 관리들과 일백여 발짝 거리를 두고 말에서 내렸다. 반원을 그리며 고개를 돌려 시원스럽게 트인 하늘을 둘러보더니 혼자서 뚜벅뚜벅 걸어 나갔다. 갑옷을 입지 않고 칼을 차지 않은 모습이었다. 위아래로 베옷을 입었고 머리에 흰색 두건을 썼다.

궁예는 허월 앞에 이르러 걸음을 멈추었다. 합장하고 고개를 숙이면서 굵고 낮은 목소리로 말했다.

"스님, 이렇게 몸소 나와서 맞아 주시니 더한 영광이 어디 있겠습니까."

허월이 한 발짝 나아가 궁예 손을 두 손으로 덥석 잡았다.

"장군, 먼 길 오시느라 고생 많으셨어요."

"바닷길 풍경이 참으로 아름답더군요. 전혀 힘든 줄 모르고 즐겁게 왔습니다."

"모든 병사들이 배불리 먹을 수 있도록 따뜻한 음식을 넉넉하게 마련해 놓았습니다. 자, 어서 안으로 들어가시지요."


김순식

명주군 태수 김순식은 눈매가 무척 날카로운 젊은이였다. 곧잘 이름 대신 김눈매라는 별명으로 불렸다. 누구든지 느닷없이 김순식과 서로 눈길이 마주치면 움찔했다.

'깜짝이야. 난 또 누군가 했네!'

관아 창고에서 쌀 한 말을 몰래 주막으로 내가서 술과 바꾸어 먹은 하급 관리가 있었다. 이 관리는 어느 날 관아 뜰에서 김순식과 딱 마주치자 오금에 힘이 빠지면서 털썩 무릎을 꿇었다. 땅에 이마를 대고 엎드려 빌었다.

"죽을죄를 지었습니다. 한 번만 용서해 주십시오."

매섭게 쏘아보는 눈빛에 주눅이 들어 죄를 묻지도 않았는데 스스로 털어놓은 꼴이었다. 사람뿐 아니라 개들도 김순식 그림자만 비치면 낑낑대며 가랑이에 꼬리를 넣고 앉은뱅이걸음으로 달아났다. 고양이들도 깜짝 놀라 야옹, 하고 울며 재빨리 담장을 넘어 사라졌다.

그러나 김순식이 눈빛만큼 성격이 매섭고 사나운 사람은 아니었다. 무척 꼼꼼하고 신중했으며 남보다 의심이 많을 뿐이었다. 돌다리를 두드려 안전하다는 걸 확인한 뒤에도 건너지 않을 사람이었다. 어디서 갑자기 돌멩이가 날아오거나 뚝 하고 멀쩡하던 나무가 부러져 자기를 덮칠까 봐 늘 위아래 옆쪽을 살폈다. 낯선 사람이 나타나면 찬찬히 뜯어보았으며, 잠깐 있다가 다시 돌아보았고 한참 뒤에 또다시 쳐다보았다.

김순식은 궁예 부대가 명주에서 두 달을 보내는 동안 궁예를 관찰하는 데 모든 시간을 썼다. 궁예는 날마다 관청 북쪽에 있는 시루봉과 바다 사이에서 명주 도독에게서 받은 병사들을 훈련시켰다. 여태껏 데리고 있던 병사들과 합쳐서 전술을 가다듬는 훈련에 들어가기에 앞서 꼭 필요한 과정이었다. 궁예는 직접 검술과 궁술, 창술 시범을 보였다. 어찌나 동작이 빠르고 정확하면서 매끄럽고 부드럽던지 모든 병사들이 입을 벌리고 크게 뜬 눈으로 지켜보며 탄성을 올렸다. 대오 하나를 맡아서 함께 훈련에 뛰어든 김순식도 저절로 벌어지는 입을 손으로 가리며 고개를 끄덕였다.

'소문으로 듣던 것보다 훨씬 뛰어나. 신기가 따로 없어.'

김순식이 얼떨결에 박수를 치자 곁에 있던 병사들이 돌아보았다. 김순식은 재빨리 손바닥을 바지에 대고 비비며 얼버무렸다.

"벌써 파리들이 돌아다니네."

궁예는 병사들을 훈련시킬 때는 눈을 부라리고 호통 치며 아주 무섭게 굴었다. 그러나 쉬는 시간엔 전혀 다른 사람이 되었다. 마치 이웃집 형님 같은 얼굴로 밝게 웃으며 부드러운 목소리를 냈다. 검술을 겨루다가 상대가 휘두른 목검에 어깨를 세게 얻어맞은 병사에게 다가가서 물었다.

"많이 아프지?"

"아닙니다. 괜찮습니다."

"뼈를 다치지 않았는지 모르겠네. 이리 돌아앉아 봐."

궁예는 어깨뼈를 조심스레 만져 보더니 덧붙였다.

"오늘 오후엔 훈련을 쉬도록 해."

뒤이어 곁에서 활을 들고 멍하니 서 있는 병사에게 손을 내밀었다.

"활 이리 줘 봐. 자네 아까 보니까 자세가 좋지 않아서 화살이 멀리 날아가지 못하더라고. 자, 이렇게 활을 쥔 손을 앞으로 곧게 내밀고 가슴을 활짝 펴서 두 어깨가 같은 직선을 이루게 해야 돼. 내가 봐 줄 테니까 활시위를 힘껏 당겨 봐.”

궁예는 예전부터 종종 그랬듯이 병사들과 나란히 맨 땅에 털썩 앉아 식사했다. 김순식으로선 그런 일을 상상도 해 본 적이 없었다. 명주군 병사들은 궁예의 눈치를 보며 무척 어색한 표정을 지었다. 하지만 궁예가 오래 데리고 다닌 병사들은 편안한 얼굴로 궁예를 대했다. 궁금한 일이 있으면 궁예에게 스스럼없이 물어 가며 즐겁게 밥을 먹었다.

“장군님, 저 바다 건너엔 어떤 나라가 있는지 궁금합니다.”

“왜나라라고 들어보았지?”

“왜나라요? 섬으로 이루어진 나라 말인가요?”

“그래, 맞아. 여기서 배를 타고 가기엔 멀어. 서라벌 아래쪽에 금관경(지금의 경남 김해)이라고 있지 않나.”

“작은 서울 다섯 곳 가운데 한 곳이잖아요.”

“잘 아는구먼. 주로 거기에서 바다를 건너가지.”

꽃샘추위가 지나가고 진달래와 철쭉이 온 산을 분홍빛으로 물들일 때였다. 궁예는 하루 훈련을 쉬는 틈을 타서 대관령 국사 서낭당을 보러 가기로 마음먹었다. 굴산사를 세웠으며 몇 해 전에 입적한 범일을 서낭신으로 모시고 해마다 단오제를 지내는 곳이었다. 궁예가 투구와 갑옷을 벗은 편안한 차림새로 김순식을 불렀다.

“국사 서낭당에 들르려는데 길을 안내해 줄 수 있을까?”

“예, 그러겠습니다.”

“고맙네. 그럼 슬슬 떠나 보세.”

두 사람은 말을 타고 꼬불꼬불한 길을 지나 고갯마루에 올랐다.

명주 관아를 떠날 때만 해도 뭉게구름 몇 자락이 떠가는 아주 맑은 날이었다. 그런데 날씨가 자주 바뀌는 대관령엔 부슬비가 내리고 있었고 안개가 짙게 껴서 몇 발짝 앞이 보이지 않았다. 말들이 콧김을 뿜으며 제자리걸음을 했다.

"여기서 내려 걸어가시지요. 이 길을 따라 쭉 올라가면 됩니다."

두 사람은 나무에 말고삐를 묶고 오솔길로 들어섰다. 어쩌다 보니 궁예가 앞장서게 되었다. 김순식이 뒤따라 걸으며 궁예가 옆길로 새려고 할 때마다 바른 길을 일러 주었다. 잠시 딴 생각을 하던 김순식은 안개 속에서 궁예를 놓쳤다.

"이런, 어디로 가셨지?"

어디에선가 갑자기 칼끼리 쨍쨍 맞부딪히는 소리가 나더니 헉 하고 짧게 내지르는 비명이 울렸다. 김순식은 한참 숲속을 헤매다가 가까스로 궁예를 찾아냈다. 궁예는 머리부터 발끝까지 온통 시커먼 도둑 셋을 잡아서 무릎을 꿇려 놓고 무어라 타이르고 있었다. 도둑들은 연신 소매로 눈가를 훔치며 고개를 주억거렸다.

"예, 잘 알겠습니다. 예, 예, 꼭 그렇게 하겠습니다."

궁예는 도둑들을 도로 일어나게 하고 칼을 돌려주었다.

"호랑이를 만날지 모르니까 가져가."

도둑들은 뒷걸음치다가 돌아서서 안개를 헤치고 사라졌다. 김순식이 궁예와 나란히 걸으며 물었다.

"저들에게 무슨 말씀을 해 주셨습니까?"

"어쩌다가 하고많은 일 가운데 다른 사람 물건을 훔치고 빼앗는 일을 하게 됐는지 물었다네."

"그리고요?"

"비록 도둑으로 살고 있지만 자기들이 하는 일을 부끄러워하더군. 그러니 내가 따로 해 줄 말이 뭐가 있겠나. 집에 놔두고 온 식구들을 보고 싶어 하기에, 아무리 도둑질하기에 바빠도 한 달에 한 번은 집에 다녀오라고 일렀지."

궁예는 저만치에서 서낭당이 나타나자 칼을 풀숲에 내려놓았다. 개울물을 손바닥으로 떠서 얼굴과 목과 손을 닦고 앞으로 두 손을 모으더니 꼼짝하지 않았다.

"어서 가시지요."

"나는 여기 있겠네. 혼자 다녀오게."

김순식이 서낭당에 들러 예를 차리고 돌아왔을 때였다. 궁예는 아직도 앞으로 두 손을 모으고 지그시 눈을 감고 있었다.

"이제 그만 내려가시지요."

궁예가 눈을 뜨고 천천히 삼베 저고리를 벗자 바지 위로 알몸이 드러났다. 한낮에도 아직 무척 서늘한 날씨에 궁예는 저고리를 잘 개어 길가에 내려놓고 돌아섰다. 그제야 김순식은 저만치 풀숲에 엎드려 눈을 반짝이며 이쪽을 바라보는 노인을 보았다. 노인은 다 떨어진 옷을 입고 추위와 배고픔에 온몸을 덜덜 떨고 있었다.

김순식이 말을 매어 놓은 곳에 이르러 궁예에게 말했다.

"이런 차림새로 내려가면 병사들이 보고 웃겠습니다."

궁예가 어느새 소름이 돋고 파랗게 빛깔이 바뀐 맨가슴을 손으로 쓸어 내리며 김순식을 돌아보고 껄껄 웃었다. 대관령을 떠나 나란히 말을 타고 평야로 내려가는 길에도 이따금 문득 생각났다는 듯이 웃고 또 웃었다. 김순식은 궁예가 자기를 놀린다는 생각에 갈수록 기분이 언짢아졌다. 그러나 저녁때가 되자 사뭇 기분이 나아졌고, 이튿날 새벽에 잠에서 깨어났을 때는 저절로 콧노래가 나왔다.

굴산사로 간 김순식은 허월에게 아침 인사를 드렸다. 허월이 아들을 보고 고개를 갸웃거렸다.

"네가 이렇게 환하게 웃는 모습은 처음 본다. 무척 좋은 일이 있나 보구나."

김순식이 겨우 웃음을 참으며 대꾸했다.

"열흘 뒤에 궁예 부대가 이곳을 떠난다지요? 간밤에 곰곰이 생각해 봤는데요, 태수 자리를 내려놓고 궁예 부대를 따라가기로 마음을 굳혔습니다."

허월이 눈을 동그랗게 떴다.

"내가 철원까지 궁예 부대를 따라가기로 했다는 건 이미 알고 있겠지? 너는 늘 궁예 장군을 못마땅하게 여기는 눈치던데 어찌 된 일이냐?"

김순식은 여느 때보다 한결 눈매가 부드러워져서 마치 딴사람처럼 보였다. 가슴을 펴고 활짝 웃으며 큰 소리로 말했다.

"저도 영문을 잘 모르겠습니다. 살다 보니 별일이 다 있지 뭡니까."


## 신바람 난 천리마

궁예가 전령 기마단을 만든 때는 울오(지금의 강원도 평창)를 쳐서 관군을 무너뜨린 직후였다. 그때 궁예는 중원성 전투에서 진땀을 흘리는 원회를 도우러 돌아오라는 양길의 명령을 뿌리쳤다. 부장 가운데 양길의 조카 양명 하나만 영원산성으로 돌아갔다.

전령 기마단은 궁예 부대가 울오를 떠나 정선과 어진을 거쳐 명주군에 이르는 동안 줄기차게 궁예 부대가 머무는 곳과 병사들의 집 사이를 오갔다. 삼베가 화폐로 쓰이던 시절이어서 기마단은 몇 달에 한 번씩 병사들의 가족에게 삼베를 갖다 주었다. 이 삼베는 병사들이 궁예에게서 받는 봉급이었다. 또한 기마단은 병사들과 가족의 소식을 서로에게 전해 주었다.

궁예 부대가 명주군에서 훈련을 마치고 대관령에 오를 때는 병사 숫자가 삼천 오백 명에 이르렀다. 이미 결혼했거나 가족과 연락이 닿는 병사는 오백 명이 좀 넘었다. 나머지 병사들은 자기 입 하나만 책임지면 되었는데, 거의가 열여덟에서 스물다섯 살 사이 총각들이었다. 이들은 딸린 가족이 없다는 뜻에서 홀몸병사로 불렸다. 대관령에서 쉴 때 궁예가 부장 열 명에게 말했다.

"앞으로 한두 해만 더 고생하면 한곳에 터를 잡고 머물게 된다. 그때 홀몸병사 모두에게 짝을 지어 가족을 이루게 해 주겠다. 남은 원정길에 온 힘을 쏟아 붓기 바란다."

부장들이 홀몸병사들에게 가서 이 말을 전했다. 병사들이 와아, 하고 한꺼번에 내지른 함성이 이 산 저 산을 오가며 메아리쳤다. 허월이 병사들에게 한 가지 더 일러 주었다.

"궁예 장군님께선 앞으로 나라를 새로 세우려 해요. 여러분 모두가 그 나라의 주역들이에요."

병사들은 어깨를 으쓱거리며 무척 자랑스러워했고, 삼삼오오 둘러앉아 장래희망과 가족계획을 주고받으면서 웃음꽃을 피웠다. 한쪽에선 병사 오백 명이 따로 모여 가족에게 보낼 편지 내용을 대필자에서 불러 주었다.

"어머니, 아버지, 그리고 아내와 두 아이에게. 저는 아주 건강하게 잘 지내고 있어요. 그럼 다음에 만날 때까지 모두 잘 지내요."

대필자가 고개를 들었다.

"야, 너무 시시하잖니. 대관령에 오르니 구름이 발 아래 있어 마치 하늘을 나는 기분이에요. 저 구름을 타고 집에 돌아가고 싶어요. 뭐, 이런 내용 같은 걸 넣으면 좋지 않겠어?"

병사들이 하하 웃었다.

"하늘을 난다느니 구름을 탄다느니, 그게 더 시시하지 않나요?"

"그러게 말이에요. 너무 낯간지러워요."

궁예는 모든 편지 끝에 이런 문장을 넣게 했다.

"도읍을 정해서 터를 닦은 뒤에 다시 전령을 보내겠습니다. 그때 전령을 따라 도읍으로 이주하시기 바랍니다."

아까부터 출발 명령을 기다리던 기마단 천리마들은 한껏 몸이 달았다. 줄곧 콧김을 뿜고 발을 구르며 히히힝 울면서 어서 떠나자고 졸라 댔다. 모두 열 마리였는데 무척 다리가 길고 근육이 발달했으며 군살이 없었다. 온종일 달려도 지치지 않았으며 폭우가 쏟아져도 달렸고 눈보라가 쳐도 달렸다. 어떤 때는 기수가 아무리 힘껏 고삐를 당겨도 목이 뒤로 젖혀진 채 달렸고, 목적지에 이른 뒤에도 한참 제자리에서 달리는 시늉을 했다. 심지어 한밤에 잠을 잘 때도 힘차게 달리는 꿈을 꾸며 네 다리를 움직였다.

전령들이 바랑을 하나씩 등에 메고 말들에게 다가갔다. 바랑엔 목적지를 그려 넣은 지도와 편지가 수북이 담겨 있었다.

"많이 기다렸지? 이제 슬슬 떠나 보자."

열 마리 말들은 슬슬 떠나기는커녕 전령이 등에 올라타기 무섭게 앞으로 쌩 달려 나갔다. 전령이 앉은 안장 뒤엔 삼베를 가득 담은 묵직한 자루가 양쪽으로 얹혀 있었다. 말들은 쏜살같이 꼬불꼬불한 비탈길을 내려가 진부에 이르렀다. 거기서 절반은 정선 쪽으로 방향을 틀었고 나머지는 울오 쪽으로 나아갔다.

가장 경력이 오랜 전령은 새부리처럼 입이 툭 튀어나온 송골매였다. 지난 두 해 동안 송골매는 궁예 부대와 병사들의 집 사이를 여섯 번 오갔다. 때로는 병사들의 아내가 아기를 낳거나 형제자매가 결혼했다는 기쁜 소식을 받아서 날랐다. 또 때로는 부모가 세상을 떴거나 집에서 기르던 돼지들이 병들어 죽었다는 슬픈 소식을 전했다. 지금 송골매가 등에 진 바랑엔 편지 쉰 통이 들어 있었다. 송골매는 하루라도 빨리 임무를 마치고 궁예 부대로 돌아가고 싶었다. 명주에서 새로 들어온 병사들과 명주군 태수였던 김순식이 얼마나 전투를 잘 치르는지 보고 싶었다.

송골매는 울오를 거쳐 주천과 내성 일대를 돌았다. 저 아래 내제군(지금의 충북 제천)까지 갔다가 돌아 올라와 북원경을 한 바퀴 도는데 석 달이 걸렸다. 이번 여행에서 송골매는 전에 없이 큰 충격을 받았다. 도둑떼가 불을 지르는 바람에 폭삭 무너져 내린 집, 병사들의 가족이 온 데 간 데 없이 사라진 집이 일곱 채나 되었다. 어느 오두막

집에선 병사의 아내가 시어머니를 모시고 살고 있었다. 돌이 갓 지난 아기는 얼마 전에 굶어 죽었다. 이 여인은 삼베를 둘둘 감은 한쪽 장딴지에서 피고름이 줄줄 흘렀다. 송골매가 어찌 된 일이냐며 끈질기게 묻자 여인이 한숨을 폭 쉬면서 힘없이 대꾸했다.

"어머님까지 굶어 돌아가시게 놔둘 순 없잖아요."

장딴지 살을 베어 고깃국을 끓여 어머니께 드렸다고 했다. 소문으로만 듣던 일을 처음 직접 본 송골매는 온몸에서 살점이 다 떨어져 나가는 통증에 진저리치며 말에 올랐다.

'세상에 어떻게 이런 일이 있을 수 있지? 바로 여기가 지옥이 아닐까?'

송골매는 산 두 개를 넘어 또 다른 집에 반 년 만에 들렀다. 궁예 부대 병사의 여동생 내외가 부모를 모시고 살던 집이었다.

"어, 너희들이 왜 거기서 나오냐?"

말에서 내려 사립문으로 들어서던 송골매는 방에서 뛰쳐나온 들개들과 맞닥뜨렸다. 어떤 들개는 입에 피가 잔뜩 묻어 있었고, 또 어떤 들개는 입 안에 든 것을 질겅질겅 씹고 있었다.

"아니, 이놈들 좀 보게!"

송골매는 우뚝 멈추어 서서 칼을 빼어 들었다. 하나같이 깡말라 갈비뼈가 드러난 들개들은 송골매에게서 눈을 떼지 않고 으르렁거렸고, 조심조심 마당을 건너 사립문 밖으로 사라졌다. 숨을 깊이 들이쉬었다가 내쉬며 마루에 오른 송골매는 다리가 너무 떨려 그대로 주저앉을 것만 같았다. 컴컴한 방으로 얼굴을 들이밀고는 신음소리를 내며 손으로 눈을 가렸다. 굶어 죽은 뒤에 늑대들에게 뜯겨 너덜

너덜해진 시체 네 구가 방바닥에 놓여 있었다.

송골매가 앞서 들렀을 때보다 형편이 나아진 집은 단 한 채도 없었다. 백성들의 살림이 갈수록 빠르게 나빠지고 있었다. 어디를 가나 사람이 사람을 잡아먹은 흔적이 널려 있었다. 굶주린 사람들이 닥치는 대로 벗겨 먹는 바람에 줄기 껍질이 그대로 붙어 있는 소나무를 찾아볼 수 없었다. 들판에서 벌레를 잡아먹던 사람들이 송골매가 탄 말을 보고 침을 삼키며 다가왔다. 하늘에선 독수리와 까마귀들이 눈에 불을 켜고 빙빙 돌았다. 사람들이 무릎을 꿇고 땅바닥을 기다가 힘이 다 빠져 납작 엎드리기만 기다렸다.

좋은 소식은 하나도 없고 안 좋은 소식만 쉰 개를 챙긴 송골매는 지금쯤 궁예 부대가 지나고 있을 양록(지금의 강원도 양구) 쪽으로 올라가다가 고개를 흔들었다. 병사들이 자기한테서 가족 소식을 듣는 순간 어떤 표정을 지을지 떠올리고 눈을 질끈 감았다.

'집 밖을 떠돌며 온갖 고생을 하는 병사들에게 이런 끔찍한 소식을 전할 수는 없어.'

'아니야, 궁예 장군님을 배신할 수는 없어. 지금 어떻게 전투가 치러지고 있는지 너무 궁금하기도 하고.'

송골매는 고민하고 또 고민하다가 탈영하기로 마음을 굳혔다. 한참 신나게 달리던 말고삐를 힘껏 당기며 외쳤다.

"이랴, 그만 멈추어라! 다른 데로 가야겠다!"

날다람쥐라는 이름을 지닌 말은 그만 멈추어 설 생각이 눈곱만큼도 없어 보였다. 오히려 더욱 재게 발을 놀리며 목을 한껏 길게 뽑았다. 고삐를 꽉 쥔 송골매는 앞으로 윗몸이 쏠리면서 말에서 떨어질 뻔했다. 날다람쥐가 힘차게 직선으로 달리며 히히힝 하고 울었는데 마치 사람 소리 같았다.

'그냥 가자, 응? 달리는 김에 계속 달리고 싶으니까 나 좀 내버려 둬.'


## 선박왕

왕룽은 스무 살이 되기도 전에 자기에게 장사 수완이 있음을 알았다. 무엇보다 말주변이 좋았고 다른 사람들이 무슨 생각을 하는지 금세 읽어냈으며 셈이 아주 빨랐다. 집에 있는 숟가락 하나를 내다 팔더라도 이문을 곱절로 남겼다. 맘먹으면 개똥이나 부러진 지팡이도 팔 자신이 있었다. 실제로 열아홉 살 때 어느 부자에게 개똥을 보약으로 속여 판 적이 있었다.

"녹용 중에서도 으뜸인 견분 녹용이에요."

"사슴뿔 종류인가?"

"잘 아시네요. 감초와 대추를 넣고 달여 드세요. 그래도 좀 쓸 거예요."

이 부자는 개똥을 먹고 몸이 부쩍 좋아졌다. 딱 한 가지 좋지 않았던 건, 새로 들인 일곱 번째 첩의 배 위에서 심장이 멎은 일이었다.

생애 후반기에 들어선 왕룽은 송악(지금의 황해도 개성)에서 으뜸가는 부자였으며 선박왕으로 불렸다. 고물에서 이물에 이르는 길이가 마흔 보에 이르는 배를 다섯 척 갖고 있었다. 그보다 작은 배는 스무척이 넘었는데 모두 돛을 단 범선이었다. 노를 젓는 배는 일일이 셀 수 없을 만큼 많아서 서너 척이 한꺼번에 사라지더라도 알아채기 힘들었다. 배가 이렇게 많으니 왕륭이 부리는 뱃사람 숫자도 엄청났다. 한창 무역이 잘될 때는 송악 아래쪽 개풍 앞바다 선착장에서 바글거리는 왕륭네 뱃사람과 짐꾼이 모두 삼사백 명에 이르렀다. 투구를 쓰고 갑옷을 입은 모습으로 허리에 칼을 차고 으쓱대며 돌아다니는 사병들도 볼 수 있었다.

송악군을 휘어잡고 마음대로 주무르는 왕륭 앞에서 송악군 태수는 파리 목숨이나 다름없었다. 왕륭은 태수가 마음에 안 들면 그 자리에서 갈아치웠다. 태수를 쫓아내는 데 턱짓과 두 음절이면 충분했다.

"너, 가."

한주(지금의 서울과 경기도, 황해도 일대)를 다스리는 도독이 왕륭한테 초대를 받아 만찬에 참석한 적이 있었다.

"정말 대단하십니다. 이렇게 막대한 재산과 막강한 권력을 손에 쥔 비결이 무언지요?"

왕륭이 주먹을 불끈 쥐어 가슴을 탁탁 때리며 대꾸했다.

"죽음을 두려워하지 않는 용기, 저승사자 앞에서도 굽히지 않고 버티는 배짱이지요."

젊은 시절에 왕륭은 다른 사람들 앞에서 입버릇처럼 좌우명을 당당하게 읊었다.

"위험과 이문은 형제 사이다. 위험이 많이 따를수록 이문이 많이 남는다."

그 시절에 왕륭은 무역선을 타고 당나라와 왜나라와 신라 사이를 오갔다. 완도 청해진에서 신라 해상무역을 돌보던 장보고가 왕권 다툼에 휘말려 목이 날아간 뒤였다. 더는 아무도 신라 무역선을 지켜 주지 않았기에 목숨을 걸지 않고선 무역에 뛰어들 수 없었다.

왕륭은 처음으로 왜나라에 갔던 때를 또렷이 기억했다. 어느 날 일꾼 스무 명을 데리고 개풍 앞바다에서 배에 올랐다. 서해안을 따라 내려가며 여러 항구에 들러 삼베와 곡식을 주고 왜나라 귀족들이 좋아하는 물건들을 받아서 배에 실었다. 금관경(지금의 경남 김해)에 이를 때까지 인삼과 염료, 놋쇠그릇이며 병풍이며 의례용품, 말린 고기와 나물, 가죽신과 허리띠, 그리고 왜나라에서 보기 힘든 책들을 모았다.

왕륭은 양털로 짠 깔개인 모전도 넉넉하게 챙겼다. 단색 모전은 색전, 온갖 색깔 문양을 넣은 모전은 화전으로 불렸다. 짐 속엔 비단으로 포장한 신라금도 들어 있었다. 앞면 아래쪽에 금박으로 물결무늬를 입히고 이 무늬 사이와 줄을 거는 기러기발에 금으로 수초를 새긴 가야금이었다. 세월이 많이 흐른 뒤에도 왕륭은 신라금을 떠올릴 때마다 손으로 무릎을 탁 쳤다.

"세상에 그렇게 아름다운 악기는 또 없을 거야. 악기라기보다는 보물에 가까웠지!"

금관경을 떠난 왕륭의 배는 바다를 건너다가 풍랑을 만났다. 열흘 씩이나 누런 물을 모두 토해 내며 죽도록 고생하던 왕륭은 가까스로 왜나라 하카다(지금의 일본 후쿠오카)에 이르렀다. 거기서 보름 가까이 쉬고 다시 떠나서 나니와(지금의 일본 오사카)를 지났으며, 니라니에라고 불리는 내륙 수로를 따라 왜나라 수도 나라로 들어갔다. 이미 초

주검이 된 왕룽은 나라 객관에서 목이 빠지게 기다리던 왜나라 귀족과 가신들을 만나자 거짓말처럼 몸이 가뿐해졌다. 그들에게 신라에서 가져간 물건들을 주고 향료와 화장품과 약품을 받았다.

"왜나라에 다녀오기까지 무려 아홉 달이 걸렸어. 돌아오는 길에 온몸이 펄펄 끓는 열병을 심하게 앓았고 연거푸 해적들에게 쫓겼어. 몇 번이나 뱃전에 물이 새어 들어와 물고기 밥이 될 뻔했지. 하지만 아주 보람 있는 여행이다네. 왜나라에서 가져온 물건들을 서라벌 왕족과 귀족들에게 팔고 이문을 무려 열 곱절로 남겼거든."

왕룽은 그때 번 돈으로 길이가 쉰 척이 넘는 범선을 샀다. 이 배에 더욱 많은 물건을 싣고 당나라를 오가며 더욱 큰 돈을 벌었다. 오로지 돈 버는 재미 하나로 지난 마흔 해를 살았다고 말해도 지나치지 않았다. 이따금 왕룽은 자기 재산이 얼마나 되는지 궁금했다.

"한번 셈해 볼까?"

아내가 두 손을 내저었다.

"절대로 셈을 마치지 못할 거예요. 셈하는 중에도 계속 재산이 쌓일 테니까요."

왕룽은 자기 사업에 영원히 오름세만 있을 줄 알았다. 그런데 몇해 전부터 사업이 갑자기 곤두박질치기 시작했다. 온 나라 곳곳에서 전쟁이 벌어지자 어디가 누구 땅인지 알 수 없게 돼 버렸고, 뭍과 바다 어디에서나 도적들이 들끓었다. 무역선 두 척을 바다로 내보내면 한 척이 돌아오지 않았다. 그렇다면 결론은 한 가지뿐이었다.

"아예 배를 띄우지 않는 쪽이 낫겠어."

그 말을 남기고 왕룽은 몸져누웠다. 끙 하고 일어났다간 다시 끙

하고 누웠다. 걸핏하면 벌컥 화를 내서 가까이 다가가려는 사람이 없었다. 하녀가 끼니때마다 죽 그릇이 놓인 소반을 나르느라 발뒤꿈치를 들고 드나들 뿐이었다. 가끔 아내가 용기를 내서 문을 조금 열고 방 안을 들여다보았다.

"여보, 괜찮아요? 잠깐 들어가도 될까요?"

곧바로 목침이 날아가서 문을 탁 때렸고 아내는 악 하고 외마디 비명을 지르며 마당으로 벌렁 나자빠졌다. 왕륭이 유일하게 방 안으로 들이는 가족은 마흔 살이 넘어 낳은 아들이었다. 올해 열아홉 살인 이 청년 이름은 왕건이었다.

"아버님, 오늘은 몸이 좀 어떠신지요?"

"글쎄다. 좀 나아진 것도 같고, 잘 모르겠구나."

왕륭이 앙상한 손을 아들에게 내밀었다.

"일어나 앉으시게요?"

"그래, 너무 누워 있었더니 등이 아프다."

아들은 아버지 손을 잡아서 절반쯤 일어나 앉게 했다. 눈 밑이 시커멓게 타들어가고 볼이 쑥 들어간 왕륭이 물었다.

"요즘 동쪽 형세는 어떠냐?"

궁예 부대가 어디까지 치고 들어왔냐는 얘기였다. 왕건은 아버지가 오랜만에 이런 물음을 던졌기 때문에 눈을 가늘게 뜨고 앞서 어디까지 말씀드렸는지 머릿속으로 더듬어 보았다.

지지난해 궁예는 명주를 떠나 대관령을 넘은 뒤에 북서쪽으로 쭉 올라가 저족(지금의 강원도 인제)을 쳐서 손에 넣었다. 양록(지금의 강원도 양구)을 지키는 관군은 싸우기도 전에 궁예한테 항복했다. 궁예 부

44

대가 광해주(지금의 강원도 춘천)를 칠 때는 남쪽에서 지원군이 계속 올라오면서 관군 규모가 갈수록 커졌다. 그래서 좀처럼 승부가 나지 않았다. 궁예는 폭설이 내리는 한겨울에 관군이 마음을 놓고 있을 때 협공과 기습 공격으로 광해주를 무너뜨렸고, 지난해 가을엔 일성(지금의 강원도 철원 김화)까지 손에 넣었다.

눈을 바로 뜬 왕건이 입을 열었다.

"마침내 오랜 전투 끝에 철원성을 무너뜨렸다고 합니다. 지금부터 한 달쯤 되었습니다."

왕륭이 어깨를 가늘게 떨며 퀭한 눈으로 아들을 쳐다보았다.

"남쪽 땅 절반은 백제 왕 진훤이 휘어잡고 있다던데, 여기까지 그 꼴이 되었구나."

숨을 길게 내쉬며 덧붙였다.

"마침내 올 것이 왔어. 저들이 우리 턱에 창끝을 겨누고 있으니, 하루 빨리 무슨 수를 쓰든지 해야겠다."


## 군인 정신


백제 왕 진훤이 인생에서 가장 중요하게 여기는 덕목은 세 가지였다. 틈날 때마다 스스로에게 다짐을 두듯이 이 덕목들을 중얼거렸다.

"첫째, 멋. 둘째, 용기. 셋째, 무자비."

진훤은 여느 사내보다 체구가 크고 뼈대가 굵으면서 무척 단단했다. 어떤 옷을 입어도 잘 어울렸다. 그런데도 늘 옷맵시에 신경을 썼다. 아무리 멀리 나갔더라도 옷에서 얼룩을 발견했을 땐 서둘러 숙소로 돌아가 다른 옷으로 갈아입었다.

"어흠, 어흠."

진훤은 자주 헛기침을 했고 턱수염을 길게 쓰다듬었다. 괜히 주먹을 불끈 쥐어 보일 때가 많았으며 늘 팔다리를 크게 흔들면서 씩씩하게 걸었다. 어쩌다가 발을 헛딛거나 미끄러져 넘어지면 재빨리 고개를 한 바퀴 돌리며 혹시 누가 보고 있지 않은지 살폈다. 반란군을 이끌고 완산주(지금의 전북 전주)를 점령한 지 얼마 안 되었을 때도 그런 일이 있었다. 관청 마루에서 미끄러진 진훤은 호되게 엉덩방아를 찧었다. 저만치에서 빗자루로 마당을 쓸던 하인이 쓱 돌아보았다.

며칠이 지난 뒤까지도 진훤은 그 일이 영 마음에 걸렸다. 하인을 불러 넌지시 물었다.

"보았느냐?"

하인이 고개를 갸웃했다.

"무슨 말씀이신지요?"

진훤이 헛기침하며 알쏭달쏭한 문장을 만들어 툭 던졌다.

"보았다면 못 본 척할 것이고 못 보았다면 깨끗이 잊어라."

열흘에 한 번씩 아침에 열리는 사열식에서 진훤은 옷차림이 후줄근하거나 투구를 삐딱하게 쓴 병사들을 가만히 놔두지 않았다.

"너, 이리 나와. 뒤쪽에 있는 녀석도 나와."

흐느적거리며 걷는 병사들과 꾸부정하게 서 있는 병사들도 모두 앞으로 불러냈다.

"모두 엎드려뻗쳐."

병사들은 온종일 두 손으로 바닥을 짚고 엎드려 있었다. 해거름에 다시 나타난 진훤이 벌을 받는 병사들에게 일렀다.

"겉모습을 보면 마음가짐을 알 수 있다. 잠깐이라도 겉모습이 흐트러지면 전쟁터에 나가 이길 수 없다. 언제 어디서나 군인은 군인다워야 한다."

진훤은 신라의 아홉 개 주 가운데 전주와 무주를 손에 넣은 뒤에 북쪽으로 눈을 돌렸다. 웅주까지 군대를 몰고 올라가서 서원경(지금의 충북 청주)을 공격하려 할 때 기쁜 소식이 날아왔다. 흥분한 얼굴로 부관이 보고했다.

"괴양성을 쳐서 무너뜨린 양길 장군이 죽주성과 진위현(지금의 경기도 평택) 일대를 모조리 집어삼켰다고 합니다."

"정말 잘되었네. 앓던 이가 쏙 빠진 기분이야!"

"머잖아 전하를 뵈러 오겠다고 합니다."

여러 날 뒤에 양길이 무사 셋과 함께 말을 몰고 진훤 앞에 나타났다. 말에서 내려 한쪽 무릎을 꿇고 절했다.

"전하, 이렇게 뵙게 되어 영광입니다."

진훤이 씩씩하게 두 팔을 흔들며 다가갔다.

"어서 오시게나. 장한 일을 했어요. 중원과 괴양을 무너뜨리고 곁다리까지 모두 베어 쓰러뜨렸다고 하니 얼마나 기쁜지 모르겠소."

양길은 진훤이 내민 손을 잡고 일어나며 활짝 웃었다.

"전하, 이렇게 기뻐하시고 칭찬해 주시니 몸 둘 바를 모르겠습니다."

"자, 시원한 막걸리로 목을 축이며 천천히 얘기를 나누어 봅시다."

두 사람은 술상이 놓여 있는 소나무 그늘로 가서 마주앉았다. 진휜은 양길이 무척 성격이 밝으며 배짱이 두둑한 사람임을 금세 알아챘다.

'듣던 대로 호인이로구먼.'

그러나 웃음이 좀 헤프다는 생각에 얼굴을 빤히 쳐다보았다. 양길은 진휜이 무슨 말을 하든지 웃었다. 잠깐 쉬었다가 다시 입술을 떼려고 하면 곧바로 웃었다. 진휜이 짐짓 굳은 표정을 지으며 물었다.

"내 얘기가 그렇게 재미있소?"

양길이 눈을 거의 감다시피 하고 껄껄 웃었다.

"대왕마마, 정말로 말씀을 재미나게 하시옵니다!"

진휜이 씁쓸하게 웃으며 속으로 중얼거렸다.

'사람이 눈치가 없구먼. 설마 푼수는 아니겠지?'

웃음이 눈과 귀에 거슬리자 검은 턱수염에 난 흰 터럭 몇 올, 왼쪽 눈에 낀 좁쌀만 한 눈곱까지 마음에 안 들었다. 그렇다고 해서 큰 공을 세우고 험한 길을 지나 여기까지 온 부하를 나무랄 수는 없었다. 진휜은 다른 데로 생각을 돌리려고 막걸리를 한 사발 쭉 들이켰다. 입에 묻은 거품을 닦으며 양길에게 또 물었다.

"앞서 중원성을 칠 때 무척 애먹었다고 하던데, 군대를 이끈 장수가 누구였소?"

양길이 여전히 웃는 얼굴로 대꾸했다.

"원회라고 합니다. 연거푸 공격에 실패하고 돌아왔는데요, 네 번째로 다시 공격할 때 소인이 나서서 지원했지요."

진휜이 두 눈을 동그랗게 떴다. 너무 어이가 없어 입을 헤벌렸고 술상 밑에서 쥔 주먹을 부르르 떨었다. 겨우 마음을 가라앉히고 짐짓 차분한 목소리로 물었다.

"한두 번도 아니고 세 번이나 전투에서 패배했다는 얘긴데, 병사를 모두 몇 명이나 잃었소?"

양길은 아직 진훤의 속이 부글부글 끓고 있음을 알아채지 못했다. 젓가락으로 취나물을 집으며 대꾸했다.

"마흔 명쯤 됩니다."

진훤이 숨도 안 쉬고 긴 문장으로 물었다.

"자식이나 다름없는 병사들을 그렇게 많이 잃고 돌아온 패장을 그대로 놓아둔 까닭이 뭐지요?"

양길은 입에 취나물을 넣고 우물우물 씹었다.

"취나물이 정말 맛있네요. 짜지도 않고 싱겁지도 않게 양념을 아주 잘했어요."

잔에 남은 막걸리를 쭉 소리를 내고 들이켜며 덧붙였다.

"워낙 뛰어난 장수여서 기회를 더 주었지요."

진훤이 두 눈을 부릅뜨고 취나물 조각이 이빨 사이에 낀 양길을 노려보았다. 꽉 쥔 주먹을 들어 올려 술상을 힘껏 내리치려는 순간 말발굽 소리가 들려왔다. 기마병 일천 명과 보명 오천 명을 데리고 서원경 성을 치러 갔던 장군 금현이 말을 타고 다가왔다. 뒤쪽에서 열흘 전에 떠날 때보다 눈에 뜨이게 숫자가 줄어든 기마병과 보병들이 잔뜩 지친 얼굴로 비실대며 돌아오고 있었다.

금현은 말에서 내리다가 무릎이 꺾이며 바닥에 주저앉더니 손으로 땅을 짚고 겨우 일어났다. 진훤과 양길이 앉은 소나무 그늘 쪽으로 절뚝거리며 다가와 털썩 무릎을 꿇었다. 투구를 잃은 금현의 갑옷에 칼자국이 여러 개 났고 팔뚝에선 피가 흘렀다.

"전하, 성문 앞 양쪽에 골을 파고 숨어 있던 적들이 협공하는 바람에 크게 당했습니다."

양길이 고개를 돌려 멍한 얼굴로 금현을 바라보았다. 그러나 진훤은 금현이 아니라 양길을 계속 쳐다보았다. 양길에게서 눈을 떼지 않은 채 천천히 일어섰다. 뒷걸음으로 호위대장에게 다가갈 때도 양길을 날카롭게 노려보며 이를 부드득 갈면서 속으로 중얼거렸다.

'머저리 같은 놈.'

진훤은 호위대장이 허리에 찬 칼을 단번에 뽑아 들었다. 그때 금현이 고개를 들었고, 휙 소리를 내며 허공을 가른 칼은 그대로 금현의 목을 베었다. 금현의 목에서 길게 뿜어져 나온 핏줄기가 양길에게 날아가서 얼굴을 흠뻑 적셨다. 양길이 비명을 지르며 벌떡 일어났다.

"으악!"

진훤이 칼을 내던지고 자리를 뜨면서 양길을 보고 한마디 툭 던졌다.

"등신아, 나가 죽어라."


## 뱃놀이

무척 맑고 따뜻하며 산들바람이 부는 봄날 오후였다. 송악 아래쪽 개풍 앞바다엔 달콤한 꽃향기에 짭조름한 해초 냄새가 섞여 부드럽게 떠다녔다. 커다란 돛단배 한 척이 부두를 떠나 바다로 나아 갔다. 음식이 차려진 긴 탁자와 의자들이 갑판 가운데 놓였다. 모두 열댓 명에 이르는 사내들이 탁자에 빙 둘러앉았다. 이들이 해마다 한두 번씩 모여 뱃놀이를 즐긴 지 어느덧 열 해가 지났다. 송악 일 대와 북하(지금의 황해도 예성강) 북서쪽 지역에 사는 이름난 호족 대 표들이었다.

탁자 상석에 두 사람이 나란히 앉아 있었다. 오랜만에 기운을 차 린 송악 호족 대표 왕륭과 왕륭의 아들 왕건이었다. 선박을 만들고 고치는 일을 하는 정주 류씨 집안에선 백발노인이 나왔다. 흰 옷을 입은 노인은 수염과 낯빛까지 하얬다. 막 구름에서 내려온 신선처럼 보였다. 이 노인은 넓은 논밭에 소작농들을 두고 벼농사를 짓는 만 석꾼이기도 했다. 알뜰하고 검소하다 못해 자린고비라는 별명을 얻 은 노인은 어느 가을날 논둑을 거닐다가 무릎을 구부리고 쪼그려 앉 았다. 눈을 가늘게 뜨고 도랑을 한참 내려다보았다. 가까이에서 벼 를 베던 농부들이 고개를 갸웃거리며 수군거렸다.

"도랑에 뭐가 있나?"

"뭐가 있겠어. 붕어와 송사리들이 놀고 있겠지."

노인이 똑바로 일어나 바짓단을 무릎 위까지 걷어 올렸다. 도랑으 로 들어간 노인은 무언가를 주워 들고 둑으로 돌아 올라왔다. 발과 다리에 진흙이 잔뜩 묻었고 종아리에 거머리가 달라붙었으며 바짓 단엔 누렇게 흙물이 들었다. 노인은 손바닥에 놓인 것을 들여다보고 활짝 웃었다. 금반지를 줍더라도 그렇게까지 좋아할 것 같진 않았다. 농부 하나가 궁금증을 못 참고 노인에게 다가갔다.

"어르신, 무척 귀한 걸 주우셨나 봐요."

"그럼. 세상에 이보다 귀한 게 어디 있겠나!"

노인이 팔을 쭉 뻗고 펼쳐 보인 손바닥엔 쌀 한 톨이 놓여 있었다. 그 뒤로 노인은 자린고비에서 쌀 한 톨로 별명이 바뀌었다.

평산 박씨 집안에서 온 사람은 텁석부리 사내였다. 텁석부리는 금광을 여러 개 갖고 있었다. 여기에서 캔 금 가운데 절반은 서라벌로 가서 왕족과 귀족들의 머리와 옷과 집을 꾸미는 데 쓰였다. 나머지 절반은 당나라로 건너가 황족과 귀족들의 손에 들어갔다. 텁석부리는 벽과 천장에 금을 바른 대궐 같은 집에서 살았다. 숟가락과 젓가락뿐 아니라 오줌을 누는 요강, 심지어 개 목걸이까지 금으로 만들어 썼다. 밥과 반찬에 금가루를 뿌려 먹었고 멀쩡한 이에 금을 씌웠다.

텁석부리는 다른 사람들에게 금니를 보여주려고 곧잘 괜히 입을 벌리며 웃었다. 장인어른이 돌아가셨을 때 장례식에서도 목젖이 보이도록 한껏 입을 벌렸다. 처갓집 사람들이 혀를 끌끌 차며 눈총을 주었다.

"여기가 금니를 뽐낼 자리는 아니지 않나?"

왕륭과 함께 일하는 무역상 신천 강씨도 보였다. 뺨에 밤톨만 한 갈색 점이 나서 갈밤톨로 불리는 사내였다. 왕륭 못지않게 사업 수완이 뛰어나 재산을 많이 모았다. 점잖고 부드러워 보였지만 성격이 아주 모질고 독한 사람이었다. 눈 한 번 깜박이지 않고 입을 꾹 다문 채 다른 사람 뺨을 철썩철썩 때렸다. 한참 따귀를 때린 뒤에 돌아서서 저만큼 가다가 되돌아와 다시 이를 악물고 때린 적도 있었다. 하인들은 그가 멀리서 나타나면 허리를 굽히고 바닥에 넙죽 엎드릴 준비부터 했다.

역시 만석꾼이면서 목재상인 황주 황보씨, 세 곳에 큰 절을 갖고 있는 땅부자 평주 이씨도 보였다. 두 사람은 나이가 같았으며 겹사돈 사이였다. 이 집 딸이 저 집으로 시집갔고 저 집 딸이 이 집으로 시집왔다. 저마다 창고를 짓는 일을 취미로 삼았다. 창고를 하나씩 지으면 누가 먼저 가득 채우는지 겨루었다. 진 사람은 이긴 사람한테 한 달 동안 기생집에서 술을 샀고 형님 대접을 했다.

탁자 뒤쪽 갑판엔 악사들이 앉아서 거문고와 가야금 줄을 뜯고 피리를 불었다. 앞쪽 갑판에선 비단옷을 곱게 차려입은 여인들이 춤을 추고 노래했다. 뱃사람들은 줄곧 바람 부는 방향을 살피며 돛을 다루었다. 또 다른 여인들이 한쪽 뱃전에 놓인 항아리와 소쿠리와 탁자 사이를 바삐 오가며 음식 시중을 들었다.

옥빛 저고리에 남빛 치마를 입은 여인이 앞으로 나왔다. 이 여인은 건귁이라고 부르는 분홍색 머릿수건을 썼다. 두 팔을 벌리고 갈매기가 하늘을 나는 시늉을 하며 노랫말을 읊조렸다.

"너른 바다에 내 님 보내고— 어찌 혼자 돌아오느냐— 너도 네 님 멀리 보내면— 그리 웃음 나오겠느냐— 갈매기야— 갈매기야— 넘실 넘실 물결치듯— 춤 한번 멋들어지게 추어 보려무나—"

저 멀리 둥둥 떠 있는 작은 섬들, 눈이 시리도록 푸른 하늘, 둥실 떠가는 뭉게구름이 서로 어울린 풍경이 더없이 아름다웠다. 노랫소리와 악기 연주는 가슴이 설렐 만큼 흥겹고 감미로웠다. 그러나 탁자에 둘러앉은 이들은 하나같이 낯빛이 흐렸다. 처음엔 말없이 젓가락을 부지런히 놀리며 음식을 먹었는데 배가 고파서라기보다는 그 자리가 어색해서였다. 어느 때부터 침묵이 흐르는 가운데 더는 음식에 젓가락을 갖다 대는 이가 없었다.

그들 모두가 오래도록 어깨에 힘을 잔뜩 주고 큰소리치며 살던 사람들이었다. 저마다 자기가 사는 고을 관헌을 휘어잡고 관리와 병사들을 마음대로 부렸다. 이런 세월이 오래되면서 저절로 욕심이 부풀었고 세력을 한껏 넓혔으면 하는 바람이 생겨났다. 언제던가 함께 뱃놀이를 즐기던 중에 텁석부리가 말했다.

"우리도 왕을 낼 때가 되지 않았어요?"

"왕이라니요? 나라를 세우잔 말인가요?"

"그래요. 우리한테 충분히 그만한 능력이 있잖아요."

그때만 해도 모두 깜짝 놀란 표정을 지으며 손사래 쳤다.

"누가 들으면 어쩌려고 그래요?"

"정말 큰일 날 소리를 하시는구려."

그런데 그 뒤로 다시 만날 때마다 그 소리가 자연스럽게 나왔다. 모두 고개를 끄덕이며 한마디씩 보탰다.

"진훤이라는 이가 백제를 다시 세웠다는데요, 더 늦기 전에 우리도 고구려를 되살려야 하지 않겠어요?"

"맞아요. 이대로 뒷짐 지고 있다간 닭 쫓던 개 지붕 쳐다보는 신세가 될지 몰라요."

그러나 이제는 모두가 이런 꿈을 내려놓아야 할 때가 됐음을 잘 알고 있었다. 그들이 생각했던 것보다 빠르게 세상이 바뀌었다. 궁예 부대가 코앞까지 쳐들어온 마당에 머뭇거릴 새가 없었다.

"저들은 우리보다 병력이 다섯 곱절이나 많아요."

"게다가 몇 해 동안 이어진 전투로 단련돼 있어요. 실전 경험이 없는 우리가 맞서 겨룰 상대가 아니에요."

왕륭은 마지막으로 뱃놀이를 즐기며 서로를 달래 줄 시간을 갖고 싶었다. 그래서 호족 대표들을 자기 배로 초대했다. 옥빛 저고리 여인이 갈매기 노래를 마쳤을 때였다. 왕륭이 더는 못 참고 헛기침한 뒤에 일부러 웃어 보이며 말했다.

"분위기가 너무 가라앉아서 안 되겠어요. 우리 술 좀 마십시다."

모두 고개를 끄덕이며 잔을 높이 들었다.

"건배!"

왕륭이 외치자 모든 사람들이 동시에 외쳤다.

"건배!"

시중드는 여인들이 술병을 들고 탁자를 돌며 빈 잔에 술을 가득 채웠다.

"자, 건배 한 번 더 합시다!"

사내들은 다시 단번에 잔을 비웠다. 그러기를 연거푸 대여섯 번 되풀이했다. 하나 둘 취기가 돌면서 낯빛이 밝아지고 목소리가 커졌다. 악사들은 점점 크고 빠르게 악기를 연주했고 무희들이 탁자 주위를 빙빙 돌며 춤을 추었다.

백발노인이 손을 척 들어 왕륭과 왕건을 가리켰다. 어깨를 들썩이면서 노래하듯이 목소리에 오르내리고 끊고 잇는 가락을 넣으며 물었다.

"왕씨 부자는 언제쯤에ㅡ 여기를 떠나 철원으로ㅡ 가려고 하시오?”

왕륭이 덩달아 어깨춤을 추며 가락을 넣어 대꾸했다.

“열흘쯤 지나면— 짐을 다 꾸릴 터이니— 그때 떠나려 합니다.”

평산 박씨를 돌아본 왕륭은 한층 가락이 흥겨워진 목소리로 물었다.

“우리 친구 텁석부리는— 얼굴이 빨개졌네— 언제쯤 떠나려는가?”

텁석부리가 의자에서 궁둥이를 떼고 엉거주춤하게 일어났다. 어깨와 궁둥이를 함께 흔들며 대꾸했다.

“요즘 우리 집 막둥이가— 몸이 시원치 않다네— 병이 좀 낫는 대로— 떠나려 하네.”

그렇게 돌아가며 고향 집을 떠나 철원으로 갈 날을 주고받았다. 모두가 다시 건배하고 또다시 건배했다. 딱 한 사람, 왕건만 잔에 입을 대는 척하며 술 한 방울 마시지 않았다. 잔을 든 채 슬며시 일어나서 무희들을 지나쳐 갑판 맨 앞쪽으로 갔다.

범선은 강화도 북쪽 연안을 지나고 있었다. 바닷가에서 막대기로 모래톱에 난 구멍을 뒤지며 게를 잡는 아이들이 보였다. 아직 아침저녁으로 쌀쌀한 때였다. 아이들은 해지고 찢어진 옷을 입고 있어 알몸이 드러났다. 범선을 보고 허리를 곧게 펴며 번쩍 두 팔을 들어 흔들었다.

왕건은 난간에 붙어 서서 멍하니 아이들을 바라보았다. 아이들에게 손을 흔들어 주고 싶은 마음이 일지 않았다. 그저 따분하고 재미없고 어색한 시간이 어서 흘러가기를 빌었다. 등 뒤에서 왁자하게

떠들며 마시고 춤추는 어른들이 허깨비처럼 여겨졌다. 윗니로 아랫
입술을 깨물며 고개를 숙인 왕건은 손에 힘을 주어 으스러뜨릴 듯
이 잔을 꽉 쥐었다.

'하나같이 무슨 짓을 하는지 모르겠네. 배알이 있는 거야, 없는 거
야?'

잔을 뒤집어 바다에 술을 버리고 아이들 쪽으로 힘껏 잔을 던졌
다. 개펄에서 물고기를 잡던 갈매기들이 한꺼번에 날개를 퍼덕거리
며 날아올랐다. 다시 게 구멍을 막대기로 뒤지던 아이들이 갈매기들
을 돌아보고 고개를 갸웃거렸다. 왕건은 눈에 물기가 맺히면서 앞
이 흐려졌다. 술에 취한 사람처럼 비틀거리다가 하마터면 바다로 떨
어질 뻔했다.

"괜찮으세요?"

무희 하나가 다가가서 왕건 옷자락을 잡고 물었다. 왕건이 무희
손을 거칠게 떼어 냈다.

"저리 가. 날 내버려 둬."

저 멀리 서쪽 바다로 해가 기울고 있었다. 아까까지만 해도 어찌
나 눈부신지 똑바로 바라볼 수 없었다. 그러나 이젠 동백꽃처럼 빨
갛기만 할 뿐 빛이 더없이 약해져 있었다. 왕건이 보기엔 한때 하늘
높이 권세가 치솟았다가 기울어 가는 자기 집안처럼 보였다. 갑판에
털썩 무릎을 꿇은 왕건은 소매로 눈물을 훔쳤다. 해를 노려보고 이
를 부드득 갈며 중얼거렸다.

"싸워 보지도 않고 항복하겠다고? 그게 말이나 되는 소리냐고!"

철원

궁예는 틈만 나면 성산성 성벽에 올라 들판과 산을 둘러보았다. 성산성은 궁예가 철원성을 무너뜨리기에 앞서 손에 넣은 성으로 철원 위쪽 일성(지금의 강원도 철원 김화) 성재산에 있었다. 성 북쪽으로 고개를 돌리면 우뚝 솟은 오성산이 눈에 들어왔다. 동쪽으로는 공룡 등줄기를 떠올리게 하는 기다란 계웅산 등성이가 보였다.

성산성 남쪽엔 너른 철원 평야가 시원스럽게 펼쳐져 있었다. 꾸불 꾸불한 남대천이 젖줄처럼 들판을 가로질러 흐르며 논밭에 물을 대어 주었다. 흙이 워낙 기름진 고장이어서 어떤 곡식이든지 품을 많이 들이지 않더라도 무럭무럭 잘 자랐다. 궁예 부대가 관리들과 토호 세력을 몰아내자 이들한테 시달리다가 산속으로 달아났던 농부들이 들판으로 되돌아왔다. 논밭 어디에서나 오래 묵은 땅을 갈고 씨를 뿌리는 농부들을 볼 수 있었다.

"오늘도 한 바퀴 돌아보세."

궁예는 곧잘 은부와 함께 철원 곳곳을 돌았다. 은부가 나란히 말을 타고 달리며 궁예에게 물었다.

"어때? 꽤 괜찮은 고을 같지 않아?"

궁예가 고개를 끄덕였다.

"산 좋고 물 좋고 땅도 좋은 곳이야. 지금껏 다녀본 곳 가운데 사람 살기에 가장 나아 보여."

궁예는 철원 북쪽에 있는 평야 풍천원으로 말을 몰았다. 고르고 반듯하면서 무척 너른 평야였다. 실개천이 몸속 실핏줄처럼 곳곳에서 꼬불꼬불 흘렀다. 온 땅이 불룩하게 올라왔으며 주위에 높은 산이 없어 볕이 잘 들었다. 사시사철 가뭄이 들지 않고 물난리가 날 일도 없는 곳이었다. 궁예와 은부는 꽤 오랫동안 어마하게 큰 사각형을 그리며 천천히 말을 몰았다. 은부가 빙그레 웃었다.

"자네가 지금 무슨 생각을 하는지 알아맞혀 볼까?"

"음, 알아맞혀 봐."

"궁궐을 지을 도성 터로 여기가 딱 좋다고 생각하고 있지?"

궁예가 외눈을 반짝거렸다.

"와, 언제부터 사람 속을 읽는 재주가 생겼지?"

실제로 그즈음에 궁예는 나라를 세울 날이 멀지 않다고 여겼다. 주로 철원성에 머물며 허월뿐 아니라 명주군 태수였던 김순식과 얘기를 많이 나누었다. 서라벌과 명주에서 어떤 관서를 두고 조직을 어떻게 꾸려 운영하는지에 관한 얘기였다. 궁예는 그때그때 새로 알아낸 내용을 종이에 붓으로 꼼꼼히 적어 놓았다가 밤에 잠들기에 앞서 꼭 다시 읽어 보았다.

어느 날 궁예와 은부는 철원성을 나서 한탄강으로 갔다. 쉰 명에 가까운 사람들이 강가에 모여 있었다. 사내들은 누런색 베옷을 입고 검은색 관모를 썼으며 여자들은 같은 색 베옷을 입고 검은색 두건으로 머리를 감쌌다. 이들은 강을 바라보고 서서 정성껏 예를 올렸다. 앞쪽에 선 사내들이 커다란 돌을 매단 나무들을 물속으로 밀어 넣었다. 다른 사내들과 여인들은 고개를 숙이고 허리를 구부리며 두 손을 맞비볐다.

궁예는 말에서 내려 그들에게 가까이 다가갔다. 맨 뒤에 선 사내가 인기척에 고개를 돌리더니 눈을 크게 떴다.

"아니, 이게 누구세요? 궁예 장군님이시잖아요."

궁예가 손가락을 세워 입술에 대고 사내에게 속삭였다.

"지금 무슨 예를 올리고 있나요?"

"매향이라고 부르는 의식입니다. 이다음에 미륵보살께서 이 땅에 오실 때 향을 만들어 피우려고 향나무를 물에 담가 두는 의식이지요."

사내는 자기들을 향도라고 하며 한때 숫자가 삼천 명이 넘었다면서 뿌듯한 얼굴로 덧붙였다.

"서른 해 전에 도선 스님이 철원에 도피안사를 짓고 불상과 탑을 만들었는데요, 그때 일천 오백여 향도들이 그 일을 도왔답니다."

그날 밤 철원성 침방에서 궁예는 등잔불을 밝히고 미륵보살이 나오는 경전을 읽었다. 세달사를 떠날 때 바랑에 넣어 가져온 <미륵상생경>과 <미륵하생경>을 한데 엮은 책이었다. 한탄강에서 본 사내와 여인들은 뒤쪽 경전 내용대로 미륵이 이 세상에 내려오기를 기다리고 있었다. 궁예는 어떤 대목은 속으로 읽었고 또 어떤 대목은 소리 내서 읽었다. 잠깐 고개를 들고 허공을 바라보며 중얼거렸다.

"이제야 알겠네. 석가모니의 제자 미륵은 '자비'를 뜻하는 이름이었구나."

미륵은 세상을 떠나 도솔천에 올라 부처의 가르침을 풀어 뜻을 밝히며 지냈다. 오랜 세월이 지난 뒤에 아직 깨달음을 얻지 못한 중생들을 모두 구제하고자 세상으로 돌아 내려왔다. 궁예는 미륵이 다시 찾은 세상을 그린 대목을 읽었다.

"대지는 평탄하며 거울처럼 맑고 깨끗하다. 곡식이 넉넉하고 온갖 보배가 넘쳐나며 오로지 감미로운 과일나무와 향기롭고 아름다운 꽃과 나무들이 자란다. 탐욕과 성냄과 어리석음은 눈에 띄게 드러나지 않으며, 모든 사람들이 서로 만나면 다만 즐거워하고 착하면서 고운 말을 주고받을 뿐이다."

은부는 줄곧 궁예 곁에 누워 있었다. 눈을 가늘게 뜨고 궁예를 바라보더니 빙그레 웃었다. 궁예는 목청을 가다듬고 다음 대목으로 넘어갔다.

"사람마다 몸짓이 크거나 작아서 서로 달랐지만 목소리엔 아무런 차이가 없었다. 이들이 대소변을 보려 할 때마다 땅이 저절로 열렸고, 일을 마치자마자 도로 닫혔다."

은부는 거기서 더는 못 참고 쿡 하고 웃었다. 궁예는 그 소리를 못 들은 척했다.

"금과 은, 마노와 진주와 호박이 여기저기에 아무렇게나 굴러다녀도 주워 가는 사람이 없다. 옛사람들은 이런 재물을 손에 넣으려고 서로 싸우고 죽이고 감옥에 갇혀 가며 고생했다. 그러나 오늘날엔 모든 사람들이 이런 것들을 흙이나 돌과 마찬가지로 여겨 탐내거나 아끼지 않는다."

은부가 한마디 입에 올렸다.

"우리도 욕심 많은 옛사람에 들어가니 부끄럽구먼."

새벽에 경전을 덮은 궁예는 등잔불을 껐다. 눈을 감고 잠들기에 앞서 아까 은부가 던진 말에 대꾸하듯이 느리게 중얼거렸다.

"탐욕과 성냄과 어리석음이 없는 세상을 만들 수 있다면 얼마나 좋을까. 이런 세상이라면 한번 서로 어울려 살아 볼 만하지 않겠는가.”

이튿날 낮에 궁예는 허월과 나란히 말을 타고 성을 나섰다. 은부와 여러 무사가 말을 몰고 뒤따랐다.

“줄곧 미루다가 이제야 가 보게 되는군요.”

“오래 전에 들른 적이 있어요. 내가 길을 잘 알지요.”

들판을 가로질러 언덕 하나를 넘었을 때 갑자기 빗방울이 들더니 갈수록 빗줄기가 굵어졌다. 모두 말을 한껏 빨리 몰며 비를 헤치고 달렸다. 도피안사 일주문 앞에 이르자 비가 뚝 그쳤고 눈 깜짝할 사이에 구름이 깨끗이 걷히며 햇살이 쏟아져 내렸다. 말에서 내린 궁예 일행은 일주문을 지나 곧게 뻗은 길을 걸어가서 폭이 좁은 돌계단을 올랐다.

돌계단 끝에 어떤 노인이 앉아 있었는데 늙고 추레해 보이는 승려였다. 노승이 혀를 끌끌 찼다.

“비가 그치니 흙탕물이 흘러오는구나.”

궁예 일행이 노승 앞에 이르러 합장했다.

“안녕하세요, 스님.”

그러나 노승은 꼼짝도 하지 않았다.

“스님, 저희가 좀 지나가게 해 주세요.”

은부가 그렇게 말하자 노승은 눈을 부라리며 뭐라고 알아들을 수 없는 소리를 중얼거렸다. 노승의 얼굴을 살피던 허월이 흠칫 놀라며 물었다.

“남쪽 바닷가 옥룡사에 계시다고 들었는데요. 언제 이렇게 먼 곳까지 오셨습니까?"

노승이 퉁명스럽게 대꾸했다.

"너희처럼 보잘것없는 녀석들까지 몰려드는 걸 보니 여기가 좋은 땅이 틀림없나 보구나."

노승은 앉은 자세 그대로 허공으로 붕 떠올라 돌계단 옆쪽 꽃밭 속으로 들어가서 사라졌다. 허월이 돌계단을 마저 올라 삼층석탑 앞으로 다가가며 말했다.

"이 절을 지으신 도선 스님이세요. 오늘날 저분만큼 풍수지리에 밝은 사람이 없지요."

"그분인 줄 어떻게 알아보셨지요? 예전에 뵌 적이 있나요?"

"나도 어쩐 일인지 모르겠어요. 문득 그분이라는 느낌이 들었어요."

허월과 궁예는 대적광전에 들어갔다. 삼십여 년 전에 도선이 철원 향도들과 함께 철로 만든 비로자나불이 연꽃 모양 대좌에 앉아 있었다. 광명을 상징하는 비로자나불은 두 눈을 지그시 감고 입가에 미소를 머금은 모습이었다. 오른손으로 왼손 검지를 감싸 쥐고 있었다. 이 '지권인'은 중생과 부처, 미혹함과 깨달음, 이성과 지성은 본래 하나임을 보여주는 손 모양이었다.

궁예는 불상을 보는 순간 온몸이 얼어붙었다. 지금까지 궁예가 본 불상들은 하나같이 어마하게 컸고 금을 입혀 놓았다. 그런데 도피안사 철불은 여느 어른만 한 크기였다. 철이 지닌 검은 빛깔을 그대로 지니고 있으면서 자연스럽게 녹슬어 붉은 빛을 띠었다. 굳이 크기와 빛깔로 위압하려 들지 않더라도 한껏 위엄을 드러냈다. 궁예가 속으로 감탄하며 외쳤다.

'부처 안에 더없이 평범한 사람이 들어 있어. 누구든지 마음을 깨끗이 닦고 몸을 바로 세우면 부처가 될 수 있음을 보여주네.'

두 사람은 불상 앞에 엎드려 절한 뒤에 법당을 나섰다.

"저리로 가 보지요."

허월이 법당 옆으로 난 오솔길을 가리켰다. 궁예 일행은 허월을 따라 언덕을 올라갔다. 시야가 훤하게 트이면서 넓은 평야가 눈앞에 펼쳐졌다. 평야 너머에서 얕은 산들이 부드러운 물결처럼 오르내리고 있었다.

"풍경이 참으로 평온하고 아늑하네요."

허월이 고개를 끄덕이며, 여러 날 전에 궁예가 은부에게 했던 말과 비슷하면서 살이 더 붙은 말을 입에 올렸다.

"산 좋고 물 좋고 땅도 좋고요, 너나없이 모든 사람들이 무척 정이 많아요. 저 불상처럼 소박하면서 욕심이 없지요. 이 고을은 신라와 발해 땅 아래쪽을 합해서 바라보면 맨 가운데 있는 곳이에요. 만일 내가 나라를 세운다면 바로 이곳을 도읍으로 삼겠어요."

## 왕건

왕륭은 젊었을 때 무역을 해서 엄청난 재산을 모았고 송악 일대에서 권세를 누리며 모두가 부러워하는 삶을 살았다. 그런데 딸만 줄줄이 낳은 터라 시름이 그치지 않았고 곧잘 땅이 꺼지게 한숨을 쉬었다.

"모든 걸 다 가진 듯해도 끝내 하나가 모자라니, 나는 내가 전혀 부럽지 않구나."

승려 하나가 대궐 같은 집 대문 앞에 나타나 혀를 끌끌 찼다.

"집이 아무리 크면 뭐 하나. 터가 영 좋지 않구먼."

왕륭이 대문을 나서 승려에게 다가갔다.

"터가 좋지 않다니요?"

"동쪽에 산이 바짝 붙어 있고 집 뒤로 개울이 급하게 흐르잖아요. 아침 해를 점심때나 보고 늘 물소리가 뒤쪽을 어지럽혀요. 배산임수라고 했거늘 어찌 거꾸로 된 터에 집을 지으셨소?"

저 멀리 산을 가리키며 덧붙였다.

"저 산 너머에 아주 맑은 샘물이 솟고 볕이 잘 드는 터가 있어요. 그리로 집을 옮기면 아내가 좋은 기운을 받아 그토록 바라던 아들을 갖게 될 것이오."

"스님 존함이 어떻게 되시는지요?"

"법명을 묻는 건가요?"

"예, 그러합니다."

"바람 부는 대로 떠도는 중한테 이름이 따로 있겠습니까."

빠르게 흐르는 구름을 올려다보며 덧붙였다.

"십여 년 전에 철원 땅에 절을 하나 지었는데 잘 있는지 보려고 왔다오. 남쪽 바닷가로 돌아가는 길에 송악이 그리 아름답대서 잠깐 들렀지요."

찬물을 한 대접 얻어 마신 승려는 바람처럼 사라졌다. 왕륭이 고개를 끄덕거렸다.

"철원에 절을 지은 분이라면 도선 스님이 틀림없어. 풍수지리의 대가로 온 나라에 널리 알려진 분이지."

왕륭은 곧 산 너머에 집을 지었다. 새 집으로 들어간 지 얼마 안 되어 아내는 용꿈을 꾸고 아기를 가졌다. 열 달 뒤에 태어난 아기가 왕건이었다. 그때 왕륭의 나이는 마흔 살이 넘었다. 아내와 아기를 데리고 집을 나선 왕륭은 송악에서 해몽으로 이름난 이를 찾아 오공산 골짜기로 들어갔다.

"도사님, 안에 계시는지요?"

송악 도인이라는 기억하기 좋은 이름을 가진 도인이 동굴 밖을 내다보았다. 백발에 검은색 수염을 기른 노인이었다.

"허, 아기 얼굴에서 빛이 뿜어져 나오네!"

노인은 아기를 보자마자 눈을 반짝이며 손으로 수염을 마구 쓸어내리고 뽑았다. 무릎에 수북이 떨어져 쌓인 수염을 모아서 쥐고 정신 사납게 흔들며 아기 엄마에게 물었다.

"태몽을 자세히 얘기해 보세요."

"구덩이에 뱀 몇 백 마리가 똬리를 틀고 모여 있었는데요, 한 마리가 밖으로 나오더니 용으로 바뀌어 하늘로 날아올랐어요."

"용이 얼마나 크던가요?"

"머리를 하늘 이쪽 끝에 두고 저쪽 끝에서 꼬리를 퍼덕거렸답니다. 다른 뱀들도 용으로 바뀌었는데 덩치가 아주 작았어요. 모두 하늘에 뜬 용을 보고 흠칫 놀라더니 꼼짝도 하지 않더라고요."

노인이 짧게 숨을 들이쉬고 동굴 속으로 사라지며 말했다.

"아기님께선 나라에서 가장 높은 자리에 오를 것이오. 잘 받들어 모시도록 하세요.”

왕건은 걸음마를 배우기 전부터 침상에 앉아 나무토막을 잡고 이리저리 모는 놀이를 즐겼다. 누가 보더라도 물에 배를 띄워 다루는 모습이었다. 어른들이 한목소리로 말했다.

“피는 못 속인다는 말이 꼭 맞네요.”

다섯 번째 생일에 왕건은 용이 그려진 깃발을 단 앙증맞은 조각배를 아버지한테서 선물로 받았다. 그날 개풍 앞바다에서 시승식을 가졌다. 가족들이 지켜보는 가운데 혼자 조각배에 올라 힘껏 노를 저었으나 한쪽 노만 젓는 바람에 배가 제자리에서 맴돌았다.

“아휴, 이게 뭐야?”

왕건이 발끈 화를 내며 일어났다. 조각배가 기우는 바람에 그만 물에 풍덩 빠졌다. 하인이 물에 뛰어들어 헤엄쳐서 왕건을 구했다. 오래도록 왕건은 이날 겪은 수모를 잊지 못했으며, 그 일이 떠오르면 눈에 불을 켜고 툴툴거렸다.

“일부러 어린아이를 골탕 먹인 것밖에 더 돼? 양쪽 노를 함께 저어야 한다는 걸 미리 알려 주었어야지!”

열 살 때 왕건은 조각배에서 범선으로 배를 갈아탔다. 날마다 뱃사람들을 데리고 바다에 나가서 범선을 몰며 먼 바다까지 갔다가 돌아왔다. 바람과 하늘빛과 구름에서 날씨 변화를 미리 알아채는 감각이 나날이 날카로워졌다. 어느 날 숨을 깊이 들이쉬더니 중얼거렸다.

“바다 저쪽에서 이리로 바람이 불고 빗방울이 떨어지겠어.”

하늘이 더없이 맑고 파도가 잔잔한 날이었다. 그런데 잠시 뒤에 갑자기 세찬 바람이 불고 빗방울이 후드득 떨어졌다. 열다섯 살 난 왕건이 범선 여섯 척을 이끌고 바다로 나간 날도 바람이 많이 불었다. 길이가 쉰 척이 넘는 범선마다 돛을 다루는 뱃사람 스무 명씩 탔다. 왕건은 이들에게 어떤 신호엔 어떻게 배를 몰아야 하는지 미리 일러두었다.

"모두 한데 모였다가 흩어져라!"

지휘선 갑판 앞쪽에 선 왕건이 붉은 깃발을 높이 들며 소리쳤다. 뒤에서 기다리던 악사들이 둥둥 북을 울렸다. 북 소리에 맞추어 다른 범선들이 서로 바짝 붙었다간 넓게 사이를 두고 멀어졌다.

"모두 나를 따르라!"

지휘선이 빠르게 앞으로 나아갔고 나머지 배들이 양 날개를 펼치며 따라갔다. 왕건이 다시 파란 깃발을 들어 올리자 모든 범선들이 서로 꼬리를 물며 커다란 원을 그렸다. 곧이어 북 장단이 바뀌기 무섭게 범선들은 원 앞쪽이 훤히 트인 깔때기 모양을 만들었다. 이 모든 일이 무척 빠르고 부드럽게 이루어졌다. 마치 왕건이 손바닥에 공깃돌을 올려놓고 마음대로 갖고 노는 듯했다. 바닷가 언덕에서 범선들을 바라보던 사람들이 고개를 끄덕거렸다.

"정말 대단해. 입이 저절로 벌어지는구먼!"

"자식이 저렇게 스스로 알아서 뭐든지 잘하면 부모로선 따로 할 일이 없겠어."

그러나 그건 왕륭을 잘 모르고 하는 소리였다. 왕륭은 아들에게 해 줄 수 있는 일이 있다면 뭐든지 다 해 주었다. 온갖 정성을 기울여 아들을 돌보았으며 제멋대로 놀면서 시간을 흘려보내게 놔두지 않았다. 왕건은 닷새 가운데 하루는 밖에 나가서 지내며 무술을 익히고 배를 모는 기술을 다듬었다. 나머지 나흘은 집 안에서 여러 선생들과 마주앉아 당나라 말이며 병법이며 천문학, 지리학이며 건축학이며 토목학을 배웠다. 선생들은 왕륭에게서 왕건이 공부를 게을리하면 매를 들어도 된다는 허락을 받았다.

"정말 그래도 됩니까?"

"그렇다니까요. 한껏 엄하게 가르치세요."

왕건이 천문학을 배우던 중에 밖에서 계속 친구들이 불러 댔다.

"건아, 어서 나와라! 같이 놀자!"

"활 챙겨 갖고 나와! 뒷산으로 멧돼지 잡으러 가자!"

왕건은 귀를 쫑긋 세우고 몸을 비비 꼬았다. 천문학 선생이 제자에게 회초리를 들어 보였다.

"공부에 집중하지 않으면 머릿속에서 수많은 별들이 반짝거리게 해 주겠다."

왕건이 고개를 번쩍 들고 부릅뜬 눈으로 천문학 선생을 쳐다보았다.

'내가 누군 줄 알고 감히 그딴 식으로 지껄이지?'

마치 그렇게 말하는 듯한 얼굴이었다. 왕건은 코흘리개 때부터 자신이 이다음에 왕이 되리라는 얘기를 귀에 못이 박히게 들으며 자랐다. 나는 왕이나, 하는 생각이 늘 머릿속에 들어 있었다. 또래들과 놀 때 꼭 앞장섰고 가장 큰 목소리로 말했다. 자기보다 키가 큰 아이와 나란히 걸을 때는 손바닥으로 그 아이 어깨를 탁 쳐서 키를 낮추게 했다. 누구와 목검을 들고 겨루다가 밀리면 그날 밤 한숨도 안 자고 식식거렸다.

뒤늦게 천문학 선생은 왕건을 잘못 건드렸음을 깨닫고 목을 움츠리며 슬며시 회초리를 내렸다. 떨리는 손가락으로 책장을 짚으며 부드럽게 말했다.

"자, 좀 있으면 끝납니다. 또 읽어 봅시다."

부슬비 내리는 봄날에 왕건은 아버지를 따라 병사 일천 명을 이끌고 송악을 떠나 철원성에 갔다. 아버지와 아들은 말에서 내려 활짝 열린 성문을 바라보았다. 궁예와 허월이 나란히 서서 그들을 기다리고 있었다. 왕륭이 병사들을 돌아보고 손짓하자 모두 바닥에 납작 엎드렸다.

'허, 저 젊은이가 왕건이란 말이지?'

허월은 성문으로 다가오는 왕건을 처음 보는 순간 눈을 둥그렇게 떴다. 윗몸을 뒤로 젖히며 속으로 중얼거렸다.

'이만저만 자부심이 센 젊은이가 아닐세. 눈에서 불꽃이 튀어.'

왕륭은 두 손을 맞잡고 고개를 숙이며 허리를 구부린 모습이었다. 무겁고 느리게 한 발 한 발 옮기며 궁예와 허월 앞으로 다가갔다. 그러나 이런 아버지와 달리 왕건은 양쪽으로 두 손을 내려 주먹을 꼭 쥐고 허리를 꼿꼿이 세운 채 당당하게 걸었다. 누구한테 항복하러 가는 길이 아니라 담판을 벌이러 가는 길처럼 보였다. 왕륭이 걸음을 늦추며 아들에게 속삭였다.

"건아, 자세가 너무 꼿꼿하지 않니? 저들이 너를 어떻게 생각할지 걱정되는구나."

그제야 왕건은 허리와 고개를 조금 숙이고 앞으로 두 손을 모았다. 얼핏 보기엔 두 손을 맞잡은 듯했지만 실은 살짝 떨어져 있었다.

궁예 앞에 이른 두 사람은 바닥에 엎드려 절했다. 왕건이 아버지보다 먼저 일어나려다가 다시 엎드렸다. 궁예가 다가가서 팔을 잡아 왕륭을 일으켜 세웠다.

"먼 길 오시느라 고생 많으셨어요. 길이 험하진 않던가요?"

왕륭이 공손히 대꾸했다.

"걱정해 주신 덕분에 크게 힘든 줄 모르고 잘 왔습니다."

아직 바닥에 엎드려 있는 왕건에게 궁예가 말했다.

"네가 누군지 알고 있다. 그만 일어나거라."

왕건이 무릎에 묻은 흙먼지를 손으로 툭툭 털며 일어났다. 입이 삐죽 튀어나왔고 낯빛이 무척 붉었다. 두 손을 옆으로 아무렇게나 내리고 궁예의 가슴께를 바라보았다. 궁예가 껄껄 웃으며 손바닥을 펼쳐 보였다.

"처음 만났는데 서로 눈인사는 해야 하지 않겠느냐?"

왕건이 눈을 끔벅거리더니 천천히 고개를 들었다. 눈길이 마주친 두 사람은 잠깐 꼼짝도 하지 않았다. 서로 상대가 지금 무슨 생각을 하는지 더듬는 얼굴이었다. 궁예는 빙긋 웃으며 외눈으로 왕건을 빤히 쳐다보았다. 왕건은 딱딱하게 굳은 얼굴로 외눈 속을 들여다보더니 다시 궁예의 가슴께로 눈길을 내렸다.

허월이 끼어들어 손으로 성문 안쪽을 가리켰다.

"자, 모두 들어가시지요."

옆으로 물러서 있다가 마지막으로 발걸음을 떼며 고개를 흔들었다.

'얼핏 보기엔 궁지에 몰려 잔뜩 움츠러든 토끼 같아. 하지만 가슴 속에 날카로운 발톱을 숨긴 호랑이가 들어 있구먼.'

## 젊은 호랑이들

궁예는 송악 일대를 주름잡던 왕씨 집안을 잘 대우하라는 허월의 조언을 따랐다. 궁예 스스로 생각하기에도 왕륭과 왕건 모두가 평범한 사람들이 아니었다. 그래서 왕륭을 철원 위쪽 일성군 태수에 앉혔으며 성재산에 있는 성산성을 지키게 했다. 그리고 왕건은 그 아래쪽 평야 지대인 철원군을 다스리는 태수이자 철원성 성주 자리에 앉혔다.

어느덧 칠천 명 넘게 불어난 궁예 부대 병사 가운데 이천 명은 성산성에 진을 쳤으며, 나머지 오천 명은 철원군 관아를 두른 철원성 안팎에 머물렀다. 궁예는 부대를 스무 개 대오로 나누었다. 부장을 스무 명 두어 병사 삼사백 명으로 이루어진 각 대오를 맡겼다. 태수 자리를 내려놓고 명주군에서 온 허월의 아들 김순식은 오래 전에 부장 자리에 올라 대오 하나를 이끌었다. 왕건은 철원군 태수로 일하는 한편, 전투를 지원하는 예비 병력을 이끄는 부장 자리를 맡았다.

김순식과 왕건은 서로 비슷한 점이 많았다. 무엇보다 나이와 덩치가 비슷했다. 둘 다 바위처럼 몸이 단단하고 몸놀림이 날랬으며 눈매가 날카로웠다. 저마다 명주와 송악에서 가장 이름난 호족 출신이었고, 언젠가는 큰 인물이 되리라는 고향사람들과 집안의 기대를 한 몸에 받고 있었다. 무술 또한 뛰어나서 창칼뿐 아니라 활을 잘 다루었으며 말을 모는 솜씨가 뛰어났다.

어느 날 김순식이 보란 듯이 안장에 거꾸로 앉아 말을 몰았다. 똑바로 앉아 말달리는 여느 기마병보다 빨랐다. 왕건이 씩 웃더니 자기도 김순식처럼 말 등에 거꾸로 앉았다. 말을 몰고 달리며 화살 두 대를 연거푸 쏘아 꽤 멀리 떨어진 과녁을 꿰뚫었다. 훗 하고 코웃음 친 김순식이 병사에게서 창을 받아 들고 거꾸로 앉은 채 말을 몰았 다. 김순식이 던진 창은 까마득하게 높은 은행나무 꼭대기로 날아가 서 까치집을 맞혀 떨어뜨렸다.

두 젊은 장수의 공통점은 거기서 끝나지 않았다. 둘 다 목청이 좋 아서 목소리가 쩌렁쩌렁 울렸으며 자기 생각을 아주 간결하고 또렷 하면서 조리 있게 밝혔다.

"나보다 강한 상대가 길을 막고 있을 때는 어떻게 해야 할까? 정 면으로 맞부딪혔다간 그 자리에서 박살나겠지? 바로 그럴 때 우회 전략을 써야 해. 길을 돌아간다는 얘기야. 무슨 말인지 알겠나?"

부하들로선 눈을 끔벅이거나 고개를 갸웃거릴 일이 없었다.

"예, 잘 알겠습니다."

"적을 얕잡아보면 내 마음이 풀어지게 돼 있어. 방심하게 된다는 말이지. 호랑이도 토끼를 잡을 땐 온힘을 쏟아 붓듯이, 어떤 적을 만 나더라도 한껏 긴장하고 정신을 똑바로 차려야 해. 그래야 적을 이 길 수 있단 말이다. 알겠나?"

"예, 잘 알겠습니다."

게다가 김순식과 왕건 모두가 전술을 이해하는 능력이 뛰어났다. 작전회의를 하는 자리에서 궁예가 하나를 일러 주면 금세 열을 알아 챘다. 다른 부장들이 여전히 귀를 쫑긋 세우고 숨죽인 얼굴로 궁예 얘기를 귀담아들을 때, 이들은 윗몸을 뒤로 젖히고 쉬었다. 표정이 아주 느긋하고 편안해 보였다.

그러나 두 젊은이는 다른 곳에서 서로 마주칠 때마다 우뚝 걸음을 멈추고 노려보았다. 호랑이 두 마리가 자기 영역을 벗어난 곳에서 딱 마주친 듯했다. 당장에라도 와락 서로에게 달려들어 목덜미를 물어뜯을 것 같은 얼굴이었다. 미리 약속한 듯이 둘 다 입술을 피가 나도록 깨물고 주먹을 불끈 쥐었다.

'언젠가는 진검승부를 겨룰 날이 오겠지.'

'그때 보란 듯이 너를 쓰러뜨려 무릎을 꿇게 만들겠어.'

저마다 그렇게 굳게 다짐하며 질끈 눈을 감았다 뜨고 서로 지나쳐 갔다.

어느 날 궁예가 장수들을 모아 놓고 일렀다.

"귀평과 김순식과 왕건, 그렇게 세 부장이 이끄는 부대가 승령성 전투에 나간다. 총사령관은 귀평이다."

승령(지금의 경기도 연천 북부)은 철원에서 송악으로 가는 길에 있는 고을이었다. 송악 호족들이 궁예 밑으로 들어온 뒤에도 귀부하지 않았다. 여태껏 스스로 찾아와서 항복하지 않고 눈치를 보며 버텨 왔다는 얘기였다. 귀평이 궁예에게 물었다.

"장군님께선 안 나가십니까?"

"따로 할 일이 있어 이곳에 머물겠다."

궁예가 전투에서 빠지기는 처음이었다. 김순식과 왕건이 병사들을 어떻게 다스리고 전투를 어떻게 치르는지 보고 싶었다. 오랜만에 조용히 지내며 나라를 세우는 일에 온 정신을 모으려는 뜻도 있었다. 그런데 부대가 전쟁터로 떠나기도 전에 일이 벌어졌다. 기마병 삼백 명과 보병 일천 명이 철원성 밖에서 마지막으로 전술 훈련을 할 때였다.

"양 날개를 펼쳐라!"

저 멀리 언덕에 선 귀평이 칼을 높이 들어 세 번 허공을 그으며 신호를 보냈다. 신호를 잘못 이해한 왕건이 자기가 다스리는 병사들을 이끌고 전속력으로 달려 나갔다. 이들은 김순식이 이끄는 병사들이 나아가던 길을 막았다.

"도대체 뭐 하는 짓이냐!"

김순식이 버럭 소리치며 말을 몰고 내달렸다. 왕건과 열 발짝 떨어진 곳에서 멈추어 서며 다시 외쳤다.

"양 날개를 펼치라는데 주둥이를 닫으려 하니 정신이 나간 거 아니야? 아무리 멍청해도 정도가 있어야지!"

왕건이 눈에서 불을 뿜으며 말을 몰고 김순식에게 와락 달려들었다. 말 등에 두 발로 올라서서 온몸을 날려 김순식을 덮쳤다.

"네 이놈, 주둥이를 그 따위로 놀리다니!"

두 사람은 한 덩어리가 되어 땅바닥에 떨어졌다. 서로 멱살을 잡고 얼굴에 마구 주먹을 날렸다. 퍽퍽 소리가 울렸고 허공으로 피가 튀었다. 데굴데굴 구르다가 진흙 구덩이로 들어가면서 서로에게서 떨어져 나갔다. 둘 다 벌떡 일어나 구덩이 밖으로 올라가서 주먹을 꽉 쥐고 마주보며 으르렁거렸다.

"네놈이 젖비린내를 풀풀 풍길 때 벌써 알아보았다. 여기가 어린 애들 놀이터인 줄 아나 본데, 어서 보따리 꾸려 떠나는 게 좋을 것이다!"

"어디서 무얼 하다가 굴러온 놈인지 모르겠으나 덜떨어진 놈인

건 확실하게 알겠다. 하룻강아지 같은 놈이 감히 어디서 겁 없이 설쳐 대느냐!"

둘은 다시 맞붙어 주먹을 날렸고 또다시 퍽퍽 소리가 울렸다. 둘다 얼굴이 찢어져 피투성이가 되었고 주먹에서도 피가 흘렀다. 한참치고 박더니 똑바로 선 채 서로 어깨를 꽉 잡았고, 두 다리를 벌려 땅을 단단히 디디며 상대 목덜미를 입으로 물었다. 그러고는 한참 꼼짝도 하지 않았다. 병사들이 눈을 크게 뜨고 우르르 몰려들었다.

"와, 서로 죽일 듯이 싸우네. 하나가 명줄이 끊어져야 싸움이 끝나겠어."

뒤늦게 말을 몰고 달려온 귀평은 머리끝까지 화가 치밀었다.

"뭐 하는 짓들이냐! 당장 떨어지지 못할까!"

두 젊은이는 귀평의 말을 듣지 않았다. 말에서 뛰어내린 귀평이 칼을 뽑아 들었다.

"항명죄로 이 자리에서 목을 치겠다!"

그제야 둘 다 움찔하더니 서로에게서 떨어져 나갔다. 그날 오후에 귀평이 궁예에게 그 일을 보고하고 덧붙였다.

"어디서부터 잘못되었는지 잘 모르겠습니다."

궁예는 아무런 대꾸를 하지 않았으며 눈썹 한 올 움직이지 않았다. 귀평이 절레절레 고개를 흔들었다.

"마치 철천지원수 같더군요."

궁예가 외눈을 끔뻑이며 손을 들었다.

"그만 나가 보게."

승령성 전투에 나갈 부장 둘과 대오가 바뀌리라는 소문이 돌면서 온 부대가 어수선해졌다.

"궁예 장군님께서 그냥 넘어가지 않을 거야. 둘 다 감옥에 들어갈 수도 있어."

그날 저녁 모든 병사들이 식사를 마쳤을 때였다. 김순식과 왕건이 나란히 궁예를 찾아가 무릎을 꿇었다.

"잘못했습니다. 용서해 주십시오."

"다시는 이런 일이 없도록 하겠습니다."

궁예는 한참 잠자코 앉아 있더니 칼 두 자루를 꺼내 둘에게 나눠 주었다.

"철원에서 가장 뛰어난 장인이 만든 명검이라는구나. 잘 쓰도록 해라."

칼을 받아들고 멍하니 자기를 쳐다보는 두 젊은 장수에게 덧붙였다.

"가슴이 뜨거워도 머리는 차가워야 한다. 가슴속에 열정을 품되, 어떤 일이 있어도 흥분하지 말라는 말이다."

승령성은 군자산 위에 있었다. 그다지 험한 산이 아니었는데 돌로 쌓은 성벽이 무척 튼튼하면서 높았다. 귀평과 김순식과 왕건이 이끄는 부대는 승령성 남문 앞에 진을 쳤다.

"어째 저리 조용하지?"

"제가 가서 알아보겠습니다."

김순식은 기마병 열 명을 데리고 남문 가까이 다가갔다. 줄곧 잠잠했던 승령성 안쪽에서 갑자기 웅성대는 소리가 들렸다. 성벽 위로 나타난 궁사들이 한꺼번에 활을 쏘아 김순식과 기마병들을 밀어냈다. 총사령관 귀평이 부장 김순식과 왕건에게 물었다.

"어찌 하면 좋겠는가?"

김순식이 대꾸했다.

"성벽이 너무 높아서 사다리가 끝까지 닿지 않습니다. 불을 놓아 성문을 태우는 길밖에 없겠습니다."

곁에 있던 왕건이 고개를 갸웃했다.

"먼저 성벽 가운데 낮게 쌓은 곳이 있는지 살펴보는 게 좋겠습니다."

김순식과 왕건의 의견이 정면으로 맞부딪혔다. 둘 다 눈에서 불꽃이 튀었지만 일부러 서로 쳐다보지 않았다. 귀평이 고개를 끄덕였다.

"두 가지를 동시에 하자."

이튿날 아침에 김순식은 병사들에게 일렀다.

"장작을 실은 수레를 성문 앞에 바짝 붙여 대고 불을 질러라."

방패를 든 병사들이 수레를 밀고 앞으로 나갔다. 허공에서 화살이 쏟아져 내려 방패를 때렸다. 가까스로 성문 앞에 이른 병사들은 수레에서 장작을 부려 불을 놓았다. 바로 그때 성벽 위에서 펄펄 끓는 물이 쏟아졌다.

"앗, 뜨거워!"

화상을 입은 병사들은 비명을 지르며 네 발로 기어 돌아왔다. 장작에 붙었던 불은 이미 꺼졌다.

"고얀 놈들, 죽은 척하고 있더니."

김순식은 한두 번 실패했다고 해서 그만둘 사람이 아니었다. 얼마 뒤에 다시 장작 부대를 보냈고 또 실패했다. 온종일 이런 일이 되풀이되었다. 그 사이에 왕건은 기마병들을 데리고 멀찍이 떨어져 성을 돌았다.

"산세를 이용해서 성벽을 잘 쌓았네."

눈을 크게 뜨고 감탄하더니 성 북쪽에서 산비탈이 수평을 이루며 성벽과 이어진 곳을 찾아냈다.

"그래, 바로 여기다."

왕건이 진지로 돌아와서 귀평에게 보고했다.

"내일 아침에 부대를 이끌고 북쪽 성벽을 넘어 공격하겠습니다. 그러면 적들이 남문을 열고 이리로 달아날 것입니다."

"좋은 생각이다. 나는 김순식 부장과 함께 여기서 적들을 기다리고 있겠다."

이튿날 아침에 김순식은 열세 번째로 장작 부대를 남문으로 보냈다. 어찌 된 일인지 성벽 위에서 뜨거운 물이 쏟아져 내리지 않았고 화살도 날아오지 않았다. 귀평이 김순식에게 일렀다.

"이제 됐다. 성문이 무너져 내리자마자 공격한다."

귀평과 김순식은 장작불에 활활 타오르는 성문을 바라보며 말에 올랐다. 남문 쪽에 남아 있던 모든 병사들이 창칼을 앞에 들고 달려 나갈 준비를 했다. 같은 시각에 북쪽에선 군자산에 오른 왕건 부대가 비탈길을 내려와 성벽을 넘었다. 북소리가 요란하게 울리는 가운데, 귀평과 두 호랑이가 이끄는 병사들은 함성을 지르며 관군을 협공했다. 앞쪽과 뒤쪽을 번갈아 바라보느라 목뼈가 저릿해진 관군 병사들은 사기를 잃었고 모두 무기를 던지며 바닥에 엎드려 항복했다.

세 장수가 이끄는 군대는 포로들을 밧줄로 묶어 철원으로 보냈다. 내친 김에 장단(지금의 경기도 파주 장단)을 치러 떠났다. 이 성은 지난해 장마 때 성벽 한쪽이 와르르 무너졌는데 아직까지 도로 쌓지 못했다. 관군들은 성 안에서 오래 버틸 수 없었기에 모두 성문 밖으로 나갔다. 성주와 장수들이 머리를 맞대고 주고받는 목소리에 힘이 없었다.

"단번에 승령성을 무찌른 걸 보면 보통 강한 군대가 아닌 것 같다. 이제 어쩌면 좋겠는가?"

"어서 사자를 보내 항복하는 게 나을지도 모르겠습니다."

저 멀리 벌판 끝으로 귀평이 총지휘하는 기마병과 보병들이 흙먼지를 일으키며 나타났다. 임진강에 뜬 섬 초평도 위쪽 벌판이었다. 장단성 성주가 잔뜩 흐린 날인데도 손차양으로 햇볕을 가리는 척하며 외쳤다.

"정말 큰일 났네. 싸워야 하나 말아야 하나? 여보게들, 어서 대답해 보게!"

"우리한테 물으시면 어떡합니까? 장군님께서 결정하세요!"

귀평은 김순식과 왕건과 함께 사방이 탁 트인 들 복판에 말을 멈추어 세웠다. 다른 병사들이 뒤쪽에서 가까이 오기를 기다렸다. 김순식이 귀평에게 말했다.

"관군이 항복하려는 듯합니다. 모두들 서 있는 자세가 어정쩡해 보입니다."

왕건은 전혀 다르게 생각했다.

"항복하려면 무기를 버렸어야지요. 모두 무기를 들고 있지 않습니까? 우리가 먼저 공격하는 척하면 저들이 어떻게 나올지 알 수 있을 겁니다."

김순식이 목소리를 높였다.

"항복하려는 자들을 죽이는 일은 어느 쪽에도 좋지 않습니다. 시간을 두고 지켜보거나 사자를 보내 뜻을 물어보면 좋을 듯합니다."

귀평은 아까부터 천둥소리가 울리는 하늘을 거듭 올려다보았다. 적들이 서 있는 곳 뒤쪽 하늘에서 이쪽으로 먹구름이 몰려오고 있었다. 바람이 점점 세차게 불면서 흙먼지가 뽀얗게 날렸다. 귀평이 낯을 찌푸리며 중얼거렸다.

"장마가 좀 일찍 올 수도 있지 않나? 만일 여러 날 줄기차게 비가 내리면 어쩌지?"

귀평은 하루라도 빨리 전투를 마치고 철원으로 돌아가고 싶었다. 왕건의 뜻을 받아들여 마음을 굳히고 명령을 내렸다.

"일단 공격해서 적들이 어떻게 나오는지 봐야겠다. 자, 모두 준비되었지?"

귀평이 칼을 높이 들자 둥둥 북소리가 울리기 시작했다. 귀평은 기마병들과 함께 힘차게 달려 나갔다. 좌우에서 김순식과 왕건도 기마병들을 이끌고 뛰쳐나갔고 보병들이 칼과 창을 들고 뒤따랐다.

드디어 적들이 코앞으로 가까이 다가왔다. 김순식의 눈엔 오로지 항복할 생각을 하는 적병들만 들어왔다. 적병들은 하나같이 어깨가 축 처졌으며 금방이라도 창칼을 바닥에 떨어뜨리고 무릎을 꿇을 듯했다. 하지만 왕건에겐 오로지 당당하게 맞서 싸울 생각을 하는 병사들만 눈에 들어왔다. 모두가 전혀 죽음을 두려워하지 않는 것처럼 보였다.

마치 해일처럼 관군을 덮친 궁예 부대는 마구 베고 찌르고 밟았다. 쓰러지고 자빠지는 적들을 타넘어 또다시 베고 찌르며 나아갔다. 몇 번 숨을 들이쉬고 내쉬는 사이에 전투는 끝났다. 관군 이백 명이 죽고 사백 명이 다쳤으며, 궁예 부대 병사들은 서른 명이 죽고 일백 명이 다쳤다. 이렇게 짧은 전투에서 이만한 사상자가 난 전투는 찾아보기 어려웠다.

'빌어먹을.'

김순식은 할 말을 잃고 부르르 치를 떨었다. 좀 전까지만 해도 심장이 펄떡펄떡 뛰던 사람 이백서른 명이 더는 존재하지 않게 된 현장을 돌아보았다. 말에서 내린 김순식은 아직 따뜻하고 물렁물렁한 시체들을 헤치며 겨우 발을 옮겼다. 저만치에서 무릎을 꿇은 왕건이 보였다.

'저 놈을 그냥!'

김순식은 칼집에서 스르륵 칼을 빼어 들었다. 칼을 쥔 손에 힘을 주고 발을 재게 옮겼다. 왕건의 목을 치고 싶은 마음뿐이었다. 그 뒤에 무슨 일이 벌어질지는 전혀 생각하지 않았다.

왕건 뒤에 바짝 다가간 김순식은 움찔하며 걸음을 멈추었다. 왕건이 가장 아끼던 부하 시체를 품에서 바닥으로 내려놓으며 자기 갑옷을 벗어 부하 가슴을 덮고 있었다. 왕건의 어깨가 가늘게 떨렸다. 이를 악문 김순식은 고개를 숙이고 눈을 꾹 감았다. 다시 눈을 뜨며 천천히 칼집에 칼을 넣었다. 그대로 돌아서서 자기 말이 있는 곳으로 터벅터벅 걸어갔다.

## 소용돌이

이듬해 정월부터 소용돌이가 온 나라를 휩쓸었다. 여태껏 아무도 이런 소용돌이를 본 적이 없었다. 먼저 남쪽 바다에서 고등어와 꽁치들이 떼 지어 연안으로 몰려왔다. 모두 물에 얕게 떠서 같은 방향으로 동그라미를 그리며 빙빙 돌았다. 물고기들이 탐난 어부들은 서둘러 배를 띄웠지만 소용돌이에 다가가지 못하고 돌아오며 입맛을 다셨다.

"까닥 잘못했다간 소용돌이에 휩쓸리겠어."

뒤이어 은빛 멸치 떼까지 파닥거리며 빙빙 돌았다. 잠깐만 바라보고 있어도 머리가 어질해졌고 속이 울렁거렸다. 너나없이 허리를 구부리고 웩웩대다가 눈물을 닦으며 고개를 흔들었다.

서해에서도 조기와 새우들이 날마다 소용돌이 몇 백 개를 만들어 바닷가 사람들에게 울렁증을 안겨 주었다. 어디에서나 비틀거리며 걷다가 허리를 구부리고 쪼그려 앉는 사람을 볼 수 있었다. 겨울비가 내리자 더욱 낯선 광경이 펼쳐졌다. 빗줄기는 소용돌이가 뿜는 돌풍에 밀려 희뿌연 물방울로 바뀌어 사방으로 흩날렸다. 아이들이 비를 맞으며 두 팔을 머리 위로 쭉 뻗고 폴짝폴짝 뛰었다. 팽이처럼 빙그르 돌다가 픽 쓰러지는 아이도 있었다.

동해도 조용하지 않았다. 개운포 앞바다에서 범고래와 돌고래들이 몇 시간이고 쉬지 않고 빙빙 도는 묘기를 보여주었다. 허공으로 붕 날아오른 돌고래들은 도로 내려오기 싫은 듯 마구 온몸을 뒤틀다가 떨어졌다. 어진과 명주에선 오징어들이 누가 더 빨리 소용돌이를 만드는지 겨루다가 따분해진 나머지 파도를 타고 힘껏 모래펄로 날아갔다. 그러고는 켜켜이 포개져 스스로 목숨을 끊었다. 이곳 사람들은 오징어를 끼니때마다 배불리 먹었다. 한 달 넘게 오징어만 먹었더니 얼굴이 오징어처럼 세모꼴로 바뀌었다. 이들이 재채기할 때마다 입 밖으로 먹물이 날아갔고 모두가 같은 말을 입에 올리며 다투었다.

"옷에 먹물 튀잖아! 손으로 입을 가리고 재채기하란 말이야!"

서라벌 조정은 봄으로 접어들면서 성격이 좀 다른 소용돌이에 휘말렸다. 어느덧 옥좌에 오른 지 열 해가 넘은 진성여왕은 몸과 마음 모두가 병들어 폐인이 되었다. 얼굴에 분을 잔뜩 발랐고 윗눈썹까지 내려오게 왕관을 써서 이마에 난 주름살을 가렸다. 하지만 꾸부정한 등허리와 겨울나무같이 앙상한 다리는 숨길 수 없었다. 몇 발짝 걸음걸이만으로도 풍성한 비단옷 속에 든 몸이 얼마나 부실한지 누구나 금세 알아챌 수 있었다.

두 가지가 여왕이 빨리 늙는 데 이바지했다. 하나는 음행이었고 또 하나는 약물이었다. 여왕은 침방에서 얻는 쾌락을 늘리고자 흥분을 더해 주는 약초 추출물을 지나치게 많이 먹었다. 충신부터 간신에 이르기까지, 딱히 하는 일 없이 노는 진골 귀족부터 기술직에서 반낮없이 구슬땀을 흘리는 육두품 출신 관리에 이르기까지, 모든 사람들이 이런 왕을 지켜보는 데 지쳤다. 눈이 빙빙 도는 얼굴로 넌더리를 냈다.

"서라벌 어느 집 벽에나 여왕더러 그만 하야하라고 외치는 격문이 나붙잖아요. 여왕 눈엔 그런 글들이 안 보이나 봐요."

"스스로 알아서 내려오면 얼마나 좋아요. 꼭 누가 멱살을 잡고 끌어내려야 하나요."

왕이 곧 하늘이고 하늘이 곧 왕이던 시대였다. 대놓고 그런 말을 주고받을 정도면 그들의 눈에 왕이 더는 하늘로 보이지 않는다는 얘기였다. 드디어 진골 고관들은 봄꽃이 지고 더위가 다가올 즈음에 소용돌이를 헤치고 나와 칼을 빼들었다. 여왕의 침방을 마음대로 드나드는 내시와 미소년들을 모조리 잡아 죽이고 시녀들에게 일렀다.

"여왕을 조정으로 끌고 나오너라."

지팡이를 짚은 여왕이 자기 발로 걸어 조정에 나타났다. 미처 분을 바르지 못해 쭈글쭈글한 주름이 드러나고 게슴츠레하게 눈이 풀린 얼굴이었다. 시중 준흥과 여러 고관들이 여왕에게 연거푸 물었다.

"어떻게 나라를 이 꼴로 만들어 놓을 수 있지요?"

"이러고도 밤에 잠이 와요?"

여왕이 입을 크게 벌리고 하품했다.

"밤에 잠을 못 잔 지 오래됐네요."

고관 하나가 낯을 붉히며 쏘아붙였다.

"벼룩도 낯짝이 있다고 하지 않습니까. 그만 물러나시지요?"

여왕은 어서 침방으로 돌아가 눕고 싶은 생각밖에 없었다. 고개를 끄덕이며 모깃소리로 대꾸했다.

"예, 그러지요. 물러날게요."

때는 897년 유월이었다. 여왕은 시녀들의 부축을 받으며 조정을 떴고 다시는 그곳에 돌아오지 않았다. 두 해 전에 세자로 책봉된 김요가 곧바로 왕위를 물려받았다. 김요는 여왕의 조카이면서 큰오빠

헌강왕의 서자였다. 가마를 타고 월지 동궁을 나선 김요는 어리벙벙한 얼굴로 주위를 살피며 월성으로 들어갔다. 지나가던 행인들이 가마를 보고 길을 열어 주며 바닥에 엎드렸다. 김요가 가마에 앉은 채 그들에게 목소리를 낮추어 물었다.

"이봐요, 요즘 왕궁에 무슨 일 있어요?"

열두 살 난 소년은 고모가 왜 갑자기 옥좌에서 내려왔는지 알고 싶었다. 그러나 대꾸하는 사람이 아무도 없었기에 궁금증을 풀 길이 없었다. 즉위식이 치러지는 내내 어린 효공왕의 두 눈과 머릿속에선 작은 동그라미들이 소용돌이처럼 빙글빙글 돌았다.

그 뒤로 여섯 달이 지났을 때였다. 햇살은 눈부시게 밝은데 볼이 떨어져나갈 만큼 추운 날 아침에 진성여왕이 서른두 살 나이로 생을 마쳤다. 무언가를 보고 깜짝 놀란 듯 동그랗게 눈을 뜬 모습이었다. 갓난아기 때 아버지 경문왕한테서 받은 나무 인형을 손에 꼭 쥐고 있었다.

다시 보름이 지났을 때, 궁예는 남쪽 전선에서 온 전령에게서 그 소식을 전해 들었다. 철원성 동문 밖에 있는 훈련장 막사에서 부드러운 천으로 황룡도를 닦던 중이었다.

"애썼다. 나가 보거라."

궁예는 전령이 돌아간 뒤에 천천히 칼을 내려놓고 일어섰다. 서라벌이 있는 남동쪽으로 돌아서서 앞으로 두 손을 모으며 눈을 감았다. 궁예는 배다른 누나가 낳은 조카딸이자 한 나라의 왕이 무지와 어리석음, 게으름에서 벗어나지 못하고 나라를 망친 일을 돌아보았다. 참았던 숨을 길게 내쉬며 속으로 중얼거렸다.

'이승에서 짊어졌던 모든 짐을 내려놓고 편히 잠드시오.'

절반쯤 열린 막사 문 밖으로 구름처럼 모여드는 병사들이 보였다. 이들은 그제야 여왕이 세상을 떴다는 소식을 들었다.

"만세! 만세!"

모두 두 손을 높이 들고 함성을 외치기 시작했다. 그 소리는 파도 치듯이 길게 이어지다가 잠깐 멈추었다. 뒤이어 좀 더 길고 크게 온 하늘로 울려 퍼졌다. 하늘을 날던 새들이 깜짝 놀라서 빙빙 돌았다. 구름도 어디로 흘러갈지 방향을 잡지 못하고 제자리에서 맴돌았다. 이런 풍경 또한 한 해 넘게 온 나라를 어지럽게 만들었던 소용돌이나 다름없었다.


## 박연폭포


김순식의 삼촌 김정렴은 병들어 눕는 바람에 더는 명주를 다스릴 수 없었다. 궁예는 이 소식을 듣자마자 김순식을 불렀다.

"자네가 가서 명주를 돌봐야겠네. 명주 도독을 맡으라는 말일세."

김순식은 전쟁터를 떠나게 되어 무척 아쉬웠지만 궁예의 명령을 거스를 수 없었다. 누구보다 길게 숨을 내쉬며 가슴과 두 다리를 쭉 편 사람은 아버지 허월이었다. 아들이 왕건과 자주 부딪힌다는 소문이 온 군대에 널리 퍼져 있어 자칫 큰일이 벌어질까 봐 내처 마음을 졸여 왔다. 궁예 또한 김순식과 왕건 사이가 아슬아슬하다는 걸 잘 알고 있었다. 김순식을 떠나보내며 작별 인사를 주고받을 때 무척 서운해 하면서도 낯빛이 밝아 보였다.

"언제 다시 만날 날이 있겠지. 잘 가게나."

"장군님께 은혜를 많이 입고 돌아갑니다. 내내 건강하십시오."

다시 갑옷을 입고 투구를 쓴 궁예는 황룡도를 옆구리에 차고 말에 올랐다. 기마병 오백 명과 보병 일천 오백 명을 데리고 길을 나섰다. 호위대장 은부와 부장 다섯이 말을 타고 뒤따랐다. 궁예는 철원성을 나서기에 앞서 철원군 태수이자 성주 왕건에게 일감을 잔뜩 만들어 주었다.

"성벽이 무너진 곳이 많더군. 모두 손보고 관청 건물을 하나 더 짓도록 하게나. 앞으로 관리들이 늘어나게 될 테니까 말이야."

이번 원정에서 길을 안내한 이는 황보명궁이었다. 송악에서 북서쪽으로 올라가면 평양 밑에 황주가 있었다. 황보명궁은 이 고을 호족 출신이었다. 원래 이름은 황보명인데 활 솜씨가 워낙 뛰어나서 그렇게 이름을 바꾸었다. 사냥을 나가면 꼭 멧돼지와 노루를 몇 마리씩 잡아왔다. 하늘을 대충 겨누고 쏘는 것 같은데도 메추리와 꿩이 후드득 떨어져 내렸다.

명궁은 왕건 부자가 궁예에게 귀부한 지 석 달이 지나서 병사 삼백 명을 데리고 철원에 왔다. 그 뒤로 부장이 되어 기마부대 하나를 맡았다. 무척 힘이 넘치고 성격이 밝으면서 늘 웃는 젊은이였다. 다시 말을 돌보는 일로 돌아가서 언제나 어깨춤을 추며 콧노래를 부르는 종간과 비슷했다.

"장군님, 오늘 하늘이 참 맑고 바람이 잔잔하네요. 사냥을 즐기기에도 좋고 전쟁을 치르기에도 좋은 날씨입니다."

궁예 부대는 며칠 뒤에 송악 아래쪽 개풍에 이르렀다. 아직 항복하지 않고 버티며 눈엣가시처럼 구는 인물현(지금의 황해도 개풍 봉동)을 공격했다.

"자, 한번 신나게 싸워 볼까나."

명궁은 말을 몰고 칼을 휘두르며 적진을 향해 달려 나가면서 싱글벙글 웃었다.

"어이쿠!"

말이 헛발을 딛는 바람에 말에서 떨어져 엉덩방아를 찧었을 때도 큰 소리로 하하하 웃었다. 창을 들고 달려들던 적병은 그 모습에 멈칫하며 고개를 갸웃대다가 멀리서 날아온 화살에 맞아 쓰러졌다. 명궁이 적병을 바라보고 일어나며 또 웃었다.

"이 녀석아, 조심하지 않고선!"

궁예 부대는 인물현을 쉽게 손에 넣었다. 궁예가 전투를 마치자마자 바다 쪽이 어딘지 명궁에게 물었다.

"선착장에 들러 보고 싶네."

"오늘은 늦었고요, 내일 저와 함께 가시지요."

이튿날 궁예는 여러 해 만에 다시 바다를 보았다. 시야가 훤히 트인 명주 앞바다와 전혀 달랐다.

"바다라기보다는 호수 같구면."

섬과 육지 사이로 먼 바다 수평선이 한 뼘 남짓 눈에 들어왔다. 선착장엔 어마하게 큰 범선들이 꽉 들어차 있었다. 모두 왕건네 집안에서 갖고 있던 배였다. 왕륭은 이 배들을 궁예한테 바치고 넓은 땅을 선물로 받았다. 모든 배가 어찌나 웅장한지 마치 바다에 뜬 대궐 같았다. 궁예가 하늘을 찌르는 돛대 끝을 한참 올려다보더니 손을 들어 뻐근해진 뒷목을 주물렀다.

"배에 올라가 보세."

말에서 내리려는 궁예에게 명궁이 말했다.

"말을 탄 채로 배에 올라도 됩니다."

궁예와 명궁은 말을 몰고 선착장 복판에 있는 범선으로 다가갔다. 왕건의 사촌형이자 수군대장 왕결이 범선 앞에서 이들을 맞았다.

"장군님, 어서 오십시오."

"반갑네. 이렇게 많은 배들을 돌보느라 고생이 많구먼."

"고맙습니다. 간단하게 요기하시라고 갑판에 상을 차려 놓았습니다."

궁예는 이쪽 끝에서 저쪽 끝까지 천천히 오가며 선착장에 묶인 배들을 살펴보았다. 배마다 수군 병사들이 뱃전에 붙어 서 있었다. 병사들은 물결치듯이 차례로 칼을 높이 들었다가 내리며 궁예에게 인사했다. 궁예는 명궁을 따라 가장 큰 범선으로 다가갔다. 길이가 일백 척이 넘는 범선이었다. 두 사람은 범선 뒤쪽에서 뱃전을 터놓은 곳에 댄 송판을 타고 갑판에 올랐다.

"저도 오랜만에 이 배에 올라 봅니다."

명궁은 보란 듯이 빠르게 말을 몰며 요란한 발굽소리를 내면서 달렸다. 이물에 이르러 바다로 뛰어들기 직전에 힘차게 고삐를 당겼다. 말이 앞발을 높이 들고 히히힝 울며 뒷발로 재게 갑판을 타다닥 굴렀다. 반 바퀴 제자리에서 빙글 돈 말은 다시 앞발을 바닥에 내렸다. 명궁이 우쭐해진 얼굴로 웃으며 궁예를 쳐다보았다.

"장군님, 이렇게 큰 배를 보신 적 있습니까?"

"처음 보았네. 사람 손으로 이런 배를 만들었다니 눈으로 보고도 믿을 수가 없구먼."

궁예도 명궁처럼 말을 몰고 이물까지 갔다가 갑판 가운데로 돌아왔다. 두 사람은 말에서 내려 촛불을 밝힌 탁자에 마주앉았다. 먼 바다에서 온 하늘을 붉게 물들이며 노을이 지고 있었다. 둘 다 노을빛 얼굴로 웃으며 떡을 먹고 차를 마셨다. 궁예가 찻잔을 들여다보았다.

"맛이 쌉쌀하면서도 아주 맑고 깨끗하네. 무슨 차인가?"

"인삼차입니다. 송악은 효능이 뛰어난 인삼이 잘 자라서 당나라까지 이름이 나 있지요."

명궁은 황주에서 어린 시절을 보냈다. 소나무와 바위가 많다는 뜻을 지닌 송악에 와서 아버지와 함께 목재상을 하며 살다가 군인이 되었다. 날이 어두워진 뒤에도 명궁은 웃음을 그치지 않았다. 송악 자랑을 입에 침이 마르게 늘어놓았다. 빼어난 경치와 기름진 땅, 아주 강인한 사람들에 대해 늘어놓더니 크낙새가 많은 고장이라는 얘기를 거쳐 폭포 이야기로 넘어갔다.

"금강산에 있는 구룡폭포를 보셨는지요?"

"아니, 못 보았네."

"저런, 아직 못 보셨다고요? 설악산 대승폭포는요?"

"그 폭포도 못 보았네."

"이런, 안타깝군요. 구룡과 대승, 그리고 박연은 우리나라에서 세 손가락 안에 드는 폭포들입니다. 이번에 박연폭포를 꼭 보고 가세요. 제가 안내해 드리겠습니다."

궁예 부대는 이레 뒤에 공암(지금의 서울 강서구와 양천구)을 치러 가기로 돼 있었다. 그 전까지 틈날 때마다 궁예는 명궁과 함께 송악 곳곳을 돌았다. 송악 서쪽에서 위아래로 길게 흐르는 북하(지금의 예성강)에 이르렀을 때 궁예가 언덕에서 강을 내려다보며 감탄했다.

"강이 어찌 저리 기묘하게 생겼을까? 마치 다리를 이리저리 쭉 뻗고 길게 누운 용 같구먼!"

동쪽에서 비스듬히 흘러내려 한강과 만나 개풍 앞바다로 들어가는 임진강에선 한참 강물 소리에 귀를 기울였다.

"여울목에서 호랑이 수백 마리가 한꺼번에 우는 소리가 들려오는구나."

궁예가 머문 송악성은 발어참성으로도 불렸다. 왕건의 아버지 왕륭이 쌓은 성이었다. 송악성 망루에 오른 궁예는 남쪽 들판을 바라보았다. 철원 평야 못지않게 넓고 기름진 들판이었다. 궁예가 보기에 과연 송악은 철원 버금가게 풍광이 아름다우며 살기 좋은 곳이었다. 좌우로 큰 강이 흐를 뿐 아니라 북쪽에서 높은 산들이 병풍을 둘렀다. 남쪽 들판 너머엔 언제든지 배를 띄울 수 있는 고요한 바다가 있으니 이만한 곳이 어디에 또 있을까 싶었다.

송악군 태수 이름은 왕춘이었다. 왕춘은 개풍 앞바다 선착장을 지키는 수군대장 왕결처럼 왕륭의 조카이면서 왕건과는 서로 사촌 사이였다. 어느 날 궁예는 송악성 정자에서 왕춘과 함께 밥을 먹고 차를 마셨다. 이야기를 주고받던 중에 왕춘은 두 단어로 이루어진 같은 문구를 일백 번 넘게 썼다.

"우리는 고구려 사람으로서 엄청난 자부심을 갖고 있습니다."

"고구려 사람이기 때문에 우리로선 그런 일을 받아들이기 힘듭니다."

엉뚱한 곳에 그런 문구를 집어넣기도 했다.

"고구려 사람인 우리가 보기에도 요즘 날씨가 참 좋군요."

"이런 날씨에 우리 같은 고구려 사람들은 집에 가만히 있질 못합니다."

송악을 떠날 때를 하루 앞둔 날도 날씨가 좋았다. 하늘에 뭉게구름이 떠가고 산들바람이 불었다. 시야가 훤히 트여서 먼 데까지 한눈에 들어왔다.

"내일 이곳을 떠나야 한다니 아쉽구먼."

궁예는 송악의 지형을 한 번 더 살펴보기로 했다. 명궁과 은부, 그리고 무사 다섯 명을 데리고 말을 몰아 성을 나섰다. 성벽을 돌아서 북쪽 들판으로 접어든 일행은 말없이 힘차게 말을 몰고 달렸다. 평야를 지나 비탈을 오르니 울창한 숲이 나왔다. 크낙새가 많이 사는 고을답게 딱딱 나무를 쪼는 소리가 끝없이 들려왔다. 궁예 일행이 이른 곳은 박연폭포였다. 성거산과 천마산에서 흘러온 물줄기가 바가지처럼 팬 바위를 지난 뒤에 일백이십 척 높이 바위 아래로 시원스럽게 쏟아져 내렸다.

"허, 저런 폭포는 처음 보네!"

궁예가 폭포에서 눈을 떼지 않은 채 말에서 내렸다. 명궁이 어깨를 으쓱거리며 폭포만큼이나 하얀 이를 모두 드러내고 웃었다.

"제 말이 맞지요? 마치 저 구름에서 물줄기가 쏟아져 내리는 것 같지 않습니까?"

언덕 이쪽에 올라서서 폭포를 바라보는 사람은 궁예 일행만이 아니었다. 저만치 벚나무에 말이 세 필 묶여 있었다. 앞쪽 소나무 그늘에 선 사내와 여인 둘이 보였다. 사내와 여인 하나는 나이가 지긋해 보였고 다른 여인은 앳된 얼굴이었다. 이들은 궁예 일행을 보고 멈 칫하더니 서로 귓속말을 주고받았으며, 허리를 구부리고 두 손을 앞에 모은 자세로 조심스럽게 발을 옮겨 가까이 다가왔다. 뺨에 밤톨만 한 갈색 점이 난 사내가 궁예에게 인사했다.

"장군님, 여기는 어쩐 일이신지요?"

폭포 소리를 이기려고 한껏 목소리를 높이며 덧붙였다.

"철원에서 뵌 지 얼마 안 되어 또 뵙게 되어 영광입니다."

궁예는 그 소리가 제대로 들리지 않았다. 명궁을 가까이 오게 해서 귀에 대고 물었다.

"저분이 뭐라고 그러시는가?"

그때부터 명궁은 서너 발짝 사이를 바삐 오갔다. 두 사람의 말을 큰 소리로 외쳐서 서로에게 전했다. 궁예는 비로소 그 사내가 누군지 알았다. 두 달 전에 병사들을 데리고 철원에 와서 복종을 맹세한 사람이었다. 갈색 점 때문에 갈밤톨로 불렸으며 송악 북서쪽에 있는 신천을 주름잡던 강씨였다.

"저 여인은 아내이고 곁에 선 아이는 딸이랍니다."

두 여인은 궁예와 눈이 마주치자 서로 살짝 손을 잡고 고개를 숙여 보였다. 명궁이 궁예에게 덧붙여 말했다.

"따님은 올해 열아홉 살인데요, 이름이 옥연이라고 합니다."

강옥연은 머리를 땋아 꼭뒤에서 위로 틀어 올렸다. 금으로 만든 꽃무늬 귀고리를 달았으며 양 볼에 분홍색 분을 발랐다. 옥빛 세모시 저고리에 연둣빛 치마를 입은 모습이 나비처럼 가벼워 보였다. 이마가 넓고 눈꼬리가 길었는데 날카로운 콧날 아래로 입을 작게 오므렸다. 첫눈에 무척 야무지고 굳센 느낌을 주었다.

궁예는 불현듯 어디에선가 옥연과 비슷한 사람을 본 듯한 느낌이 들었다.

'누구지? 누구일까?'

곧이어 누구인지 알아냈다. 머나먼 세월 저편에서 어린아이 하나를 등에 업고 정신없이 달아나던 여인이었다. 아무리 호되게 엎어지고 나자빠져도 신음 한 번 내지 않고 꿋꿋이 일어서던 여인이었다. 궁예가 열 살 되던 해까지 늘 붙어 지냈으며 친어머니로 여겼던 춘섬의 얼굴이 옥연의 얼굴 속에 들어 있었다.

'정말 비슷해. 서로 자매라고 해도 믿을 만큼 닮았어!'

옥연은 궁예가 자기를 뚫어지게 바라보는 느낌에 슬쩍 고개를 들었다. 눈동자 두 개와 눈동자 한 개가 날리는 눈빛이 허공에서 맞부딪혔다. 마치 불꽃 튀는 소리가 들리는 듯했다. 곧 옥연은 궁예의 가슴께로 눈길을 내렸다. 궁예도 눈길을 피하며 옥연의 아버지를 돌아보고 손을 내밀었다.

"반가웠습니다. 잘 돌아가시지요."

궁예는 옥연의 아버지와 악수하고 돌아서자마자 말에 올랐다. 다시 고개를 들고 쳐다보는 옥연의 눈길을 느끼며 폭포 앞을 떠났다.


## 충돌


한 해 넘게 여기저기서 쉴 새 없이 충돌이 벌어졌다. 눈에 보이는 충돌도 있었고 보이지 않는 충돌도 있었다. 먼저 궁예의 머릿속에서 두 가지 감정이 서로 부딪혔다. 궁예는 박연폭포 앞에서 잠깐 스치 듯이 만났던 강옥연을 좀처럼 잊지 못했다. 옥연의 얼굴이 떠오르면 가슴에서 아릿한 통증이 일었고 눈앞이 흐릿해졌다. 고개를 세게 흔 들고 어금니를 악물며 외쳤다.

"안 돼!"

강화도 혈구진은 신라가 외적과 해적을 막고자 특별히 신경 써서 관리한 군사 지역 가운데 하나였다. 이런 지역을 군진이라고 불렀 다. 남양 당성진과 삼척 북진, 평산 패강진, 완도 청해진 또한 군진이 었다. 청해진은 한때 장보고가 다스렸으나 서라벌 귀족들에게 미움 을 사서 부하 손에 죽은 뒤에 해체되었다.

철원성에서 머물던 궁예는 기마병 일천 명과 보병 오천 명을 이 끌고 검포(지금의 경기도 김포)와 혈구진을 치러 떠났다. 지난해 여름 에 정복한 공암에서 밤을 맞았다. 뒤척거리며 잠을 자는 둥 마는 둥 하던 궁예는 꿈속에서 옥연을 보았다. 옥연이 서늘한 눈매로 궁예를 쓱 쳐다보았다. 치맛자락을 잡아채며 휙 돌아서서는 빠르게 멀어져 갔다. 궁예가 옥연을 따라가려다가 주먹을 불끈 쥐고 외쳤다.

"안 돼!"

어찌나 큰 소리로 잠꼬대했던지 곁에서 자던 은부가 칼을 빼어 들 고 벌떡 일어났다.

"왜? 무슨 일이야?"

다른 막사에서 여러 병사들이 잠에서 깨어 밖으로 달려나왔다.

"누가 고함을 지르지 않았어?"

"나도 들었어. 안 돼, 하고 외치던데."

우연하게도 바로 그때 관군 일천 명이 풀밭에 엎드려 있다가 몸을 일으켰다. 검포에서 어둠을 뚫고 온 관군이었다. 모두 궁예 부대를 기습 공격하려고 창칼을 들어 올렸다. 막사 안팎에서 웅성대는 소리에 졸음이 달아난 궁예 부대 초병들이 풀숲에서 하나둘 켜지는 횃불을 보고 외쳤다.

"서쪽 들판에 적들이 있다!"

당황한 관군은 횃불을 내던지고 꽁지가 빠지게 달아났다.

이튿날 궁예 부대는 검포성에 이르러 전투를 시작했다. 궁예는 그날따라 여느 날보다 몇 곱절로 자주 옥연이 떠올라 정신이 하나도 없었다. 성벽에 걸쳐 놓은 사다리를 오를 때, 성 안으로 들어가 칼을 휘두르며 백병전을 치를 때, 관군을 모두 무찌르고 무릎 꿇은 포로 숫자를 셀 때도 같은 소리를 외쳤다.

"안 돼!"

호위대장 은부와 부장들은 궁예가 뭐가 안 된다고 그러는지 알 수 없어 계속 고개를 갸웃거렸다. 그날 밤 모두 뒷목이 아파서 잠을 설쳤다.

또 다른 충돌은 궁예가 오래 데리고 있던 부장들과 새로 들어온 송악 호족 출신 부장들 사이에서 벌어졌다. 김순식과 왕건이 서로 부딪힌 뒤로는 없던 일이었다. 궁예는 그때 백제 장군 양길이 죽주에서 황효현(지금의 경기도 여주)을 지나 북원경을 잇는 전선에 병력을 집결시키고 있다는 보고를 들었다. 궁예 부대와 백제군이 저마다 장악한 지역 사이엔 아직 신라 관군이 지배하는 지역이 많이 남아 있었다.

"백제 왕 진훤이 몸소 일만 명에 이르는 병사들을 이끌고 중원성 (지금의 충북 충주)에 올라와 있다고 합니다."

궁예가 서둘러 검포를 떠나 철원으로 돌아가며 검모에게 일렀다.

"나 대신에 부대를 지휘하라."

총사령관이 된 검모는 부대를 이끌고 강화도 서쪽에 있는 혈구성에 이르렀다.

"여기서 병력을 둘로 나눈다. 절반은 동문을 공격하고 나머지 절반은 서문을 공격한다. 오늘 정오에 북이 울리면 문을 부수거나 성벽을 타넘어 성으로 들어가서 협공으로 적들을 물리친다."

송악 출신 기마대장 류청이 칼을 쥔 손을 번쩍 들며 말했다.

"적들은 서문 쪽에 많이 몰려 있습니다. 그쪽으로 병사를 더 보내야 합니다."

검모가 눈을 가늘게 뜨며 속으로 중얼거렸다.

'허, 이것 봐라.'

잠깐 뜸을 들였다가 물었다.

"그걸 어찌 알았지? 서문 쪽에서 웅성거리는 소리가 더 크게 들리던가?"

류청이 입을 쑥 내밀고 되물었다.

"느낌이라는 게 있지 않습니까?"

"잠깐만요."

보병대장 귀평이 불쑥 끼어들었다. 귀평은 검모와 더불어 석남사 시절부터 궁예와 함께 지내온 장수였다. 귀평이 총사령관 검모 편을 들며 류청을 쏘아보았다.

"이 사람아, 자네 느낌이 그리 뛰어나면 어디 가서 점을 치든가 해야지, 병사 수천 명 목숨이 왔다 갔다 하는 전쟁터에서 지금 무슨 말을 하고 있나?"

류청이 새빨개진 얼굴로 대들었다.

"아니, 지금 뭐라고 그러셨어요? 저를 점쟁이에 빗대셨나요?"

"말귀가 아주 어둡진 않구먼."

류청이 헛웃음을 쳤다.

"하, 이것 참 난감하네."

다른 부장들도 두 패로 갈려 입씨름을 벌였다.

"서로 의견이 다를 수도 있지요. 누구라도 그런 말을 들으면 서운하지 않겠어요?"

"그건 아니지. 어떤 의견을 내려면 확실한 근거부터 먼저 제시해야 하는 거야."

총사령관 검모가 버럭 화를 냈다.

"모두 입 닥치지 못하겠어? 내가 명령한 대로 따라라. 명령을 거역하면 목을 날리겠다!"

그제야 겨우 소동이 가라앉았다. 그러나 막상 전투가 시작되자 동문을 맡기로 돼 있던 류청은 슬며시 자기 병사들을 서문 쪽으로 데려갔다. 그 뒤로 부대는 혈구성을 공격해서 관군을 무찔러 항복을 받아내기까지 줄기차게 대오가 흐트러졌다. 누가 아군이고 누가 적군인지 헷갈릴 때가 한두 번이 아니었다. 적군인 줄 알고 창으로 찌르고 나서 다시 보니 아군일 때가 많았다. 심지어 부장 하나는 공격하라고 외치고 또 다른 부장은 일단 후퇴하라고 외칠 때도 있었다. 길어야 열흘이면 끝날 전투가 한 달 만에 가까스로 마무리되었다. 살아남은 병사들 모두가 파김치가 되어, 죽은 병사들을 묻으려고 땅을 파다가 삽자루를 잡고 힘없이 무릎을 꿇었다.

궁예는 혈구진 전투를 마치고 돌아온 부대를 맞는 자리에서 그동안 무슨 일이 있었는지 알게 되었다. 총사령관 검모와 기마대장 류청을 불러 놓고 의형대장에게 일렀다.

"항명하여 전열을 흐트린 류청을 감옥에 넣어라. 여섯 달 뒤에 풀어 주어 맨발로 고향에 돌려보내라."

검모를 돌아본 뒤에 눈을 질끈 감았다 뜨며 차갑게 말했다.

"총사령관으로서 군대를 제대로 통솔하지 못한 검모도 책임이 크다. 곤장 백 대 벌을 내리고 마구간으로 보내라."

얼마 뒤에 궁예는 왕건을 불러 일렀다.

"다시 갑옷을 입고 군대를 지휘하라."

왕건은 한 해 전에 아버지 왕륭을 여의었다. 갑자기 병들어 누운 왕륭은 진성여왕과 같은 마차를 타고 하늘로 올라갔다. 그 뒤로 줄곧 시름에 잠겨 지내던 왕건의 얼굴에서 잔주름이 사라졌다. 오랜만에 전쟁터에 나가게 되어 무척 기쁜 얼굴로 허리를 곧게 펴고 목에 힘을 주며 대꾸했다.

"예, 잘 알겠습니다."

송악과 북하 일대 호족 출신 장수들의 건의를 받아들인 궁예는 송악에 나라를 세우기로 마음먹었다. 곧 철원을 떠나 송악으로 가서 성을 고치고 궁궐을 짓는 일을 가까이에서 살폈다. 기마부대를 다스리는 무관 벼슬인 정기대감 자리에 앉힌 왕건이 단번에 양주(지금의 경기도 양주)를 쳐서 손에 넣었다는 소식이 날아왔다. 그때 궁예는 곧 지붕에 기와를 올리려는 송악성 왕궁에서 서까래 사이로 새파란 하늘을 올려다보고 있었다. 왕건의 얼굴을 떠올리고 빙그레 웃으며 고개를 끄덕거렸다.

"참으로 믿음직스러운 장수야. 이렇게 빨리 양주를 무너뜨릴 줄은 몰랐네."

한 달 뒤엔 왕건이 내소군(지금의 서울 도봉구 북쪽)에서 관군을 무찔렀다는 소식이 날아왔다. 내소군엔 엄청나게 넓은 말 목장이 있었다. 말을 키우고 훈련시켜 한주 전역의 관군에 공급하던 목장이었다. 궁예는 왕건이 이 목장을 손에 넣자 가장 기뻐한 사람은 사람보다 말을 더 좋아하는 마사대장 종간이었다는 말을 전해 들었다. 마침 종간은 왕건 부대를 따라 그곳에 가 있었는데, 말처럼 네 발로 목장 언덕을 달리다가 데굴데굴 구르며 히히힝 울었다고 했다. 궁예가 고개를 뒤로 젖히며 하하하 웃었다.

"종간은 하나도 변한 게 없구먼!"

이윽고 전투 경험이 많은 금대가 총사령관을 맡은 대군이 빠르게 남쪽으로 내려갔다. 금대 밑에서 왕건을 포함한 부장 서른 명이 이만 명에 이르는 병사들을 지휘했다. 마침내 중원을 장악한 백제 장군 양길이 이끄는 대군과 정면으로 맞부딪혔다. 모두가 오래 전에 예견했던 일이었다. 양쪽 군대는 전선 곳곳에서 충돌을 일으켰다. 처음엔 상대가 얼마나 센지 알아보려고 슬쩍 건드려 보는 탐색전이었다. 양쪽에서 사상자가 늘어나면서 갈수록 전투가 거칠고 사나워졌다. 봄에 시작된 전투는 여름을 지나 가을까지 이어졌다. 서로 전력이 비슷해서 어느 쪽도 크게 밀리지 않았으며 눈에 뜨이게 밀고 들어가지도 못했다. 균형을 깨고자 한쪽 진영에서 지원 부대를 보내 병력을 늘리면 맞은쪽 진영에서도 보란 듯이 병사들을 더 보냈다.

양쪽을 합쳐서 모두 서른 명 넘게 세상을 뜬 전투가 열다섯 번이 넘었을 때 첫서리가 내렸다. 사망자 숫자가 오백 명을 넘겼을 때는 첫눈이 내렸다. 전선이 갈수록 점점 좁아지더니, 드디어 양쪽 군대가 한곳으로 집결해서 전면전에 들어갈 날이 다가왔다. 이곳은 바로 북원경 서쪽에 있는 고을 문막(지금의 강원도 원주 문막)이었다.

"투구와 갑옷을 가져오고 말을 대기시켜라."

궁예는 문막 전투를 직접 지휘하기로 했다. 곧바로 송악을 떠나 철원으로 가서 아직 남아 있는 병사 가운데 오천 명을 이끌고 남쪽으로 내려갔다. 보병과 함께 이동하느라 시간이 많이 걸려 보름 만에 문막에 이르렀다. 기마병 삼천 명을 더해서 모두 삼만 명에 이르는 대군이 한곳에 모이긴 처음이었다. 궁예 부대는 기린산(지금의 문막 건등산) 남쪽에서 마지막 훈련에 온 힘을 쏟아 부었다.

백제 왕 진훤도 이 전투가 얼마나 중요한지 궁예 못지않게 잘 알고 있었다. 중원성에서 상황을 지켜보다가 갑옷을 입고 투구를 썼다. 곧장 양길 부대가 진을 친 문막 천마산으로 병사 일만 명을 이끌고 올라갔다.

"사람이 허리가 부러지면 일어설 수 없잖아. 문막 전투에서 밀렸다간 오래도록 전세를 뒤집을 수 없을 거야."

진훤은 말을 타고 달리던 중에 같은 말을 쉬지 않고 중얼거렸다.

나중엔 혀가 얼얼해져서 갓난아기처럼 옹알거렸다. 손으로 자기 뺨을 짝짝 때리더니 아예 입을 다물어 버렸다.


## 전면전

　궁예 부대가 진을 친 기린산과 백제군이 머무는 천마산은 서로 오리밖에 떨어져 있지 않았다.
　둥둥둥둥둥―
　이쪽에서 북을 치면 숨을 두 번 들이쉬기도 전에 저쪽에서 화답하듯이 북을 쳤다.
　와아아아아―
　저쪽에서 함성을 지르면 눈 한 번 더 깜박거리자마자 이쪽 병사들이 귀를 쫑긋 세웠다. 기린산과 천마산 사이엔 드넓은 벌판이 펼쳐져 있었고 벌판 서쪽으로는 섬강이 흘렀다. 겨울로 접어든 문막 하늘엔 여러 날 옅게 구름이 끼었으며 햇살 한 점 비치지 않았다. 얼핏 보기엔 한없이 고요하고 평온한 풍경이었다. 이듬해 봄에 농부들이 밭을 갈러 나오기 전까지는 아무 일도 없을 것처럼 보였다.
　그러나 줄곧 아슬아슬한 기운과 팽팽한 긴장감이 온 들판을 휘감았다. 불길한 느낌에 온몸이 오그라든 까마귀와 비둘기와 참새들은 간신히 날갯짓을 하며 멀찍이 달아났다. 실개천에서 놀던 버들치와 송사리와 가재들도 바위 밑으로 깊이 들어가 숨을 죽였다. 양쪽 진영에서 모든 병사들의 입에 고였던 침이 바짝 말라 갔다. 병사들이 모닥불에서 오르는 매캐한 연기에 쿨럭거리는 기침 소리를 빼면 아무 소리도 들리지 않았다.

병사들 모두가 하늘을 찌를 듯한 사기에 눈빛이 이글거렸고 팔뚝에서 힘줄이 툭툭 뛰었다. 그런데 가슴속 한구석엔 곧 죽을지 모른다는 공포가 웅크리고 있었다. 이따금 느닷없이 온몸을 가늘게 떨며 서로 주고받았다.

"벌써부터 이리 추우니 올 겨울은 정말 춥겠어."

"그렇지? 불을 쬐는데도 몸이 떨리네."

궁예는 진훤이 용 문양 깃발을 앞세우고 천마산에 막 도착했다는 보고를 들었다. 종이와 붓을 가져오게 해서 편지를 한 장 썼다.

'전하께서 궂은 날씨에 친히 먼 길을 올라오셨다는 소식을 들었습니다. 당장 달려가 인사를 드리고 싶은 마음이 굴뚝같습니다만, 먼저 제 뜻을 밝히는 것이 순서라고 생각해서 이 글을 올립니다. 그동안 줄줄이 옥좌에 앉은 신라 왕들은 하나같이 무능하거나 게을러서 나라를 제대로 돌보지 못했습니다. 귀족과 관리들은 오로지 권력을 다투고 자기 배를 채우는 데 힘썼으며, 승려들은 절 곳간에 마음을 둘 뿐이고 중생을 구제하는 일에서 손을 놓았습니다. 그리하여 온 백성이 나무껍질과 풀뿌리를 씹으며 겨우 목숨을 잇는 신세가 되었습니다.

저는 이렇게 어지러운 나라를 바로잡아 죄 없이 고통 받는 백성을 수렁에서 구해 내야겠다는 생각에 군인이 되었습니다. 전하께서도 저와 같은 마음으로 군대를 일으켜 지금껏 관군에 맞서 싸우셨으리라 믿습니다. 이런 마당에 우리가 서로에게 창칼을 겨눌 까닭이 어디 있겠으며, 힘을 합치지 못할 까닭은 또 어디 있겠습니까. 전하께 한 가지 제안을 드립니다. 저와 둘이 만나서 흉금을 터놓고 진지하게 대화를 나누어 보심이 어떠하겠습니까. 저의 마음을 깊이 헤아려 주셔서, 헛된 싸움을 피하고 한층 지혜로운 방책을 찾게 되기를 간곡히 바라마지 않습니다. 궁예 올림.'

편지를 받아든 사자는 말을 타고 싸락눈이 날리는 들판을 건너갔다. 천마산에서 장수들을 모아 놓고 작전을 세우던 진훤이 사자를 맞으며 부관에게 일렀다.

"편지를 소리 내어 읽어 보아라."

팔짱을 낀 진훤은 두 눈을 지그시 감았다. 부관의 쩌렁쩌렁한 목소리를 듣는 얼굴이 갈수록 붉어졌고 턱수염이 빠르게 떨렸다. 부드득 이를 갈더니 주먹으로 탁자를 쾅 내리쳤다.

"하룻강아지 범 무서운 줄 모른다더니!"

부관에게 종이에 답장을 받아 적으라며 또박또박 힘주어 말했다.

"너는 편지 곳곳에서 짐에게 결례를 범했으며, 짐이 품은 뜻과 군대를 일으킨 뜻을 왜곡했다. 첫째, 짐은 왕이고 너는 장군으로 신분이 크게 다르다. 그런데 처음부터 너는 짐을 가르치려 드니 그 죄가 말도 못하게 무겁다. 둘째, 짐은 오로지 나라 곳간을 털고 국가 기강을 흔드는 너 같은 도적들과 싸웠을 뿐이다. 참되고 올곧은 마음으로 나라를 지키려 애쓰는 관군과 싸운 적이 없다. 넷째, 짐은,"

부관이 고개를 들고 진훤의 말을 잘랐다.

"넷째가 아니라 셋째이옵니다."

진훤이 부릅뜬 눈으로 부관을 노려보았다. 어금니를 악물고 겨우 입술을 벌려 덧붙였다.

"짐은 너와 대화를 나눌 생각이 눈곱만큼도 없다. 짐이 위에 있고 네가 밑에 있으니, 짐은 너에게 오직 명령을 내릴 뿐이다. 내일 정오 까지 시간을 줄 터이니 장수들을 모두 데리고 와서 항복하라. 만일 짐의 명령을 어길 때는 너희 진영을 피바다로 만들고 개미 한 마리 살려두지 않겠다. 백제 대왕 진훤."

이튿날 정오가 좀 넘어 기린산과 천마산 사이 들판에서 시작된 전 투는 문막 땅을 갈색에서 핏빛으로 바꾸어 갔다. 오만 명이 넘는 양 쪽 병사들은 끝없이 서로 밀고 밀렸다. 함성과 비명과 북소리와 말 발굽 소리, 창칼이 맞부딪히는 소리, 화살이 허공을 가르며 날아가는 소리가 뒤섞여 고막을 울렸고 피비린내가 코를 찔렀다.

궁예는 병사들 속에서 말을 몰고 이리저리 쏜살같이 달리며 지 휘했다. 저만치에서 칼을 휘두르며 말을 모는 양길이 눈에 들어왔 다. 양길은 머리가 남달리 컸기 때문에 아주 큰 투구를 썼다. 갑옷 을 입은 모습도 여느 병사보다 곱절로 커 보였다. 얼떨결에 궁예가 외쳤다.

"장군님!"

양길이 그 소리를 들었을 리 없었다. 그런데 갑자기 궁예 쪽으로 고개를 홱 돌렸다. 허, 하고 입을 벌리며 놀라는 표정을 짓더니 활짝 웃었다. 그때 양쪽 진영에서 창병들이 서로에게 달려들었다. 기마병 들은 창을 피해 서둘러 물러났고 양길도 말을 돌려 자기 진영으로 돌아갔다. 궁예가 고삐를 당겨 말 머리를 돌리며, 멀어지는 양길에 게 칼을 쥔 손을 높이 들어 보였다.

"정말 오랜만입니다. 여전히 좋아 보이세요."

치열한 전투는 저녁때까지 이어졌다. 양쪽 군대는 날이 저물어 어둑해지자 서로에게서 멀찍이 떨어졌다. 기온이 뚝 떨어지면서 냄새까지 얼어붙었는지 피비린내가 조금 가라앉았다.

이튿날 아침엔 섬강 가까이로 전장이 옮겨 갔다. 어제 전투가 벌어진 들판엔 말과 사람 시체가 너무 많이 쌓여서 발 디딜 틈이 없었다. 다시 시작된 전투는 어제와 크게 다르지 않았다. 전력이 엇비슷해서 한쪽이 밀리나 싶더니 이내 다른 쪽이 밀렸다. 시간이 흐를수록 병사들이 칼을 휘두르고 창을 뻗는 속도가 느려졌다. 화살은 어제 날아간 거리에 훨씬 못 미쳐 힘없이 땅에 떨어졌다. 함성과 북소리와 비명과 신음소리마저 어제보다 한결 작아졌다.

천마산 북쪽 언덕에서 문막 벌판을 바라보며 전투를 지휘하던 진훤이 잔뜩 낯을 찌푸리고 혀를 내둘렀다.

"이런 전투는 처음 보는군. 막상막하가 바로 이런 경우를 말하는 거겠지."

시간이 오후로 접어들었을 때였다. 양쪽 군대는 얼마만큼 떨어져 나가 전열을 가다듬었다. 병사들이 헉헉대며 숨을 몰아쉬는 소리가 허공을 울렸다. 진훤이 눈을 가늘게 뜨고 적진을 바라보며 고개를 갸웃거렸다.

"어째 기마병 숫자가 어제보다 크게 줄어든 것 같은데, 자네가 보기엔 어떤가?"

부관이 뒤통수를 긁었다.

"잘 모르겠습니다. 그런 것 같기도 하고 아닌 것 같기도 합니다."

같은 시각에 궁예는 문막 들판에 있지 않았다. 기마병 일천 명을 데리고 동쪽으로 커다란 원을 그리며 천마산을 돌았다. 뒤이어 천마산과 국수봉 사이에 있는 쇄재골과 뒷골을 지났다. 이윽고 골짜기를 빠져나온 기마부대는 평지에서 북쪽으로 방향을 틀었다. 곧바로 다시 전투에 들어간 백제군의 후방으로 달려들었다.

"아니, 언제 저들이 뒤쪽으로 돌아왔지?"

진훤은 궁예가 이끄는 기마부대를 발견하고 벌떡 일어났다. 그러나 이미 전투는 돌이킬 수 없는 파국으로 치달은 뒤였다. 앞뒤에서 협공을 당한 백제군은 갈피를 못 잡고 이리저리 헤맸다. 절반이 넘는 병사들이 섬강 쪽으로 몰려가 강물로 뛰어들었다. 얇게 언 얼음이 깨지는 소리에 물이 첨벙거리는 소리가 뒤섞였다. 빗발치듯이 화살이 백제군 병사들을 향해 날아가는 소리와 그들이 화살에 맞아 내지르는 비명소리가 뒤따랐다.

가까스로 천마산으로 달아난 백제군 병사들은 서둘러 말에 오르는 진훤과 맞닥뜨렸다. 모두 숨을 헐떡이며 진훤을 바라보았다. 진훤이 병사들에게 짧게 말했다.

"저마다 알아서 해라."

보병들은 거기서부터 발길 닿는 대로 뿔뿔이 흩어졌다. 궁예 부대 병사들에게 붙들릴까 봐 어둡고 깊은 골짜기만 골라서 허둥대며 달렸다. 진훤과 겨우 살아남은 기마병들은 말 머리를 남서쪽으로 돌렸다. 쌀쌀한 날씨에 땀을 비 오듯이 흘리며 모두 죽을힘을 다해 말을 몰아서, 법천사와 거돈사를 지나 강을 끼고 중원경 쪽으로 달아났다.

5부

**건국**

## 강옥연

　강옥연은 송악에서 서북쪽으로 삼백 리 가면 나오는 신천(지금의 황해도 신천)에서 다섯 남매 가운데 둘째로 태어났다. 나이가 네 살 많은 오빠가 하나 있었고 동생이 셋 있었다. 아버지는 송악 호족인 왕륭 집안과 함께 무역상으로 일하느라 집을 자주 비웠다. 배를 타고 바다 건너 당나라에 다녀올 때는 계절이 몇 번 바뀌도록 식구들과 떨어져 지냈다. 큰아들이자 옥연의 오빠가 열 살이 되자 무역상 일을 가르치려고 어디에 갈 때나 데리고 다녔다. 자연히 어머니 혼자서 모든 집안일을 도맡는 수밖에 없었다.

　말이 집안일이지 보통 규모가 큰 일이 아니었다. 돌담을 두른 옥연네 집터엔 열 채가 넘는 집이 모여 있었다. 안채 다섯은 옥연네 식구들이 사는 집이었고 뒤채 다섯은 쉰 명이 넘는 하인들이 사는 집이었다. 대문을 나서 왼쪽으로 한껏 고개를 돌리면 까마득하게 먼 곳에 거꾸로 뒤집어 놓은 밥주발처럼 생긴 주발봉이 보였다. 거기서부터 오른쪽 끝으로 고개를 돌릴 때까지 눈에 들어오는 모든 평야가 옥연네 땅이었다.

한때 옥연네 논밭을 부쳐 가족을 먹여 살리던 농부가 삼백 명이 넘었다. 가을걷이가 끝났을 때 세를 제대로 낸 농부들은 이듬해에도 그 땅에 다시 농사를 지을 수 있었다. 그러나 농사를 망치면서 세를 덜 내거나 못 낸 농부들은 이듬해 부칠 땅이 크게 줄어들거나 아예 다른 곳으로 쫓겨났다.

"마님, 올 한 해만 봐주세요."

"험한 꼴 당하기 전에 그만 돌아가게."

옥연네 어머니는 남편 못지않게 아주 사납고 억센 사람이었다. 봄부터 이듬해 봄까지 날마다 문을 열고 서서 곳간을 들여다보며 손가락을 꼽았다. 사내처럼 목소리가 우렁차고 괄괄한 이 여인은 하인들을 무섭게 다루었다.

"일을 그 따위로 할래? 얼굴 이리 가까이 대고 입 꽉 다물어."

주인마님한테 뺨을 얻어맞지 않은 여종이 드물었다.

"이게 어디서 말대꾸야? 똑바로 서지 못해?"

발길질을 당하며 욕을 바가지로 얻어먹은 사내종도 한둘이 아니었다. 종들은 주인마님이 쓱 쳐다보기만 해도 다리에 힘이 풀리면서 바닥에 주저앉으려 했다.

어린 시절에 옥연은 안채를 벗어나지 않고 동생들과 함께 지냈다.

방 한쪽엔 늘 둥그런 상이 놓여 있었는데, 접시마다 떡과 과자와 과일이 수북이 쌓여 있었다. 옥연네 남매들은 단 한순간도 배가 고팠던 적이 없었으며 날마다 좋은 옷을 입었다.

그러나 옥연의 동생들은 늘 불만이 많아서 툴툴대고 칭얼거리는 게 일이었다. 쌍둥이 여동생 둘은 날마다 마루 끝에 서서 입을 쑥 내밀고 외쳤다.

"모두 어디 갔어?"

여종들이 앞으로 두 손을 모으고 달려왔다.

"어디 가시려고요?"

"빨랑 업어 달란 말이야!"

그때부터 여종들은 아이를 하나씩 업고 온종일 끝없이 마당을 돌았다. 아이들이 마구 여종들의 머리를 때리는 소리가 탁탁 울렸다.

막내 남동생에겐 말이 한 필 있었다. 말에서 떨어질까 봐 겁나서 단 한 번도 안장에 오르지 않았다. 그런데도 걸핏하면 말이 마음에 안 든다며 투덜거렸다.

"말이 똥을 너무 많이 누어."

"말이 침을 너무 많이 흘려."

마침내 옥연은 열두 번째 생일을 맞은 뒤로 지긋지긋한 응석받이 동생들에게서 벗어났다. 그즈음에 어머니는 기운이 빠져서 혼자선 제대로 일을 보기 힘들었다.

"옥연아, 나를 따라오너라. 곳간에 가 보자."

옥연은 어머니한테서 곳간 열 채를 어떻게 돌보는지 눈으로 보고 배웠다. 농부들에게 밭 한 뙈기를 빌려주면 가을에 곡식을 얼마나 받는지, 곡식을 빌려주었을 땐 몇 곱절로 돌려받는지도 알아냈다. 나중엔 옥연이 직접 농부들을 상대했다. 물어볼 건 당당하게 물어보고 따질 건 꼼꼼하게 따졌다. 다리를 벌리고 옆구리에 손을 얹은 채 고개를 꼿꼿이 세운 모습이었다.

그렇게 네댓 해를 보내는 사이에 옥연은 셈이 무척 빨라졌고 하인들을 다루는 솜씨가 크게 늘었다. 성격 또한 아주 야무지면서 당차게 바뀌었다. 옥연은 처음으로 하녀 뺨을 때린 날 손바닥이 너무 얼얼해서 깜짝 놀랐다. 하지만 서너 번 되풀이한 뒤부터는 눈 한 번 깜박이지 않고 철썩철썩 뺨을 때렸다. 어떤 때는 옥연 스스로도 알아채지 못하게 손바닥이 저절로 앞으로 날아가서 하녀 뺨에 부딪혔다. 어머니가 옥연을 보고 흐뭇한 얼굴로 웃으면서도 짐짓 나무라는 투로 말했다.

"살살 해라. 그러다가 팔 빠질라."

옥연은 하늘에 뭉게구름이 떠가고 햇살이 무척 따사로운 날 박연폭포 앞에서 궁예를 처음 보기 전에 이미 그가 어떤 사람인지 알고 있었다. 출생에 얽힌 비밀과 가시밭길을 걸어온 성장기뿐 아니라 맨손으로 군대를 일으켜 대군으로 키운 과정, 머잖아 왕이 되어 나라를 세우려 한다는 얘기까지 소문으로 들었다.

'참으로 신비롭고 경이로운 분이야.'

그렇게 감탄했지만 생전에 코앞에서 궁예를 볼 날이 오리라고는 전혀 생각하지 못했다. 게다가 그날 두 사람은 서로 마주서서 쳐다보기까지 했다. 그때 옥연은 궁예한테서 가슴속에 외로움과 그리움이 가득한 사람, 마음이 무척 따뜻하고 너그러운 사람이라는 느낌을 받았다. 자기 식구들, 특히 아버지한테서는 한 번도 느껴 보지 못했던 감정이었다.

그날 이후로 옥연은 느닷없이 궁예가 떠오를 때가 잦았다. 곧잘 미소를 지으며 속으로 중얼거렸다.

'오랜 세월 전쟁터에서 살아서 호랑이처럼 사나울 줄 알았지 뭐야. 근데 사납기는커녕 노루처럼 온순해 보이던걸.'

궁예를 잊으려고 애쓸수록 더욱 또렷하게 얼굴이 되살아났다. 온종일 낯이 화끈거려 아무 일도 하지 못한 날도 있었다. 그렇게 한 해가 흘렀을 때 옥연은 다시 만날 기약이 없는 사람과의 헛된 인연을 그만 끝내기로 했다. 어머니 뜻대로 가까운 집안 자제와 결혼하기로 마음먹었다.

'집안도 좋고 사람도 괜찮다고 하니 무얼 더 바라겠어.'

며칠 뒤에 옥연은 송악에 다녀온 아버지한테서 놀라운 얘기를 들었다. 이미 왕으로 불리기 시작한 궁예가 나라를 세울 날을 앞두고 혼례를 올리려 한다는 소식이었다. 옥연이 몰래 한숨을 내쉬며 고개를 숙이고 물었다.

"신부가 누구랍니까?"

아버지가 슬며시 딸 얼굴을 쳐다보고 대꾸했다.

"아직 신붓감이 정해지지 않았다네. 왕께선 한 해 넘게 마음에 두어 온 여자가 있다던데, 그 여자한테 당신과 합할 뜻이 있는지 알고 싶어 하시는구나."

옥연이 눈을 크게 뜨며 고개를 들었다. 아버지가 옥연에게 대뜸 물었다.

"어떠냐. 그분하고 혼례를 올려서 왕비가 될 생각이 있느냐?"


## 낮잠꾸러기 왕


열두 살에 옥좌에 오른 효공왕은 세상이 어떻게 돌아가는지 전혀 알지 못했고 왕이 하는 일이 무언지도 몰랐다. 왕을 대신해서 나라를 다스린 사람은 귀족회의 의장인 상대등 준흥, 그리고 모든 부서 장관들을 지휘하는 집사부 시중인 계강이었다. 준흥과 계강이 조정에서 다른 귀족과 대신들과 함께 의견을 주고받을 때면 어린 왕은 그저 눈을 끔벅이거나 몰래 하품하며 앉아 있었다.

그 뒤로 몇 년이 흐르는 동안 왕의 머릿속에 자욱했던 안개가 천천히 가라앉았다. 왕의 얼굴에서 흐리멍덩한 느낌이 사라지면서 사뭇 똘똘한 기운이 들어찼다. 어느 날 양쪽으로 줄지어 앉은 대신들을 바라보던 왕은 그들이 주고받는 말을 귀담아듣더니 손을 척 들고 말했다.

"나라 곳간이 비어 걱정이 많다는데 해결책이 아주 간단해요. 나라 곳간을 채우면 되잖아요."

시중과 모든 대신들이 눈을 동그랗게 뜨고 처음으로 입술을 뗀 왕을 쳐다보았다. 숨을 멈추고 왕이 무슨 말을 덧붙일지 기다렸다. 그러나 왕이 다시 입을 다물고 눈을 끔벅거리자 모두 어이없다는 얼굴로 서로 바라보았다. 누군가 쿡, 하고 웃자 또 다른 이가 쿡쿡, 웃었다. 웃음소리가 점점 커지더니 나중엔 모든 대신들이 고개를 뒤로 젖히고 웃었다.

얼굴이 빨갛게 달아오른 왕은 목에 핏발이 섰다.

"나라 곳간이 비었는데 웃음이 나와요? 여러분 집에 있는 곳간도 비었나요? 거기 들어 있는 곡식을 절반이라도 내다가 나라 곳간에 넣으면 조금이라도 도움이 되지 않겠어요?"

지금껏 왕을 깔보고 놀리기를 일을 일삼던 고관들이 흠칫하며 웃음을 그쳤다. 그 뒤로는 조정에서 저들끼리 의견을 나누던 중에 한 번은 꼭 왕에게 어떻게 생각하는지 물었다. 왕은 그때마다 곰곰이 생각하더니 셋 가운데 한 문장을 골라 대꾸했다.

"참 좋은 생각이군요. 말씀하신 대로 실행에 옮겨 보세요."

"이 일은 좀 더 연구해 봐야겠어요."

"아직 시간이 있으니까 다른 길을 찾아보면 어떨까 싶네요."

고관들이 생각하기에 모두가 하나 마나 한 말이었다. 하지만 행여나 왕의 기분을 건드릴까 봐 웃음을 꾹 참고 고개를 끄덕거렸다.

효공왕을 조롱하는 사람은 귀족과 고관들뿐만이 아니었다. 효공왕은 옥좌에 오른 지 세 해째 되던 해에 진골 귀족 박예겸의 딸과 혼례를 올렸다. 박예겸은 신라에서 두 번째로 높은 관등인 이찬에 오른 이였다. 왕보다 나이가 세 살 많은 왕비는 자기 집안을 무척 자랑스럽게 여겼다. 예전에 헌강왕이 사냥을 나갔다가 길 가던 어떤 어인을 보고 반해 후궁으로 삼아서 낳은 아들이 효공왕임을 잘 알고 있었다. 평민의 피를 받은 왕을 대놓고 얕잡아 보았으며 반말을 섞어 썼다.

"너는 손이 없니, 발이 없니? 나한테 시키지 말고 직접 갖다 먹어요."

얼떨결에 왕이 대꾸했다.

"예, 그러겠습니다."

왕비는 늘 턱을 한껏 들어 올리고 왕을 내려다보았다. 밤에 같이 잘 때 자꾸 발로 옆구리를 퍽퍽 걷어찼으며, 낮에 침방 밖에서 마주치면 못 본 척하고 잰걸음으로 지나쳐 갔다. 왕이 손을 들었다가 힘없이 내리며 중얼거렸다.

"어, 할 말이 있는데 벌써 사라졌네."

어느 날 왕은 궁궐 뜰에서 어디론가 바삐 가는 개를 물끄러미 쳐다보는 왕비를 멍하니 바라보았다. 입술을 질끈 깨물며 고개를 흔들었다.

"저 사람한테는 내가 개만도 못하구나."

어느덧 사춘기에 들어서서 코밑이 거뭇해지고 목소리가 꽤 굵어진 왕은 날마다 열등감과 박탈감에 시달렸다. 조정에서 나라 땅을 빼앗겼다는 소식을 들었을 때가 가장 괴로웠다. 탁자를 손바닥으로 힘껏 내리치며 버럭 소리쳐서 요실금을 앓는 나이 많은 관리들이 깜짝 놀라 오줌을 지리게 만들었다.

"궁예인지 뭔지 하는 도적한테 북원성과 중원성을 빼앗겼다고요? 그게 진짜예요?"

시중이 얼얼해진 귀를 손으로 비비며 대꾸했다.

"두 곳 모두 진훤의 부하 양길에게 빼앗긴 지 오래되었고요, 양길이 다시 궁예한테 빼앗겼다는 얘기예요."

왕은 궁예가 대나무를 쪼개듯이 단번에 서원경까지 치고 내려왔다는 소식을 들었을 땐 주먹을 불끈 쥐고 벌떡 일어났다.

"도대체 우리 병사들은 무얼 하고 있었답니까? 왜 계속 빼앗기기만 하지요?"

시중이 어이없다는 얼굴로 고개를 흔들었다.

"저들끼리 서로 빼앗고 빼앗겼다는 얘깁니다. 서원경이 도적들의 손에 넘어간 게 언제인데 이제 와서 그러시나요?"

어느 시기를 넘어가면서 드디어 아직까지 남아 있던 신라 땅을 도적들에게 빼앗겼다는 소식이 들려오기 시작했다. 그즈음에 왕은 차갑고 쌀쌀맞은 왕비와 침방을 같이 쓰기를 그만두었으며, 고관들의 만류를 뿌리치고 후궁을 따로 두었다. 왕은 조정에서 신라 땅을 빼앗겼다는 소식을 들을 때마다 회의를 마치자마자 후궁에게 달려갔다.

"어서 술상을 들여라."

아직 정오가 되지 않았는데 연거푸 술을 여러 잔 마신 왕은 후궁을 품에 안고 비틀대며 춤을 추다가 뒷다리를 걸어 침대에 쓰러뜨렸다. 후궁과 사랑을 나누자마자 잠에 곯아떨어졌고, 해가 중천을 지나 서산으로 다가갈 때까지 드르렁 코를 골며 잤다.

이윽고 왕에게 신라 땅을 잃은 슬픔을 쾌락으로 떨쳐 내는 일은 일상이 되었다. 아침에 눈을 뜰 때부터 기대감에 부푼 왕은 밥을 먹는 둥 마는 둥 하고 미리 조정에 나갔다. 설레는 가슴을 달래고 숨을 고르며 신하들을 맞으면서 마른침을 삼켰다.

"자, 오늘은 또 어떤 소식이 있는지 들어봅시다."

병부령(지금의 국방부 장관)이 왕에게 보고했다.

"온 나라가 잠잠합니다. 도적들이 숨을 고르는 듯합니다."

어깨를 축 늘어뜨린 왕이 맥 풀린 얼굴로 힘없이 물었다.

"어제도 우리 땅을 빼앗겼다는 말이 없다는 얘기지요?"

"예, 그러하옵니다. 한 달 전에 만들어진 전선이 그대로 이어져 오고 있습니다."

미련을 버리지 못한 왕이 병부령을 똑바로 쳐다보았다.

"다시 잘 생각해 보세요. 아주 작은 땅이라도 빼앗기지 않았는지 말이에요."

그러던 어느 날 왕이 전혀 기대하지 않았는데 병부령이 가문 날 단비 같은 소식을 전해 주었다.

"기어이 진훤이 이끄는 백제군한테 우리 강주(지금의 경남 진주)를 빼앗겼습니다."

왕은 하마터면 야호, 하고 외치며 두 팔을 번쩍 들어 올릴 뻔했다. 허벅살을 꼬집으며 회의가 끝나기를 기다렸다가 숨을 길게 내쉬며 궁궐 뜰로 나섰다.

새파란 하늘을 떠가는 뭉게구름을 올려다보던 왕은 걸음을 멈추었다. 갑자기 정체를 알 수 없는 슬픔에 사로잡히면서 왈칵 눈물이 쏟아졌다. 소매로 눈물을 훔치며 겨우 발을 옮긴 왕은 후궁의 침방에 이르렀다. 술을 마시는 일과 후궁을 껴안는 일을 모조리 잊고 침대에 엎드려 흐느끼다가 잠들었다.

## 배냇저고리

궁예는 건국을 앞두고 선종으로 이름을 다시 바꾸었다. 왕이 되었을 때 쓰기 좋은 이름이라는 생각에서였다. 선종은 송악에서 두 계절 넘게 머물며 차분하게 앞날에 대비했다. 궁궐을 짓고 성벽을 손보는 일이 뜻대로 잘 이루어져 흐뭇했다. 게다가 늘 눈앞에 어른거리던 여인을 다시 보게 되어 무척 기뻤다. 두 사람은 서로 손잡고 반갑게 인사를 나누었다.

"어서 오세요."

"그동안 안녕하셨는지요."

"예, 잘 지냈습니다. 부모님께선 평안하신가요?"

"덕분에 두 분 다 건강하게 잘 지내십니다."

강옥연이 가마를 타고 송악에 온 때는 초가을이었다. 고향 신천에 도적떼가 자주 나타나서 혹시라도 화를 입을까 봐 걱정되어 일정을 앞당겼다. 함께 온 집안 여인들과 같이 지내며 일찌감치 혼례 준비에 들어갔다.

올해 안에 마무리 지어야 할 일이 남은 선종은 갑옷을 입고 말을 몰았다. 곧장 개풍 앞바다 선착장으로 가서 범선에 올랐다. 얼마 전에 왕건이 이끄는 군대는 당성군(지금의 경기도 화성)을 점령했다. 그곳으로 가져갈 군량미가 마차 열 채에 나뉘어 범선에 실렸다. 교동도를 지나 탁 트인 바다로 나간 범선은 남쪽으로 방향을 틀었다. 쉬지 않고 밑으로 내려가서 자월도와 영흥도 사이를 지나 제부도 아래쪽 남양만으로 들어갔다. 당은포에서 왕건이 선종을 맞았다.

"바닷길로 오시느라 고생하셨습니다."

"내가 이렇게 오랫동안 배를 타긴 처음이지 않나. 생각했던 것보다 재미나더구먼."

"멀미는 없으셨는지요?"

선종이 껄껄 웃었다.

"어찌나 눈이 즐겁던지 멀미할 겨를이 없었다네. 바다 풍경이 여간 근사해야 말이지."

선종은 당성에서 하루 쉰 뒤에 왕건과 나란히 말을 달려 중원성으로 떠났다. 왕건이 이끄는 기마병 일천 명과 마차 스무 대가 뒤따랐다. 앞서 선종은 고구려를 잇는다는 뜻에서 새로 세울 나라 이름을 '고려'로 정했다. 궁예 부대에서 선종 부대를 거쳐 고려군으로 이름이 바뀐 대군은 지난겨울 문막 전투에서 승리한 뒤에 여세를 몰아 중원성을 공격했다. 그때 중원성 성주 원회는 두 번 전투를 치르고는 더 못 버티고 혀를 내둘렀다. 장수들을 끌고 성문을 나서 선종에게 가서 무릎 꿇고 항복했다.

선종이 죽주성에서 처음 만나 영원산성으로 함께 갔던 원회는 그 사이에 얼굴이 주름으로 뒤덮였다. 떡대얼굴이라는 별명이 말해주듯이 한때 그토록 우람했던 덩치가 보통 사람 몸집으로 바뀌어 있었다. 그 자리에서 선종은 원회에게서 양길 장군이 어떻게 되었는지 전해 들었다. 문막 전투 때 영원산성으로 달아나다가 말에서 떨어져 척추를 크게 다쳤으며, 며칠 뒤에 잠을 자던 중에 갑자기 숨을 거두었다고 했다.

선종은 왕건과 함께 중원성으로 가는 길에 양길 이야기를 하던 끝에 덧붙였다.

"무척 통이 크고 마음이 넓은 분이셨어. 자질구레한 일에 얽매이지 않으셨고 늘 기백이 넘치면서 쾌활하고 시원시원하셨지. 그분이 우렁찬 소리를 내며 활짝 웃는 모습은 또 얼마나 멋지던지!"

선종과 왕건은 중원성에서 삼만 명에 이르는 대군을 다시 만났다. 며칠 뒤에 대군을 이끌고 다시 길을 나서 서원경(지금의 충북 청주)으로 떠났다. 기마병들은 두 줄로 나아갔고 보병들은 네 줄로 걸었다. 꼬불꼬불한 뱀처럼 길게 뻗은 행렬의 길이는 이십 리가 넘었다. 고려군은 중원성을 떠난 지 닷새 만에 서원성에 이르렀다. 선종은 진훤이 이곳에 머물고 있음을 알고 고개를 끄덕거렸다.

"진훤은 여기서도 밀리면 모든 게 끝이라고 생각하고 있을 거야. 쉽게 성을 내주지 않고 완강하게 버티겠지. 차분하게 적들이 어떻게 움직이는지 살피며 기회를 엿보아야겠어."

어느 날 선종은 호위대장 은부와 무사 둘을 데리고 막사를 나섰다. 온 산에 여느 해 가을보다 붉고 곱게 단풍이 들었다. 일행은 모두 베옷에 담비 가죽조끼를 입고 허리에 칼을 찼으며 어깨엔 활을 멨다. 사냥꾼 차림으로 서원성을 멀리 돌아 언덕 여럿을 넘고 개울을 건넜다. 소나무 그늘에 앉아 주먹밥을 먹으며 쉴 때, 선종은 은부에게 지금 가는 곳이 어딘지 밝혔다.

"영촌에 들러 보려고 해."

은부가 곁에 다른 무사들이 있기에 높임말을 써서 물었다.

"영촌이라면 외가가 있던 마을이지 않나요? 거기서 태어나셨다면서요?"

선종이 고개를 끄덕거렸다.

"나를 길러 주신 어머니한테서 몇 번 그 마을 이야기를 들었어. 무척 호젓하면서도 아름다운 마을이라고 하시더군."

선종은 지난 세월 꿈속에서 자주 그 마을을 보았다. 세상에 난 뒤로 영촌에서 보름밖에 지내지 않아서 기억에 남아 있을 리 없었다. 그러나 더없이 또렷하게 마을 풍경이 머릿속에 그려졌다. 언덕배기에 있는 외갓집에선 온 마을이 한눈에 들어왔다. 논밭 사이로 마찻길이 나 있었다. 그 길을 따라가면 개울을 가로지른 다리를 건너고 언덕을 넘어 마을 밖으로 나갈 수 있었다.

다리 오른쪽 언덕에 목장이 있었는데 목장 앞쪽 너른 웅덩이엔 물에 불리려고 삼 줄기 묶음을 띄워 놓았다. 아이들이 개울에서 첨벙거리며 물고기를 잡으면서 내지르는 함성, 수탉이 목청껏 우는 소리, 폭포처럼 시원스럽게 쏟아지는 매미와 쓰르라미 울음소리가 아스라하게 들려왔다.

"언젠가는 그 마을에 꼭 가 보고 싶었다네. 핏덩어리 때 생이별한 어머니를 다시 만날 수 있다면 얼마나 좋을까."

지금 선종의 나이가 마흔 살이니까 어머니는 예순 살 언저리일 터였다. 선종은 어머니가 아직도 영촌에서 살고 있을 것만 같았다. 자기가 어머니를 그리워하듯이 어머니도 아들을 한번 꼭 만나보고 싶어 하시리라 믿었다.

선종 일행은 해가 질 즈음에 서원경 동쪽에 있는 선두산 아래 주막에 이르렀다. 전쟁 통이라 오랜만에 손님을 맞은 주인 할머니는 이가 다 빠진 입을 벌리고 웃었다. 금세 얼굴에서 주름이 절반 넘게 사라졌고 거뭇하던 낯빛이 뽀얗게 바뀌었다. 은부가 평상에 올라앉으며 할머니에게 물었다.

"영촌까지 얼마나 더 가야 하나요?"

"처음 보는 이들인데 영촌을 어떻게 알아요? 여기서 엎어지면 코 닿을 데야. 저기 저리로 언덕을 두어 개 넘어가면 꽤 너른 개울이 나와. 그 너머가 영촌이지."

할머니가 시래깃국을 끓여 탁자에 올리며 덧붙였다.

"그나저나 지금 거기엔 아무도 안 살아요. 마을이 쑥밭이 된 지 마흔 해가 되었어."

선종이 흠칫 놀란 얼굴로 물었다.

"그렇게나 오래 되었답니까?"

할머니가 젖은 손을 앞치마에 닦으며 평상 끝에 걸터앉았다. 눈을 가늘게 뜨고 기억을 더듬으며 대꾸했다.

"마을 촌주 따님이 임금님 후궁이었는데 아들을 낳았대요. 뭔 일인지 모르겠지만 얼마 안 있어 서라벌에서 여러 사람이 아기를 죽이러 왔다네."

진저리를 치면서 덧붙였다.

"그 댁 여종이 아기를 안고 달아났대요. 서라벌 사람들이 마을을 이 잡듯이 뒤졌지만 못 찾았다지. 그 뒤로 촌주 집뿐 아니라 마을 집을 모조리 불태웠대요."

촌주는 곧 쓰러져 세상을 떴고 다른 식구들과 마을 사람들은 뿔뿔이 흩어졌다고 했다. 은부와 무사들은 할머니 이야기를 들으며 국밥을 먹었다. 그러나 선종은 한 술도 뜨지 못하고 숟가락을 내려놓았다. 방에 불을 넣고 돌아온 주인 할머니는 한 가지 더 들려주었다.

"아기 어머니가 몇 해에 한 번씩 영촌에 다녀간다는 소문이 있었어요. 혹시라도 아기가 자라서 마을을 찾아올까 싶어 그랬나 봐. 언제부턴가 발길이 뚝 끊겼대요. 아마도 이미 세상을 떴거나 멀리 떠나갔거나 그랬겠지."

이튿날 아침에 선종이 은부와 무사들에게 말했다.

"나 혼자 다녀올 테니까 모두 여기서 기다리게."

선종은 말을 타고 주막을 나섰다. 이마와 콧등에 땀이 맺힐 때쯤 언덕을 두어 개 넘어 개울에 이르렀다. 개울 앞에 다 삭아서 폭삭 내려앉은 나무다리 흔적이 보였다. 선종은 말을 몰아 첨벙거리며 개울을 건너 영촌으로 들어섰다. 바랭이로 뒤덮인 들판 여기저기에서 새까맣게 타거나 삭아서 바스러진 기둥과 들보가 보였다. 좀 더 나아갔더니 무너진 돌담도 눈에 들어왔다.

풀을 헤치며 들판 안쪽으로 들어간 선종은 비탈을 올랐다. 바닥이 고르고 평평한 언덕 위에 이르러 말에서 내렸다. 예전에 집터였음을 보여주는 섬돌과 서까래들이 곳곳에 놓여 있었다. 선종은 갑자기 어디에선가 아기 울음소리가 들려오는 환청에 사로잡혔다. 어른들이 기쁨에 겨워 웃는 소리도 들리는 듯했다. 말들이 요란하게 달려 집터로 들어서는 소리, 사내들이 사납게 다그치는 소리와 여자들이 외치는 비명이 뒤따랐다.

아기와 엄마가 함께 지내던 방이 있었음직한 자리를 찾아낸 선종은 섬돌에 앉아 저 멀리 들판과 개울 건너 단풍에 물든 산을 바라보았다. 이곳에 오면 온갖 감정이 북받칠 줄 알았는데 뜻밖에 마음이 더없이 차분하면서 편안했다. 따사로운 가을볕이 얼굴을 간질여서 살살 졸음이 왔다. 선종은 눈을 감고 뒤로 누워 하품하며 속으로 중얼거렸다.

'사는 일이 그저 꿈처럼 느껴지네. 지금 잠들면 영원히 깨어나지 않을 것만 같아.'

하늘을 떠가는 구름을 바라보다가 잠깐 잠들었던 선종은 눈을 바로 뜨며 끙, 하고 다시 일어나 앉았다. 천천히 고개를 내려 다시 들판과 개울을 내려다보았다. 개울 너머에서 무언가 꼬물거리는 느낌이 들었다.

'저게 뭐지? 산짐승이 물을 마시러 내려왔나?'

선종은 세수하듯이 손바닥으로 뺨과 눈두덩을 비벼 졸음을 쫓으며 일어났다. 말에 올라 느릿느릿 집터를 떠나 비탈을 내려갔다. 들판을 가로지르는데 개울 너머에서 꼬물거리던 것이 눈에 들어왔다. 어떤 노파가 모래펄 너머 비탈에 홀로 선 소나무 그늘에 쪼그리고 앉아 있었다. 머리에 검은 천을 둘렀고 짙은 갈색 저고리와 치마를 입었다. 말을 몰고 개울을 건너 노파에게 다가간 선종이 물었다.

"할머니, 무슨 일 있으세요? 제가 도와드릴까요?"

노파는 꼼짝도 하지 않았다. 고개를 숙이고 발치를 멍하니 내려다볼 뿐이었다. 까맣게 탄 얼굴엔 주름이 자글자글했고, 검은 천 아래로 하얗게 센 머리칼이 이마와 양쪽 귀를 덮으며 흘러내렸다. 노파는 치마 위에 누런 삼베로 감싼 무언가를 놓고 두 손으로 꼭 감싸 쥐고 있었다. 아주 오래 전부터 그러고 앉아 있었던 것처럼 보였다. 어쩌면 영원히 그 자리를 지키고 있을지도 몰랐다.

선종은 고개를 갸웃거리며 말 머리를 돌렸다. 비탈길을 올라 언덕 꼭대기에서 한때 마을이 있던 곳을 한 번 더 찬찬히 둘러보았다. 다시는 이곳에 오지 못할 수도 있겠구나 하는 생각에 마음 한구석이 한없이 쓸쓸해졌다. 입을 꾹 다물며 언덕 너머 비탈로 천천히 말을 몰고 내려갔다. 들판을 건너가는데 느닷없이 눈시울이 시큰해지면서 앞이 잘 보이지 않아 더는 나아갈 수 없었다. 말을 멈추어 세우고 소매로 눈을 훔쳤다. 참으로 오랜만에 한없이 포근하고 따뜻한 단어가 입에서 새어 나갔다.

"어머니—"

작은 소리로 되뇌는데 노파가 퍼뜩 떠올랐다. 고삐를 힘껏 당겨 언덕 쪽으로 말을 돌리며 외쳤다.

"이랴, 어서 가자!"

쏜살같이 달려 비탈길을 올라 언덕 꼭대기에 이르렀다. 영촌 마을이 있던 곳이 허공으로 붕 떠오르듯이 다시 눈에 들어왔다. 개울로 내려간 선종은 모래펄 오른쪽으로 방향을 틀었다. 홀로 선 소나무로 다가가며 이리저리 살폈지만 노파는 어디로 갔는지 보이지 않았다. 말에서 내린 선종은 소나무 그늘로 들어섰다. 노파가 앉아 있던 자리엔 껍질이 모두 벗겨진 소나무 줄기가 누워 있었다. 아까 보았던 노파처럼 비쩍 마르고 고부라진 나무였다. 마치 노파가 모로 누워 있는 듯했다. 선종은 허리를 구부리고 손을 내밀어 나무를 쓰다듬었다. 아직 살아 있는 사람처럼 촉감이 무척 부드럽고 따뜻했다.

뒤이어 선종은 소나무 밑동에 놓인 보따리를 집어 들었다. 노파가 두 손으로 감싸 쥐고 있던 누런 삼베 보따리였다. 햇빛이 환히 비치는 모래펄로 걸어간 선종은 바닥에 보따리를 내려놓고 조심스럽게 풀어 펼쳤다. 갓난아기에게 입히는 옷깃을 달지 않은 배냇저고리가 나왔다. 아주 가늘고 고운 명주실로 짠 비단 저고리였다. 세월이 많이 흐른 탓에 윤기는 사라졌지만 매끄러운 느낌은 그대로 남아 있었다.

선종은 무릎을 꿇고 두 손으로 배냇저고리를 잘 받쳐 들었다. 저고리에 코를 대고 숨을 깊이 들이쉬었다. 젖비린내가 콧속으로 빨려 들어왔다. 갓난아기와 아기 어머니 냄새가 섞여 있었다. 얼굴을 떼고 다시 배냇저고리를 내려다보는 외눈에서 굵은 눈물 한 줄기가 뺨을 타고 흘러 저고리에 뚝 떨어졌다. 입술을 깨물며 꾹 참으려 했지만 떨리는 목소리가 입 밖으로 흘러나갔다.

"어머니— 제가 왔습니다."

무서울 만큼 호젓하고 외진 곳에서 가을날이 오후로 접어들고 있었다. 졸졸졸 흐르는 개울물 소리가 들릴 뿐이었다. 오래도록 대군을 이끌었고 곧 한 나라 왕이 될 장군은 자제력을 잃었다. 배냇저고리를 입은 아기를 품에 안고 볼에 쪽쪽 입을 맞추며 웃었을 젊은 날의 어머니를 그리워하면서, 그저 외롭고 나약하며 기댈 곳 없는 어린아이가 되어 목 놓아 울었다.


## 첫날밤


때는 901년 봄, 선종이 은부와 종간과 함께 내성군 세달사를 떠난 지 꼭 열 해가 지났다. 송악성에선 한 달 사이를 두고 혼례식, 그리고 건국 선포식을 겸한 즉위식이 잇달아 열렸다. 선종은 성 안의 절 법당에서 조용하게 치른 혼례식에서 감청색 예복을 입었다. 허리에 띠를 둘렀으며 머리에 감청색 사모를 썼다. 사모는 생사로 짠 얇고 가벼운 비단 모자였다. 신부 강옥연은 밑단에 금박을 입힌 붉은색 치마와 노란색 저고리를 입었다. 그 위에 붉은색 비단으로 지은 활옷을 걸쳤는데, 봉황과 연꽃과 모란꽃을 수놓아 눈부시게 아름다운 옷이었다. 머리에 화관을 썼으며 비녀 양쪽으로 댕기를 달아 길게 내렸다.

허월이 주례 법사를 맡아서 차분한 목소리로 혼례를 이끌었다. 엄숙한 얼굴엔 이따금 흐뭇한 미소가 스쳤다. 한 해 전에 선종에게 나라를 세우기에 앞서 배필을 맞아들이라고 권한 이는 바로 허월이었다. 외로운 왕보다는 왕비와 함께 있는 왕이 백성들의 마음을 한결 든든하게 해 준다는 이유를 달았다. 선종은 이 제안에 답하기까지 시간을 오래 끌지 않았다. 며칠 만에 허월을 다시 만난 자리에서 말했다.

"마음에 두어 온 여인이 있답니다."

허월이 눈을 둥그렇게 떴다.

"허, 어느 집 여인인가요?"

선종에게서 여자 집안에 대해 들은 허월은 몹시 기뻐했다. 송악 호족들과 아주 가까운 집안 여자라니, 그보다 나은 배필감은 없어 보였다. 허월이 알기에 선종이 송악을 도읍으로 정한 까닭은 이 고장이 지세가 빼어나고 풍경이 아름답기 때문만은 아니었다. 언제던가 선종이 허월에게 넌지시 던진 말 속에 깊은 뜻이 담겨 있었다.

"세상엔 기백이 남다른 사람들이 있고 이런 사람들이 많이 사는 고을이 있지요. 이들 가운데 상당수가 매사에 무척 씩씩하고 꿋꿋하게 행동합니다. 반면에 너무 고집이 세고 자부심이 지나쳐서 다른 고을 사람들과 잘 어울리지 못합니다."

왕건이 걸핏하면 김순식과 부딪히고 왕건을 따르는 송악 출신의 젊은 장수들이 오래된 장수들에 맞서 으르렁거리던 때였다. 그래서 곧잘 군대 기강이 흐트러졌는데, 선종은 송악 호족들과 이곳 출신 장수들을 달래고 어르는 일이 무엇보다 시급하다고 여겼다.

혼례식이 끝나갈 즈음에 허월이 서로 마주 선 신랑 신부에게 당부했다.

"이제 두 사람은 하나가 되었어요. 앞서 신랑은 신부 어머니께 나무 기러기를 바치며 영원히 신부를 사랑하기로 맹세했지요. 그리고 오늘 서로에게 절하며 상견례한 뒤에 둘로 쪼갠 표주박에 따른 술로 입술을 적시며, 다시 한 번 영원토록 서로 사랑하기로 약속했어요. 이런 맹세와 약속을 지킬 때 죽음도 둘을 갈라놓을 수 없어요. 자, 이제 돌아서서 서로 손잡고 새로운 세상으로 힘차게 걸어 나가세요."

신랑 신부는 나란히 법당을 나섰다. 하늘 복판에 드리워졌던 구름이 빠르게 걷히며 태양이 모습을 드러냈다. 햇살이 눈부시게 법당 앞뜰로 쏟아져 내렸다. 비파와 북과 가야금 소리가 울리기 시작했고, 하객들이 양쪽으로 물러서며 길을 터 주었다. 하객들은 바구니에 담아 들고 있던 진달래꽃과 철쭉꽃을 뿌렸다. 꽃을 밟으며 법당 마당을 건넌 신랑 신부는 연회가 열리는 왕궁 앞뜰로 갔다.

상을 차려 놓은 그늘막 아래 멍석에 앉은 하객들은 웃고 떠들며 음식을 들었다. 온종일 이곳에선 음악 소리가 그치지 않았고 탈춤과 곡예 공연이 꼬리를 물었다. 신랑 쪽 하객들은 열 해 가까이 신랑과 함께 전쟁을 치른 장수와 병사들, 그리고 철원에서 혼례를 도우러 온 평민 여인과 사내들이었다. 이들보다 몇 곱절 많은 신부 쪽 하객들은 송악과 북하 위쪽 지역 호족 출신들과 그곳이 고향인 평민들이었다. 모두가 함께 어울리며 음식을 들고 술을 마셨으며 즐겁게 노래하고 춤을 추었다.

날이 어두워지자 여기저기에서 횃불이 켜졌다. 신랑 신부는 하객 대표들에게 다시 인사한 뒤 자리를 떴다. 왕궁 침방으로 들어가 저녁상을 받아 놓고 나란히 앉았다. 호롱불에 비친 얼굴을 서로 바라보며 그날 있었던 재미난 일들을 자분자분 주고받았다. 멀리서 하객들이 떠드는 소리가 점점 작아지더니 어느 순간에 뚝 그쳤다. 신랑 신부도 입을 다물었고, 이따금 번갈아 참았던 숨을 길게 내쉬었다.

소쩍새 우는 소리가 들려올 때 신랑은 손을 들어 신부 머리에서 화관을 벗기고 비녀를 뽑았다. 그리고 조심스레 옷고름을 풀어 활옷을 벗겼다. 잠깐 숨을 고르다가 밑단에 금박을 입힌 붉은색 치마를 벗겼다. 신부는 신랑이 저고리 옷고름에 손을 대자 두 눈을 꾹 감고 막 태어난 새처럼 색색 숨을 몰아쉬었다. 신랑이 팔을 뻗어 호롱불을 껐다. 방 안이 깜깜해졌고 아무 것도 보이지 않았다. 천천히 달빛에 물든 창이 눈에 들어오면서 신랑 신부 모습이 흐릿하게 되살아났다.

왕이 될 날을 한 달 앞둔 장군은 그동안 날마다 날카롭고 뾰족한 것들 속에서 살았다. 칼과 칼이 맞부딪치고 창끝이 물렁한 살을 찔렀으며, 머리가 날아간 몸통이 바닥에 나뒹굴고 핏빛이 땅과 대기를 물들였다. 함성과 비명과 살려달라며 외치는 소리가 허공을 울렸고, 어머니와 아내와 자식들을 마지막으로 부르면서 울먹이는 소리가 땅바닥에 낮게 깔렸다.

장군은 전쟁터에서 열 해를 보내는 사이에 자신의 몸과 마음이 더없이 거칠어졌음을 잘 알고 있었다. 장군의 몸엔 칼에 베이고 창에 찔린 흉터가 열다섯 군데 나 있었다. 활에 맞아 깊이 팬 흉터도 다섯이나 되었다. 때때로 장군은 누구와 대화를 나누다가 마음에 안 드는 얘기가 나오면 버럭 화가 치밀었다. 조용히 잡아도 될 모기와 파리를 욕설을 퍼부으면서 잡았으며, 달을 보고 짖어 대는 개에게 호통을 치면서 개와 달 모두에게 저주를 퍼부을 때도 있었다.

이따금 스스로를 돌아보던 장군은 두 눈을 꾹 감고 진저리를 쳤다. 그만 투구와 갑옷을 벗고 칼을 내려놓고 멀리 달아나고 싶었으며 깊이 숨고 싶었다. 그러나 그때마다 어디에선가 배고파 우는 아이 울음소리가 들려왔다. 힘없는 백성들을 돌보지 않고 자기 가족과 자손들이 몇 백 년 손가락 하나 까닥이지 않고도 먹고 살게 해줄 재물을 긁어모으느라 눈에 핏발이 선 이들의 웃음소리도 귓가를 울렸다. 다시 눈을 뜬 선종은 새롭게 각오를 다지며 두 주먹을 그러쥐었다.

선종이 여자 몸에 자기 몸을 포개기는 생전 처음이었다. 흠칫 놀라며 스스로에게 물었다.

'이토록 향기로운 꽃이 또 있을까? 이보다 부드럽고 매끄럽고 포근하며 따뜻한 것이 세상에 또 있을까?'

선종은 자신이 분수에 넘치게 큰 복을 받았다는 느낌에 온몸을 떨었다. 그런 마음을 아는지 신부도 색색 숨을 쉬면서 신음소리를 냈다. 그 소리에 화답하듯이 멀리서 부엉이와 뻐꾸기가 우는 소리가 번갈아 들려왔다.


## 즉위식

최윤이 서라벌에서 일했던 집사성은 신라에서 가장 높은 행정 관서였다. 왕명을 받들어 모든 관서들을 다스린 집사성 장관은 시중으로 불렸다. 오로지 진골 귀족만이 이 자리에 오를 수 있었다. 최윤은 신라 골품제도에서 진골 아래 등급인 육두품 출신에게 허락되는 최고 관등에 올랐는데, 이 관등 이름은 아찬이었다. 게다가 집사성에서 두 번째로 높은 시랑 자리에 앉았으니 한껏 출세했다고 말할 수 있었다.

그러나 최윤은 역대 왕들의 피가 한 방울이라도 섞인 진골 귀족들이 줄기차게 서로 잡아먹을 듯이 으르렁대며 벌이는 권력 다툼에 넌더리가 났다. 어느 날 더는 못 참고 집사성 시랑 벼슬을 내려놓고 관직을 떠났다. 외가가 있는 괴양(지금의 충북 괴산)에 가서 지내던 최윤은 괴양성 성주 신훤과 가까워졌다. 진훤 왕이 다스리는 백제 장수이자 양길의 부하였던 신훤은 최윤에게 놀라운 말을 건넸다.

"한때 죽주성과 영원산성에서 궁예 장군님과 같이 지냈어요. 참으로 인품이 뛰어나고 뜻이 곧으면서 언행이 한결같은 분이셨지요."

선종이 아직 궁예라는 이름을 쓰던 때였다. 신훤은 궁예가 죽주성 목장에서 궂은일을 도맡았으며 날마다 뜬눈으로 밤을 보내면서 말들을 지키다가 호랑이와 맞붙어 싸운 일, 영원산성에서 부장이 되어 병사 몇 백 명을 받은 일, 병사들과 함께 앉아 밥을 먹으며 스스럼없이 이야기를 주고받던 일을 들려주고 덧붙였다.

"하늘에 두고 맹세하건대 티끌만큼도 사사로운 욕심이 없는 분이에요. 중원성을 무너뜨리면 곧장 이리로 내려올 텐데 맞붙어 싸우고 싶은 생각이 없네요. 오히려 할 수만 있다면 어떻게든 도와드리고 싶은 마음이라니까요."

신훤은 얼마 뒤에 궁예가 군대를 이끌고 쳐들어오자 선뜻 성문을 열고 나가 바닥에 엎드려 궁예를 맞았다. 궁예가 말에서 내려 성큼성큼 다가가서 팔을 잡아 신훤을 일으켜 세웠다. 양 어깨를 덥석 잡고 얼굴을 올려다보며 외쳤다.

"이게 얼마만이야? 그 사이에 키가 더 큰 모양이야. 반가워! 우리 꺽다리 동생, 정말 반가워!"

그날 최윤은 궁예를 처음 보았다. 무척 소탈하고 겸손하면서 담백하고 꾸밈이 없어 보였으며 사람 마음을 끄는 힘이 남다르다는 느낌이 들었다. 신훤처럼 궁예를 돕고 싶은 마음이 솟구쳐서 궁예가 군대를 데리고 돌아갈 때 신훤과 함께 따라갔다.

"최윤 시랑, 나하고 얘기 좀 나눕시다."

궁예는 최윤을 시라벌에서 지낼 때 맡았던 벼슬 이름을 붙여서 불렀다. 틈날 때마다 최윤을 앞에 앉혀 놓고 머리를 맞댔으며 앞으로 나라를 세울 일에 대해 묻고 의견을 들었다. 이따금 그 자리에 대여섯 사람이 함께했다. 몇몇은 서라벌 조정에서 관리로 일했고 나머지는 지방관으로 일한 사람들이었다. 궁예는 신라에서 관등뿐 아니라 행정 조직을 포함한 관제를 그대로 이어받되, 앞으로 새로운 국가 이념과 정체성을 정립해 나가는 중에 천천히 바꾸고 다듬을 생각이었다.

송악성에서 건국 선포식과 즉위식이 함께 열리는 날이 왔다. 잿빛 구름이 하늘을 뒤덮고 바람이 많이 부는 날이었다. 선종은 동틀 때 송악산 천제단에 올라 천지신명께 제사를 드렸다. 예전에 태백산에서 본 대로 만든 제단이었다. 계절이 달랐지만 날씨가 비슷해서 태백산 천제단에서 이틀 동안 쉬지 않고 절했던 때가 떠올랐다. 의식을 마친 선종은 제단 아래로 내려와 면복과 면류관을 벗었다. 양쪽 어깨에 용 무늬가 있고 등 쪽엔 산이 새겨진 감청색 옷, 그리고 줄에 구슬을 꿰어 늘어뜨린 모자를 벗자 온몸이 사뭇 가뿐해졌다. 머리에 두건을 두르고 베옷을 입은 채 말에 올라 궁궐로 돌아갔다.

왕궁 침방에 들어간 선종은 다시 옷을 갈아입었다. 즉위식을 앞두고 새로 지은 옷이었다. 옷 빛깔과 모양새가 지금껏 왕궁에서 입었던 옷과 비슷했지만 앞쪽과 어깨에 아무런 무늬가 없었다. 등 쪽엔 산이 아니라 다리가 셋인 까마귀를 새겨 넣었는데 해 속에서 산다는 삼족오였다. 선종은 앞에서 맞잡은 두 손에 혼례를 앞두고 신랑 집에서 신부 집에 보내는 함에 들어가는 수수깡을 들었다. 수수깡은 꿋꿋하고 당당하게 살아간다는 뜻을 담고 있었다. 머리엔 신라 귀족에서 평민에 이르기까지 모든 사내들이 쓰던 아주 평범한 모자인 복두를 썼다. 모자 옆쪽과 뒤쪽에 꿩과 독수리와 송골매 깃털이 하나씩 꽂혀 있었다.

왕비가 침방 밖에서 기다리고 있다가 선종을 맞았다.

"옷차림이 참으로 멋집니다. 수수하면서 거추장스럽지 않아서 좋아요."

옷차림이 수수하기는 왕비도 마찬가지였다. 왕이 입은 예복과 빛깔이 같은 감청색 치마를 입었고 품이 낙낙한 자줏빛 두루마기를 걸쳤다. 둥글게 말아 올린 머리는 다섯 빛깔 구슬로 꾸몄다. 왕궁을 나선 두 사람은 삼보전으로 갔다. 네 가지로 빛깔이 다른 옷을 입은 관리들이 정면을 보고 줄지어 서 있었다. 가운데 트인 길을 따라서 왕과 왕비는 나란히 걸어갔다. 둘 다 어찌나 발걸음이 가볍던지 허공을 날아가는 듯했다.

삼보전 오른쪽에서 악사들이 피리를 불고 북을 울렸다. 앞쪽 계단에서 바구니를 들고 서 있던 아이들이 바닥에 꽃을 뿌리며 왕과 왕비를 맞았다. 두 사람은 저마다 사내아이와 여자아이 하나를 안고 볼에 입을 맞추었다. 뒤이어 계단을 올라 그늘막 속에 놓인 의자 앞에서 관리들이 줄지어 선 앞뜰을 바라보고 돌아섰다.

신라처럼 새로운 나라 고려에서도 가장 높은 관직인 집사성 시중 최윤은 모든 관리들을 등 뒤에 두고 맨 앞에 서서 의식을 지켜보았다. 진성여왕과 효공왕 밑에서 일하며 궁궐에서 열리는 모든 의식을 지켜보았는데, 이처럼 소박하고 꾸밈이 없는 의식을 보기는 처음이었다. 하늘마저 잿빛 구름이 뒤덮었던 이른 아침과 달리 구름 한 점 띄우지 않고 한없이 맑고 푸른 빛깔을 펼쳐 보였다. 계단을 오른 시중 최윤은 왕과 왕비에게 고개를 숙여 보였다. 왕의 인장인 옥새가 담긴 함, 그리고 나라에서 가장 중요한 법률이 적힌 국전을 탁자에 올려놓았다.

선종이 바닥에 엎드려 옥새함과 국전을 향해 절했다. 곧이어 해 속에서 날개를 활짝 펼친 삼족오 문양이 새겨진 국기를 펼쳐 깃대에 걸었다. 깃대를 두 손으로 잡아 깃발을 높이 들어 보이고 최윤에게 건넨 뒤에 앞으로 한 걸음 나섰다.

삼보전 앞뜰에 모인 사람들은 중앙 관리와 지방관들만이 아니었다. 관리들의 가족과 송악 사람들, 온 나라에서 일부러 온 수많은 평민들이 복판에 선 관리들을 옆쪽과 뒤쪽에서 에워싸고 있었다. 선종은 이들을 휘 둘러보고 나라를 세우는 동시에 스스로 왕이 되었음을 알리는 연설을 시작했다.

진성여왕과 효공왕 즉위식에 참석했던 최윤으로선 처음부터 눈을 번쩍 뜨고 귀를 쫑긋 세울 장면이 펼쳐졌다. 선종은 먼저 이마가 바닥에 닿을 만큼 허리를 한껏 구부려 절한 뒤에 우렁찬 목소리로 군중에게 외쳤다.

"저는 오늘 여러분과 함께 고구려 정신을 잇는 나라 고려를 세우게 되었음을 선포합니다!"

모든 군중은 바짝 온몸이 얼어붙었다. 왕이 자기들에게 반말이 아니라 경어를 쓸 줄은 꿈에도 생각하지 못했다. 하나같이 어찌나 눈을 크게 떴던지 얼굴에서 눈 밖에 보이지 않았다. 선종이 쩌렁쩌렁 울리는 목소리로 덧붙였다.

"앞으로 우리는 이 나라에서 세 가지 꿈을 함께 이루는 데 힘써야 겠습니다. 첫째, 어린아이에서 노인에 이르기까지, 남자에서 여자에 이르기까지, 재산이 많은 사람에서 가진 게 없는 사람에 이르기까지, 재주가 많은 사람에서 할 줄 아는 일이 없는 사람에 이르기까지, 모두가 똑같은 권리를 지니고 똑같은 의무를 지는 세상을 만듭시다."

말을 멈춘 선종은 잠깐 푸른 하늘을 올려다보고 다시 군중을 바라보았다.

"둘째, 올바른 일을 즐기는 사람이 상을 받고 그릇된 일을 즐기는 사람이 벌을 받으며, 상을 주고 벌을 내리는 일에서 치우침과 사사로움이 없는 세상, 자기 이익을 위해 남에게 해를 입히는 일이 없는 공정한 세상을 만듭시다."

모든 군중이 여전히 한껏 입을 벌린 모습이었지만, 딱딱하게 굳었던 낯빛이 누그러지고 꽁꽁 얼었던 몸이 녹기 시작했다. 선종 또한 한결 밝아진 얼굴로 힘차게 말했다.

"셋째, 모든 사람들이 스스로 지닌 솜씨와 능력을 한껏 드러낼 수 있도록 서로 힘을 북돋워 주고, 저마다 가슴에 품은 꿈을 이룰 수 있도록 골고루 기회를 나누어 주는 세상을 만듭시다."

악단이 북과 비파와 장구를 아주 빠르게 연주해서 분위기를 띄웠다. 이윽고 악기 소리가 잦아들자 선종은 관리들에게 당부하는 말을 조목조목 짚어 가며 들려주었다. 선종이 한마디 할 때마다 관리들은 고개를 끄덕이며 꼭 그렇게 하겠노라고 다짐했다.

"이리 나오시지요."

왕이 뒤쪽에 서 있던 왕비에게 손짓했다. 왕비가 앞으로 두어 걸음 나서 왕과 나란히 섰다. 왕은 다시 군중을 바라보고 두 팔을 벌리며 외쳤다.

"저는 천지신명과 여러분 모두에게 굳게 맹세합니다. 제가 왕좌에 앉아 있는 동안엔 절대로 백성 가운데 단 한 사람도 굶주리는 일이 없게 하겠습니다. 다시는 자식이 자기 살을 베어 부모님 상에 올리거나, 부모가 굶어 죽은 아기를 땅에 묻는 일이 없게 할 것입니다."

갑자기 시간이 멈춘 듯이 군중은 호흡과 몸짓을 그쳤다. 왕과 왕비도 손가락 하나 까딱이지 않았다. 왕이 눈을 끔벅이더니 굳었던 표정을 풀며 외쳤다.

"여러분, 이제 모든 걱정과 시름을 내려놓고 축제를 즐깁시다. 모두 함께 만세를 외쳐 의식을 마무리하지요."

군중이 서로 쳐다보며 환하게 웃었다. 왕이 먼저 두 팔을 번쩍 들며 외쳤고, 군중이 목소리를 높여 함성을 질렀다.

"만세!"

"고려 만세!"

"만만세!"

"고려 만만세!"


## 웃는 왕들

이웃한 여러 나라 왕들은 선종 이야기만 나오면 피식 웃었다.

"그냥 해 본 소리겠지 설마 나라를 세우기까지야 하겠어?"

그러나 진짜로 선종이 고려를 세우자 모두 움찔했다. 하나같이 좀처럼 일이 손에 잡히지 않았고 괜히 코를 킁킁거리며 손바닥을 맞비볐다. 가장 놀란 사람은 효공왕이었다. 술과 후궁에 빠져 지내느라 열여섯 나이에 노인처럼 얼굴이 쪼글쪼글해진 왕은 조정에서 고려 건국 소식을 들었다. 한참 말없이 꼼짝하지 않고 앉아 있더니 입을 벌리고 헤헤 웃었다. 신하들이 낯을 찌푸리며 고개를 갸웃거렸다.

'이게 웃을 일인가? 정신이 나간 거 아니야?'

잠시 뒤에 왕은 흑 하고 우는 소리를 내며 눈가를 소매로 훔쳤다. 아직 회의가 끝나지 않았는데 온몸을 바들바들 떨고 비틀대며 일어나 밖으로 나갔다. 궁궐 앞뜰을 건너던 왕은 하늘을 올려다보고 길게 한숨을 내쉬었다. 앞니 하나가 저절로 빠져서 입바람을 타고 허공으로 휙 날아갔다. 왕은 이빨이 빠지면 지붕 위로 던져야 한다는 말이 떠올라서 흐흐 웃었다.

"맞아, 맞아. 그래야 이빨이 새로 나온대."

젖니를 간 지 오래되어 이빨이 새로 날 리 없었다. 그런데도 왕은 꾸부정하게 허리를 구부리고 눈부신 햇살이 되비치는 땅바닥을 내려다보았다. 온 뜰에 굵은 모래를 깔아 놓아서 모든 모래 알갱이가 이빨로 보였다. 그제야 조정을 나선 신하들은 뜰에서 동그라미를 그리며 맴도는 왕에게 다가갔다.

"전하, 무얼 찾으시나요?"

왕이 그들을 돌아보지 않고 혼잣말했다.

"도대체 이 나라 왕은 외눈박이가 땅 절반을 빼앗아 가서 나라를 세우는 동안 어디서 무언 했더라?"

신하 하나가 어이없다는 얼굴로 허공을 바라보았다.

"날마다 후궁을 곁에 두고 술을 마시다가 낮잠에 드셨잖아요."

다리가 풀린 왕은 털썩 바닥에 무릎을 꿇었다. 이리저리 고개를 돌리며 앞니를 찾으면서 중얼거렸다.

"그래, 맞아. 내가 그랬지. 엄청나게 무서웠거든. 어떻게든 잊고 싶었거든. 그런데 이젠 어떻게 해도 잊을 수가 없게 돼 버렸어. 외눈박이 군대가 상주 가까이 내려왔다니까 이젠 다 끝난 거나 다름없어. 끝났어, 다 끝났다고."

왕이 훌쩍이는 소리를 내며 다시 소매로 눈가를 훔쳤다. 바닥에서 엄지와 검지로 무언가를 집어 들더니 끙, 하고 무릎을 펴며 일어났다. 팔을 앞으로 길게 뻗으며 신하들에게 돌아선 왕이 활짝 웃으면서 외쳤다.

"찾았다, 찾았어! 어찌나 꼭꼭 숨어 있던지 영영 못 찾게 되는 줄 알았지 뭐야?"

신하들은 왕이 내민 뿌리가 까맣게 썩은 이빨을 보았다. 헤헤 웃으며 왕이 벌린 입속에서도 이빨이 빠져나가며 생긴 까만 구멍이 드러났다.

"하마터면 큰일 날 뻔하셨어요. 말도 못하게 귀한 걸 찾으셨네요."

신하 하나가 그렇게 중얼거리며 후후 웃었고 또 다른 신하가 쿡쿡 웃었다. 덩달아 여러 신하들이 흐흐 허허 웃었고 왕이 입을 더욱 크게 벌리며 하하 웃었다. 모든 신하들이 허리를 뒤로 젖히고 하늘로 얼굴을 들며 에라 모르겠다, 하고 마음껏 웃음을 터뜨렸다. 밝은 대낮에 서라벌 궁전 앞뜰에서 왕과 신하들은 그렇게 한바탕 웃음꽃을 피우며 나라가 바람 앞의 등잔불이 되었음을 잠깐이나마 잊을 수 있었다.

왜나라 왕은 백제뿐 아니라 고려까지 생겨나 신라 땅이 셋으로 나누어졌다는 소식을 듣고 찬물부터 찾았다. 벌컥벌컥 물을 들이켠 뒤에 서쪽 하늘을 바라보았는데 머리가 부서질 듯이 아파 왔고 속이 울렁거렸다. 두통은 잠깐도 쉬지 않고 열흘이나 이어졌다.

"아이고, 머리야. 너무너무 아프다."

왜나라는 이미 오래 전에 신라와 외교 관계를 끊었다. 그 뒤로 당나라와 무역하는 데 큰 어려움을 겪었다. 왜나라에서 당나라를 오가려면 신라 남쪽 바닷길을 이용해야 했다. 그런데 섣불리 그쪽 바닷길로 들어섰다간 언제 신라 해군뿐 아니라 백제 해군한테서 공격을 받을지 알 수 없었다. 그렇다고 해서 내륙 길을 이용할 수도 없었다. 그곳에선 서로 사신 한 번 주고받은 적이 없는 고려가 버티고 있었다.

왜나라 왕은 세 나라가 전쟁을 벌이는 바다 건너 서쪽으로 더는 고개를 돌리지 않았다. 헤이안(지금의 일본 교토)에 있는 왕성 안에서 두 발로 걸어 서쪽으로 갈 때는 꼭 동쪽을 바라보고 뒷걸음질했으며 가마를 탈 때는 늘 가마에 거꾸로 앉아서 갔다.

'점점 멀어지는 풍경을 보는 재미가 꽤 쏠쏠하구먼!'

어찌나 재미있던지 한동안 왕은 남쪽이나 북쪽으로 갈 때도 거꾸로 앉아서 가마를 타기를 즐겼다. 다시는 서쪽을 바라보지 않자 신기하게도 머리를 두 쪽 낼 듯이 욱신거리던 두통이 깨끗이 사라졌다. 왕은 이웃나라 가운데 유일하게 외교를 맺고 지내는 발해에서 온 사신을 맞을 때도 동쪽을 바라보고 서 있었다. 왕궁으로 사신을 데려온 관리가 말했다.

"전하, 잠깐이라도 돌아보시지요. 뒤쪽에 사신이 엎드려 있습니다. 선물을 얼마나 많이 갖고 왔는지 모릅니다."

왕이 얼굴을 잔뜩 일그러뜨리며 양손을 들었다. 엄지손가락으로 관자놀이를 쿡쿡 찌르면서도 슬몃슬몃 웃으며 대꾸했다.

"어째 그리 눈치가 없느냐. 서쪽에 두통이 있고 동쪽에 웃음이 있다는 말도 모르느냐. 어서 사신을 일으켜서 선물을 들고 내 앞쪽으로 오게 하라."

왜나라 왕이 선물 보따리를 푸는 동안, 당나라에서는 황제 소종이 조바심을 내며 헛기침했다. 술기운에 환관과 궁녀들을 때려죽인 죄로 감옥에 갇혀 있다가 탈출한 지 얼마 안 되었을 때였다. 황제는 고려가 세워지고 신라 땅이 세 조각 난 일이 남의 일 같지 않았다. 당나라도 신라처럼 귀족들이 부패하면서 나라 살림이 엉망이 되었다. 온 나라에서 굶주린 농민들이 반란을 일으켜 단 하루도 잠잠한 날이 없었다.

나랏일에서 손을 놓다시피 한 황제는 언제 누구 손에 죽을지 몰라 밤잠을 이루지 못했다. 창문에 달그림자가 스쳐도 흡 하고 숨을 멈추었으며 방구석에서 벌레가 폴짝 뛰는 소리에도 엄마야 하고 신음했다. 실제로 세 해 뒤에 절도사 주전충이 휘두른 칼에 목이 날아가게 되는 황제는 불안과 공포에 시달린 나머지 정신이 살짝 돌았다. 곧잘 헛것을 보고 엉뚱한 소리를 외쳤고, 황비 앞에 넙죽 엎드려 큰절을 올릴 때도 있었다.

"어머니, 극락에 가 계신 줄 알았는데 여긴 어쩐 일이세요?"

황비가 화들짝 놀란 얼굴로 황제를 일으켜 앉혔다.

"폐하, 많이 편찮아 보이세요. 그만 들어가 쉬시지요."

황비를 멍하니 쳐다보던 황제는 팔을 잡아 당겨 바닥에 엎드리게 했다. 황비 등에 올라앉아 머리채를 잡아당기며 깔깔 웃었다.

"오늘 날씨가 좋고 하니 너를 몰고 한 바퀴 돌아봐야겠다. 이랴, 어서 가자!"

백제 왕 진훤은 선종이 고려를 세웠다는 소식을 들었을 때 완산주(지금의 전북 전주) 왕성 누각에 앉아 녹차를 마시고 있었다. 진훤의 얼굴에서 핏기가 사라졌고 수염이 꼿꼿이 일어섰다. 누각에서 다탁을 복판에 놓고 진훤 오른쪽에 앉은 이는 진훤이 누구보다 아끼는 천기장군 호범이었다. 천기장군은 기마병 일천 명과 보명 일만 명을 이끄는 장군으로 백제 무신 가운데 가장 높았다.

호범이 걱정스러운 얼굴로 진훤을 쳐다보았다.

"전하, 괜찮으신지요? 안색이 좋지 않으십니다."

진훤은 오른손으로 다탁에 놓인 찻잔을 쥔 채 입을 꾹 다물고 꼼짝도 하지 않았다. 진훤의 말수가 크게 줄어든 지 한 해가 지났다. 그때 진훤은 서원성에서 선종이 이끄는 군대에 맞서 싸우다가 패색이 짙어지자 가까스로 남문을 통해 달아나 이리로 내려왔다. 문막 전투에 이어 중원성과 서원성에서 잇달아 패배한 일은 그에게 엄청난 충격과 굴욕감을 안겨 주었다.

천기장군 호범은 어서 보고를 마치고 집에 돌아가고 싶었다. 마른 입술에 침을 바르고 두 눈을 꾹 감았다 뜨며 말했다.

"선종은 점령지 군현 모두에 태수와 현령을 파견했고, 각 군현에 많게는 일천 명에 이르는 고려군을 배치했습니다. 거주민들이 스스로 청해서 부역에 나서 성을 새로 쌓거나 더욱 튼튼히 쌓는 일에 힘쓰고 있다 하옵니다."

진훤이 한참 만에 처음으로 눈을 깜박였다. 찻잔을 들어 목을 축이고 숨을 길게 내쉬었다. 개미 한 마리 나다니지 않는 궁궐 뜰에서 사람 소리가 났다. 왕비와 후궁들이 어린아이들을 데리고 나타나서 한가로이 볕을 쬐며 거닐었다. 진훤은 곁눈으로 궁궐 뜰을 내려다보았다. 호범이 이마에 맺힌 땀을 손등으로 닦으며 몇 마디 보탰다.

"얼마 전부터는 적들이 먼저 우리를 공격하는 일이 사라졌습니다. 아마도 장기전에 들어간 듯합니다."

궁궐 뜰에서 아이들이 깔깔 웃기 시작했다. 여자아이 둘과 사내아이 셋이 바닥에 비친 구름 그림자를 좇아 달렸다. 그 모습을 보고 왕비와 후궁들은 손으로 입을 가리고 웃었다. 호범은 마지막으로 지금 백제군이 어떻게 대비하고 있는지 보고하려고 숨을 골랐다. 다시 입술을 떼려는데 진훤이 오른손을 들었다.

"오늘은 여기까지 듣기로 하지."

낯을 펴고 빙그레 웃으며 덧붙였다.

"오랜만에 공주님들하고 놀면서 머리를 식히고 싶네. 자네는 그만 물러가고 우리 예쁜 공주님들을 이리로 올려 보내게."


## 창부령 설현

고려 왕 선종은 조정에서 새로운 경제 정책을 줄줄이 발표했다.

"여태껏 호족과 사원들은 나라에 세금 한 푼 내지 않았어요. 이들이 지닌 어마하게 넓은 토지를 모두 도로 거두어들이고 새로운 기준으로 다시 나누어줘야겠어요."

고려 초엔 신라처럼 창부에서 나라 살림을 도맡았다. 창부령으로 불린 이 관서의 장관은 설현이었다. 설현이 넙죽 엎드렸다가 고개를 들며 하얘진 얼굴로 말했다.

"전하, 물살이 너무 빠르고 세차면 바위에 부딪혀 물보라를 날리는 법입니다. 호족들과 사원 승려들이 펄쩍 뛰며 반발할 게 뻔합니다."

여기서 두 사람이 말하는 호족은 스스로 선종을 찾아와 복종하기로 맹세한 호족들을 뜻했다. 이런 경우를 귀부했다고 말했다. 선종 부대와 맞서 싸우다가 패배한 호족 세력들은 이미 무너져 흩어졌다. 선종이 설현에게 힘주어 대꾸했다.

"내가 곧 국가이고 국가가 곧 백성이오. 주인이 주인 뜻대로 하겠다는데 걱정할 일이 뭐가 있겠소."

선종은 이렇게 거두어들인 토지 가운데 많게는 절반, 적게는 오 분의 일을 돌려주었다. 가령 선박들을 모두 나라에 바친 왕건 집안엔 거두어들인 땅 절반을 돌려주었고, 맨손으로 귀부한 호족들에겐 오 분의 일을 돌려주었다. 그리고 이 모든 땅에도 세금을 매겨 나라에서 거두었다.

어느 날 선종은 양민에게 토지를 분배하는 정책을 발표했다.

"열여섯 살에서 예순 살 사이 남녀 모두에게 천이백 평씩 고루 나누어주도록 하세요."

이만한 너비의 땅을 '결'이라고 불렀다. 호족과 사원이 거느린 성인들에게도 그만큼씩 땅을 나누어주었다. 관리들에겐 봉급 대신에 관료전을 나누어주었는데, 관리들은 이 땅을 백성들에게 빌려주고 조세를 받아 먹고살았다. 관리들이 관직에서 물러날 때는 나라에 땅을 돌려주게 돼 있었다. 이런 토지 제도는 신라와 비슷하면서도 호족과 사원이 누리던 특권을 크게 줄였으며, 일하지 않는 사람은 먹지 말라는 원칙을 바탕에 깔고 있었다.

창부령 설현은 호족과 사원들이 창고에 쌓아 둔 곡식과 삼베 칠 할을 나라에 내놓게 하는 정책을 선종이 발표했을 땐 허공으로 두어 뼘 떠올랐다가 쿵 떨어졌다.

"전하, 바쁠수록 돌아가야 하고 돌다리도 두드려 보고 건너는 법입니다. 저들과 우리 사이에서 충돌이 생길까 봐 걱정되옵니다."

선종은 이번엔 대꾸하지 않았다. 바닥과 세게 부딪친 궁둥이가 괜찮은지 모르겠다는 얼굴로 물끄러미 설현을 쳐다보았다. 그 뒤로 석 달에 걸쳐 송악성 창고를 떠난 마차들은 창부 관리와 기마병들과 함께 온 나라를 돌았다. 광해주(지금의 강원도 춘천)엔 최만이라는 만석꾼 호족이 살고 있었다.

"어서 창고를 여시오."

"잠깐만요. 하, 이것 참."

최만은 창부 관리의 명령에 맞서 뜸을 들이며 창고 열쇠를 들고 버텼다. 갑자기 돌아서더니 냅다 밭 쪽으로 달아났는데, 그만 발을 헛딛고 두엄자리에 빠져 붙들렸다. 창부 관리는 괘씸죄에 걸린 최만의 창고에서 쌀 한 톨 남기지 않고 모든 곡식을 들어내 마차에 실었다. 곧바로 광해주 관아로 끌려간 최만은 똥독이 오른 엉덩이에 곤장 일백 대를 맞고 감옥에 갇혔다.

괴양에 있는 보문사 승려들은 창부 관리가 마차를 타고 나타나자 모조리 창고 앞으로 달려갔다. 승려 절반은 맨땅에 드러누웠고 나머지는 두 팔을 벌리며 막아섰다. 뒤늦게 소식을 들은 마을 유지들이 허둥대며 몰려왔다. 창고 한쪽을 빌려 곡식과 비단과 금괴를 숨겨 놓은 사람들이었다. 이들도 승려들 속으로 들어가서 심술 난 얼굴로 절레절레 고개를 흔들었다.

창부 관리가 버럭 외쳤다.

"어서 창고 문을 열지 못하겠느냐!"

그러나 모두가 못 들은 척하고 하늘을 올려다보았다. 그때 털과 코와 눈과 발톱 모두가 붉은 불개 한 마리가 느릿느릿 다가왔다. 예전에 이 절엔 매우 덕이 높은 큰스님이 있었다. 스님이 세상을 뜬 지 마흔아홉 날이 지나서 그 불개가 태어났다. 그 뒤로 보문사 승려들은 불개를 큰스님으로 모셔 왔다. 좀처럼 짖는 일이 없던 불개가 창고 문을 막아선 이들을 보고 컹컹 짖었는데 꼭 사람 말소리 같았다.

"모든 것이 활활 불타고 있구나. 눈이 불타고 귀가 불타고 코가 불타고 마음도 불타고 있구나. 모두가 마주 선 상을 향해 활활 불타고 있구나. 탐욕의 불꽃으로 불타고 분노의 불꽃으로 불타고 어리석음의 불꽃으로 불타고 있구나."

불개는 <아함경>에 나오는 구절을 읊고 있었다. 자신이 탐욕과 헛된 분노에 사로잡혀 있음을 깨닫지 못하는 어리석은 인간들을 나무라는 내용이었다. 바닥에 드러누웠던 이들이 낯을 붉히고 뒤통수를 긁으며 일어났다. 두 팔을 벌리고 창고를 지키던 이들도 고개를 조아리고 합장하며 옆으로 물러섰다. 창부 관리는 마부와 일꾼

들에게 창고에 가득한 곡식과 삼베 가운데 칠 할을 들어내 마차에
싣게 했다.

"자, 이제 돌아가자."

나머지 삼 할을 놓아두고 떠나려는 관리에게 불개가 다가가서 속
삭이듯이 짖었다.

"나머지도 다 가져가서 원래 주인인 백성들에게 돌려주세요. 저
사람들은 다른 곳에 창고가 또 있답니다."

선종은 이렇게 걷은 곡식을 끼니를 제대로 잇지 못하는 백성들
에게 빌려주었다. 이들은 오랜만에 음식을 배불리 먹고 기운을 내
서, 저마다 삽과 괭이를 들고 나라에서 받은 논밭을 갈러 집을 나섰
다. 하늘까지 이들을 도와주었다. 때가 되면 알맞게 비를 뿌리고 넉
넉하게 햇살을 내려 주어 여러 해 잇달아 풍년이 들게 했다. 어디를
가나 불룩한 배를 두드리며 웃는 사람들을 볼 수 있었다. 게다가 전
쟁이 소강상태로 접어들면서 누구나 온종일 편안한 얼굴로 지냈다.
밤이 오면 모두 기분 좋게 하품하면서 한껏 길게 두 다리를 뻗고 깊
이 잠들었다.

창부령 설현은 나라가 세워진 지 세 해째 되던 날 선종이 조정에
서 또 다른 정책을 발표했을 땐 너무 빠르게 넙죽 엎드리다가 바닥
에 이마를 탁 찧고 정신을 잃었다.

"앞으로 이 나라엔 골품제처럼 세상에 날 때부터 위아래로 사람
신분을 나누는 일이 없어요. 이른바 신분 차별이 없다는 얘기지요.
농부와 관리와 상인, 대장장이와 목수와 마부 같은 직업 모두가 서
로 등급이 다르지 않아요. 같은 직업 안에서만 능력과 권한에 따라

등급에 차이를 두지요."

선종이 손으로 이마를 짚고 겨우 일어나 앉는 창부령 설현을 돌아보며 덧붙였다.

"창부 안에 영, 경, 대사, 사 같은 여러 등급이 있듯이 말이에요. 그리고 앞으로 언젠가는 모든 관리를 과거 시험으로 뽑고자 해요. 곧설치할 사대 관리를 뽑는 시험부터 실시하겠어요. 사대에선 외국어통역과 번역을 가르치는 일을 다루게 돼요."

설현이 눈을 동그랗게 뜨고 말했다.

"지금 중앙과 지방 어디에서나 자기 아들에게 자리를 물려주고싶어 하는 관리가 한둘이 아닙니다. 물살이 너무 빠르고 세차면 바위에 부딪혀,"

거기서 설현은 말을 멈추었다. 앞서 이런 비유를 쓴 적이 있다는생각에 다른 비유를 찾으려고 재빨리 머릿속을 뒤졌다. 선종이 빙긋웃으며 설현에게 물었다.

"그 관리들은 누구보다도 그 자리가 어떤 자리이며 무슨 일을 어떻게 하는 자리인지 잘 알지 않겠어요? 자연히 자기 아들이 시험을잘 치를 수 있도록 도와줄 수 있겠지요. 그 집 아들은 농부나 상인을 아버지로 둔 사람보다는 시험에서 월등히 유리하지 않겠냐는 얘기에요."

잠깐 말을 멈추었다가 고관들을 둘러보며 그날 얘기를 마무리 지었다.

"다시 말하건대 혈연이니 지연이니 하는 연줄이 신라를 망쳤어요.적성과 능력, 근면과 성실함, 이런 자질과 품성과 자세가 앞으로 이

나라를 이끌어 갈 가장 중요한 동력이 되도록 합시다."


## 대이동


때는 904년 여름이었다. 서원경(지금의 충북 청주)을 떠난 일천 호에 이르는 사람들은 북쪽으로 발걸음을 옮겼다. 한 가구 숫자가 일곱 명 안팎이어서 모두 칠천 명에 이르는 어마하게 큰 무리였다. 맨 앞부터 맨 뒤까지 십 리가 넘게 사람들이 꼬리를 물고 늘어섰다. 이들은 뱀처럼 구불구불 곡선을 그리며 나아갔다.

모두 쉰 채에 이르는 쌍두마차가 무리를 뒤따랐다. 이들이 한 달에 걸쳐 철원까지 오백 리를 가는 길에 먹을 음식과 갈아입을 옷, 깔개와 짚신과 천막 따위가 마차마다 가득 실려 있었다. 행렬을 보호하는 임무를 맡은 기마병 삼백 명이 말을 타고 행렬 옆쪽에서 위아래로 끝없이 오르내렸다.

기마부대를 마군, 기마대장을 마군장군으로 바꾸어 부르기 시작한 지 얼마 안 되었을 때였다. 기마병들을 지휘하는 마군장군은 두 사람이었다. 하나는 이흔암이라는 서원경 출신 장수였다. 이흔암은 네 해 전에 선종이 이만 명 대군으로 서원성을 칠 때 보병 일천오백 명을 데리고 성문을 나서 투항했다. 오래 전부터 진훤보다는 선종을 높게 보고 벼렸던 일이었다.

이 일은 다른 백제군 병사들뿐 아니라 진훤에게 큰 충격을 안겼다. 며칠 뒤에 선종 부대와 맞붙은 백제군은 맥을 못 추고 밀렸다. 이흔암이 이끄는 보병부대가 앞장서 한때 동지였던 백제 병사들을 밀어붙였다. 야밤에 남문으로 몰래 달아나던 진훤은 이를 부드득 갈며 배신자 이름을 입에 올렸다.

"이흔암, 언젠가는 반드시 너를 잡아서 뼈째 씹어 먹고야 말겠다!"

이주민 행렬을 지키는 기마병들을 이끄는 또 다른 마군장군은 환선길이었다. 한때 평양성 성주 검용 밑에서 기마부대를 지휘한 평양 사람이었다. 두 해 전에 검용에게 하루라도 빨리 고려군에 항복하는 쪽이 낫지 않겠냐고 말했다가 뺨을 세게 얻어맞았다.

"입 닥칠래, 아니면 한 대 더 맞을래?"

입을 꾹 다물고 물러난 환선길은 기마병 이백 명을 데리고 송악으로 가서 선종에게 투항했다. 환선길은 그때 가족을 모두 데려갔다. 여덟 식구 가운데 몸가짐이 반듯하고 눈망울이 초롱초롱한 여동생이 있었다. 이흔암은 환선길의 여동생을 보자마자 첫눈에 반했다. 한해 넘게 장롱 깊이 넣어 두었던 비단을 비롯해서 모두 일백 가지가 넘는 선물, 그리고 눈에 보이지 않는 선물인 온갖 정성과 배려를 바친 끝에 이 여인의 마음을 열어 지난겨울 혼례식을 올렸다.

매부와 처남은 행진을 멈춘 저녁마다 잠자리에 들기에 앞서 두런 두런 이야기를 주고받았다. 서원경에 대해 잘 모르는 환선길이 주로 물었고 이흔암이 대꾸했다.

"매제, 철원으로 옮겨 갈 가족을 고르느라 고생 많이 했다며?"

"처남도 잘 알다시피 언제 진훤이 서원경을 되찾으러 군대를 몰고 올라올지 모르잖아요. 철원은 이런 서원경보다 한결 안전한 곳이지요. 게다가 나라에서 집을 지어 주고 어른 한 사람한테 논밭을 두

결씩 준다니 지원하는 가구가 많을 수밖에 없지요. 제비뽑기로 세 가구에서 한 가구꼴로 추려 냈답니다."

황무현(지금의 경기도 이천)에서 하룻밤 묵을 때는 솔숲에 누워 자던 환선길이 갑자기 깨어나 고개를 돌리고 이흔암에게 물었다.

"매제, 자나?"

"아니요."

"예전부터 궁금했던 게 있는데 물어도 될까?"

"물어보세요."

환선길이 이흔암 쪽으로 돌아누웠다. 얼굴을 들고 손바닥으로 턱을 받쳤다.

"전하께서 서원경 사람들을 수도 송악이 아니라 철원으로 이주시키는 까닭이 무얼까?"

이흔암이 목소리를 낮추고 대꾸했다.

"아직 모르시는군요. 내년에 수도를 철원으로 옮긴다는 말이 있어요. 그런데 지금 철원은 인구가 모자라요."

환선길이 침을 꼴깍 삼키며 덩달아 목소리를 낮추었다.

"송악 사람들을 철원으로 옮길 수도 있지 않나?"

이흔암이 슬며시 윗몸을 일으키고 주위를 살폈다. 손나발을 만들어 환선길 귀에 대고 속삭였다.

"요즘 송악 일대 호족들이 아주 불만이 많아요. 땅뿐 아니라 곡식과 재물을 나라에 많이 내주었잖아요. 그런데도 왕건 장군과 몇몇 장군을 빼면 군대와 중앙 관서에서 중요한 자리에 오른 이가 손꼽을 만큼 적다는 거잖아요."

그 뒤로 열흘이 지나서 환선길이 새로운 의견을 내놓았다. 이주민 행렬이 양주(지금의 경기도 양주)에 있는 목장 풀밭에서 하룻밤 묵을 때였다. 손나팔을 만들어 입에 댄 환선길이 이흔암에게 속삭였다.

"서원경은 다섯 군데에 있는 작은 서라벌 가운데 하나잖아. 그래서 서원경 사람들은 무척 자부심과 자존심이 세다고 들었어. 언제 대놓고 반발할지 모르는 송악 일대 호족들을 견제하려고 서원경 사람들을 철원으로 이주시키는 건 아닐까?"

이흔암이 고개를 갸웃하더니 하품했다.

"글쎄요, 그럴 수도 있겠네요. 하여간 이런 이야기는 우리 둘만 알고 지내자고요."

양주를 떠난 이주민 행렬이 철원으로 거의 다가갈 즈음에 이상한 일들이 잇달아 벌어졌다. 청성군(지금의 경기도 포천)으로 들어서서 실개천을 따라 북서쪽으로 들판을 건너갈 때였다. 맨 앞에서 걷던 사람들이 비명을 지르며 구덩이에 빠졌다. 기마병들이 탄 말도 여러 필 구덩이에 빠져 옆으로 쓰러지며 큰소리로 울었다.

이흔암과 환선길이 서둘러 달려가서 말에서 내려 다른 병사들과 함께 풀밭을 돌아보았다. 무릎 높이로 풀이 웃자란 들판엔 누군가 일부러 판 구덩이가 수백 개 있었다. 허리까지 들어갈 만큼 깊은 구덩이를 나뭇가지로 덮고 풀을 얹어 놓았다. 환선길이 절레절레 고개를 흔들었다.

"우리가 지나갈 줄 미리 알고 함정을 만들어 놓았구먼. 누가 이런 짓을 했을까?"

이흔암도 고개를 가로저으며 서쪽 하늘을 바라보았다.

"개울을 건너 멀리 돌아가게 생겼네요. 해가 지려고 하니 서둘러야겠어요."

이튿날 여우산 옆쪽 들판을 지날 때는 엄청나게 많은 모기와 메뚜기들이 달려들었다. 모기들이 마구 사람들을 물었고 메뚜기 떼는 앞을 똑바로 볼 수 없게 만들었다. 칠천 명이나 되는 사람들이 손을 내저으면서 이리 뛰고 저리 뛰며 발길 닿는 대로 달아났다. 말들도 괴롭게 울면서 껑충껑충 뛰었다. 이흔암이 말을 몰고 달리며 주위를 살피고 돌아와 외쳤다.

"모두 저 솔숲으로 어서 들어가요! 소나무 밑엔 풀이 자라지 않아서 모기가 없어요!"

모든 사람들이 솔숲으로 달려 들어가면서 소동이 끝났다. 하지만 모기에 온몸을 물린 아이들이 칭얼거리는 소리가 해거름을 지나 한밤이 되도록 이어졌다.

철원성까지 오십 리를 남겨 둔 곳에서도 누군가 이주민들의 앞길을 막는 일이 벌어졌다. 앞장서서 조심스럽게 나아가던 환선길이 말고삐를 당기며 손을 높이 들고 외쳤다.

"정지! 모두 여기서 기다리세요."

저만치에서 초록빛 들판에 어울리지 않게 누런빛을 띠고 좌우로 길게 바닥에 놓인 물체가 보였다.

"저게 뭐지? 흙으로 쌓은 둑인가?"

서른 발짝쯤 떨어진 곳까지 다가간 환선길은 누런빛 띠가 바싹 마른 짚단임을 알아챘다. 짚단 너머에서 모습을 드러낸 사내들이 횃불을 들고 뛰어다니며 짚단에 불을 놓았다. 맑은 날씨에 바람을 탄 불은 금세 짚단 전체로 퍼졌다. 활활 소리를 내는 불길과 잿빛 연기가 온 땅을 뒤덮고 하늘로 날아올랐다.

환선길은 힘차게 말을 몰아서 불타는 짚단을 따라 왼쪽으로 달렸다. 짚단 끝에 이르렀을 때 서둘러 말에 올라 달아나는 사내들이 보였다. 하나같이 검은색 옷을 입었고 머리에 검은색 두건을 둘렀다. 모두 열 명이 넘는 사내들은 언덕으로 올라가 수평으로 달리다가 비탈로 내려갔다. 곧이어 철벅거리며 개울을 건너 맞은쪽 비탈로 올라갔다. 그때 사내 하나가 탄 말이 비탈에 쌓인 돌을 잘못 밟고 비틀거렸다.

그들을 쫓아가서 개울을 절반쯤 건넌 환선길은 허리춤에서 단도를 꺼냈다. 단도를 잘 쓰기로 이름난 장수답게 부드럽고 빠르게 팔을 머리 위로 들었다가 앞으로 쭉 뻗으며 단도를 날렸다. 단도는 허공을 가르며 날아가서 비탈 아래로 도로 내려와 개울을 따라 달아나던 사내 뒷목에 꽂혔다. 사내는 악, 하고 비명을 지르며 말에서 떨어져 개울에 거꾸로 처박혔다. 환선길이 사내에게 달려가 말에서 내리며 큰 칼을 빼어 들었다. 옆으로 누워 숨을 몰아쉬는 사내 목에 칼끝을 대고 외쳤다.

"누가 너희를 보냈느냐?"

눈을 질끈 감은 사내 입에서 피가 쿨럭쿨럭 뿜어져 나왔다. 사내는 고개가 힘없이 돌아가면서 숨을 거두었다.

이주민 행렬은 땀투성이에 흙투성이, 파김치가 되어 철원성에 이르렀다. 선종이 송악에서 철원으로 와서 기다리고 있다가 이흔암과 환선길을 반가이 맞았다.

"어서 오게나. 보아 하니 고생이 이만저만이 아니었구먼."

넙죽 절하고 일어난 두 사람 손을 차례로 잡으며 물었다.

"일천 호를 이끌고 온 게 맞지?"

"예, 전하. 모두 칠천 명에 이르는 사람들 가운데 단 한 사람도 잃지 않았습니다."

"애썼네, 정말 애썼어. 자네들이 이번에 세운 공을 잊지 않겠네!"


## 하품하는 왕

평양은 송악에서 북서쪽으로 사백 리 떨어진 고을이었다. 서쪽 바닷가에 있는 증성(지금의 평안남도 강서군 증산)과 마찬가지로 주인이 계속 바뀌다가 어느 나라에도 속하지 않는 외톨이 신세가 된 지 오래되었다. 먼 옛날엔 단군과 기자와 위만이 국호를 조선으로 해서 평양을 수도로 삼았다. 그 뒤에 이곳은 낙랑과 한나라를 거쳐 고구려 손에 넘어갔고, 이백사십 년 넘게 고구려 수도로 이름을 날렸다. 나당 연합군에게 함락된 뒤엔 당나라 땅이 되었다가 신라 땅으로 바뀌었으며, 언젠가부터 아무도 눈길을 주지 않는 땅이 되었다. 신라도 평양을 쳐다보지 않았고 바로 위쪽에 있는 발해도 개 닭 보듯 했다.

평양성 북쪽에선 구불구불한 언덕과 산등성이가 길게 띠를 두르고 있었다. 남쪽으로는 대동강이 흘러 적들이 가까이 다가오지 못하게 막는 해자 역할을 했다. 이 성엔 모두 삼만 명에 이르는 사람들이 살았다. 신라 어디에도 평양처럼 모든 주민이 성 안에 모여 사는 고을이 없었다. 관리와 군인들도 평양성에서 평민들과 서로 어울려 살았다. 이들 모두가 성 안에서 먹고 입고 자는 일을 해결했다. 평양을 독립 국가라고 말해도 지나치지 않았다.

평양성 성주 검용은 병사 이천 명을 거느린 장군이면서 작은 국가를 다스리는 왕이었다. 검용 왕은 스무 해 전에 서른 살 나이로 성주가 되었다. 그때만 해도 온몸에서 피가 펄펄 끓었고 손이 무척 뜨거웠다. 화상을 입을까 봐 두려운 나머지 검용에게 가까이 다가가거나 악수를 하려는 사람이 없었다. 그다지 더위를 타지 않는 아내도 마찬가지였다. 여름날 해가 진 뒤에 남편 입에서 이런 소리가 나오면 속으로 비명을 질렀다.

"오늘 오랜만에 안고 잡시다."

그 시절에 검용 왕은 반드시 조상들이 잃어버린 고구려 땅을 되찾고야 말겠다는 생각 하나로 살았다. 방법은 두 가지였다. 하나는 전쟁이었고 또 하나는 협상이었다. 검용은 먼저 자기 군대의 전투력을 시험해 보았다. 열 해 사이에 이웃한 증성에 사는 도적떼를 치러 여덟 번이나 군대를 끌고 평양성을 나섰다. 증성 도적들은 붉은색과 노란색 옷을 입었다. 어찌나 빛깔이 눈부시던지 한참 바라보고 있으면 정신이 어질해졌다.

도적들은 처음엔 옷 빛깔에 따라 두 패로 나뉘어 검용 부대에 맞섰다. 그런데 전투가 절정으로 치달으면 갑자기 저들끼리 서로 뒤섞이며 눈을 더욱 어지럽혔다. 두 가지 빛깔이 합쳐진 주홍색까지 나타났기 때문이었다. 게다가 증성 도적들은 송골매와 호랑이 고기를 즐겨서인지 몸짓이 무척 날랬다. 빨갛고 노란 병사들이 돌풍에 천

조각이 날리듯 휙휙 움직였다. 그 모습에 어떤 검용 부대 병사들은 활을 쏘고 칼을 휘두르기를 멈추고 앞으로 팔을 쭉 뻗으며 외쳤다.

"어, 어, 어, 빨래가 날아간다!"

검용 왕은 증성을 손에 넣은 뒤에 남쪽 원정에 나설 생각이었다. 아직 송악 일대와 북하 위쪽 호족들이 선종에게 가서 항복하기 전이었다. 그러나 갑옷과 투구를 갖추지 않은 도적떼 앞에서도 쩔쩔매는 판에 원정길에 나서는 일은 꿈도 꾸기 힘들었다. 평양성 장수들은 어쩌다가 검용이 남쪽 원정을 입에 올릴 때면 딴청을 피웠다. 헛기침하며 수염을 쓰다듬거나 파리를 잡는 손짓을 하며 중얼거렸다.

"안 되는 줄 알면서 왜 이러시나."

검용이 발끈했다.

"무슨 말이지?"

"아, 파리가 제 얼굴에 앉으려 해서 파리한테 한 말입니다."

이윽고 검용은 전쟁이 아니라 협상을 통해 고구려 땅을 되찾는 길로 눈을 돌렸다. 평양국 왕의 이름으로 발해와 신라와 백제 왕에게 보내는 편지를 썼는데 편지마다 내용이 달랐다. 발해 왕 대현석에게 쓴 편지에선 이렇게 말했다.

'신라 쪽으로 들어간 옛 고구려 땅을 되찾고자 하니 군대를 보내 주세요.'

신라 진성여왕한테 쓴 편지는 이러했다.

'무기와 군량미를 지원해 주시면 발해 땅 쪽으로 신라 땅을 넓히는 데 힘쓰겠습니다.'

백제 왕 진훤에겐 선종의 군대를 경계하는 내용을 담은 편지를 썼다.

'송악성과 철원성을 공격해서 선종이 더는 세력을 넓히지 못하게 막겠습니다. 같이 협공할 날짜를 정해 주십시오.'

발해 쪽 사신은 길을 잃고 헤매다가 호랑이 굴로 들어갔다. 새끼들을 낳은 지 얼마 안 되었는데 제대로 먹지 못해 젖이 잘 안 나와 괴로워하던 엄마 호랑이 뱃속으로 들어갔다. 신라 쪽 사신은 황무현(지금의 경기도 이천)에서 양길이 이끄는 백제군과 왕건 부대가 벌이는 싸움에 잘못 끼어들었다. 얼떨결에 백제군 병사들 틈에 들어가서 왕건 부대와 맞서 싸웠다. 여러 달 같은 생활을 하다 보니 자기 본분을 깨끗이 잊어버렸다. 어느 날 바랑 안쪽에 들어 있는 편지를 꺼내 본 사신은 깜짝 놀라 뒤로 드러누웠다. 곧 일어나 편지를 불태우고 동료들에게 달려가서 다음 전쟁터로 함께 떠났다.

백제 쪽 사신 하나만 죽을 고비를 스무 번 넘기고 가까스로 목적지에 이르렀다. 완산주에서 진훤을 만난 사신은 넙죽 엎드려 절하고 어깨에 멘 바랑을 앞으로 돌렸다. 그런데 아무리 뒤져도 편지가 보이지 않았다. 진훤이 버럭 소리쳤다.

"이놈아, 다섯까지 셀 동안 편지인지 뭔지를 내보이진 않았다간 볼기짝이 걸레가 되는 줄 알아라. 자, 센다. 하나, 둘, 셋."

진훤은 거기까지 세고 멈추었다. 겁에 질린 사신이 바랑을 머리에 뒤집어쓰고 기절해 버렸기 때문이었다. 감옥에서 정신이 든 사신은 반 년 넘게 나물을 잔뜩 넣은 거칠기 짝이 없는 콩밥을 먹었다. 목수들이 다 삭은 감옥 문을 뜯어내고 새로 만드는 사이에 몰래 밖으로 나가서 나그네가 되었다.

뜻대로 되는 일이 하나도 없자 완전히 의욕을 잃어버린 검용 왕은 온몸에서 피가 식었고 살갗에 푸른빛이 돌았다. 늘 찬바람을 일으켰기에 가까이 가려는 사람이 없었다. 아내마저 남편이 다가가면 일부러 기침하며 자리에 픽 쓰러져 신음했다.

"콜록콜록. 아이, 추워라. 콜록콜록. 정말 너무 너무 춥다."

왕은 하루에도 몇 번씩 자살 충동을 느꼈으며, 숨을 내쉴 때마다 졸린 눈을 감고 길게 하품했다. 밥을 먹을 때도 하품했고 한밤에 잠을 자다가도 하품했다. 닷새마다 관리들을 모아 놓고 회의하는 중에도 하품했다. 어느 해 장마 때 대동강 물이 넘쳐 성 안으로 들어와 백성 열댓 명이 익사했다는 보고를 받았을 때도 하품했다. 왕을 지켜보던 모든 관리가 속으로 똑같은 소리를 중얼거렸다.

'이런 왕을 믿고 살아야 하나?'

검용 왕은 송악에 고려가 세워졌다는 소식을 들었을 때도 하품했다. 선종이 건국 세 해 만에 나라 이름을 마진으로 바꾸고 이듬해엔 수도를 철원으로 옮겼다는 소식을 들었을 땐 눈을 가늘게 뜨며 물었다.

"'마진'이 무슨 뜻이지?"

바깥 사정에 밝은 관리가 대꾸했다.

"'마'는 크다는 뜻이고 '진'은 동방을 뜻합니다. 동방에 있는 큰 나라, 곧 대동방국을 만들겠다는 의지를 담은 것으로 보입니다."

검용 왕이 허리를 곧게 펴며 눈을 바로 떴다.

"송악 호족들이 반발할 게 뻔하지 않나. 그런데도 수도를 철원으로 옮긴 까닭이 무얼까?"

"선종은 처음부터 고구려 땅을 되찾는 걸 넘어서 한층 크고 넓은 꿈을 품고 있었던 듯합니다. 지금으로선 그게 무언지 잘 모르겠습니다."

그 뒤로 검용은 하품하지 않고 멍하니 앉아 있을 때가 늘었으며, 열흘에 한 번씩 철원에 몰래 사람을 보냈다. 그래서 마진 조정에는 신라보다 관서가 네 개나 많아서 모두 열아홉 개라는 것을 알아냈다. 또한 진골 귀족들에게 중요한 관직들을 몰아준 신라와 달리, 저마다 지닌 능력을 살펴서 관리로 임명한다는 사실을 알아냈다.

마침내 선종이 보낸 군대가 평양성을 치러 오고 있다는 소식이 날아왔다.

"정말인가?"

"예, 그렇습니다. 지금쯤 거의 다 왔을 겁니다."

검용은 두 주먹을 그러쥐며 자리를 박차고 일어났다. 중성을 나서 내성으로 들어가 성벽 망루에 올라 모란봉 왼쪽 들판을 바라보았다. 뽀얗게 먼지를 일으키며 들판을 가로질러 다가오는 군대가 있었다. 어디쯤에선가 배를 타고 대동강을 건너 평양성 북쪽으로 길을 돌아오는 마진군이었다. 마진군은 칠성문 위쪽에 이르러 행진을 멈추었다. 천천히 먼지가 가라앉으면서 군대 규모가 드러났다. 기마병 오백 명에 보병 일천 명이 넘어 보였다. 검용이 거느린 군대보다 기마병 숫자는 많았지만 모든 병사를 합한 숫자는 오히려 적었다. 한번 승부를 겨루어 볼 만했다.

그러나 검용은 마진군과 싸우고 싶은 생각이 터럭만큼도 일지 않았다. 오히려 반갑고 고마운 마음에 눈물이 나오려 했다. 검용은 세상에 태어날 때부터 자기가 어느 나라 사람인지조차 모르고 살아왔다. 스스로 평양국 왕이라고 믿었지만 어떤 나라와 외교를 맺거나 나라의 운명을 걸고 전쟁을 벌인 적이 없었다. 여러 나라에 사신을 보냈으나 답장을 받은 적도 없었다. 검용이 눈시울을 붉히며 속으로 중얼거렸다.

'엄밀히 말해서 지금껏 평양국은 나라가 아니었어. 온 세상 모든 나라가 전혀 존재를 알아주지 않고 공격할 마음도 품지 않는 나라를 지키자니, 보람도 없고 희망도 없는 삶이었지.'

소매로 눈가를 훔친 검용은 다시 눈을 가늘게 뜨고 이곳까지 마진군을 이끌고 온 장수가 누구인지 살폈다. 거리가 멀어 잘 보이지 않았지만, 마진군 맨 앞쪽 가운데서 말을 타고 있는 장수는 몇 해 전에 병사들을 데리고 달아난 환선길인 듯했다. 한때 검용은 환선길 생각만 해도 온몸이 부르르 떨렸다. 그러나 이렇게 먼 곳으로 마진군을 데려와서 검용 스스로 자신이 이 세상에 존재하고 있음을 깨닫게 해준 지금엔 전혀 마음이 달라졌다. 냅다 달려가서 환선길을 끌어안고 싶은 생각뿐이었다.

들판 왼쪽 끝에서 먼지구름이 일더니 점점 마진군 쪽으로 다가갔다. 먼지구름은 마진군 앞에 이르러 멈추었고 이내 바람에 흩어져 사라졌다. 붉은 옷과 노란 옷을 입은 증성 도적들이 마신군을 바라보고 납작 바닥에 엎드렸다. 곧이어 두 군대는 하나가 되어 평양성을 바라보고 공격할 준비를 했다.

서둘러 망루를 떠난 검용은 칠성문 앞으로 내려갔다. 내처 기다리고 있던 장수들이 한쪽 무릎을 꿇었다. 장수 하나가 눈을 부릅뜨고 고개를 들며 힘주어 말했다.

"전하, 어서 명령을 내려 주십시오."

여느 때 입을 열었다 하면 좀처럼 다물 줄 모르는 장수 만연이었다. 만연이 입술에 침을 쓱 바르고 소나기같이 퍼부었다.

"목숨을 아끼지 않고 살이 다 베여 뼈가 드러날 때까지 용감하게 싸우겠습니다. 삼천 년 전에 단군께서 조선을 세우고 오백 년 전에 장수왕께서 고구려 수도로 삼은 이곳을 제 뼈가 부서져 가루가 될 때까지,"

검용이 손을 들고 말을 자르며 짧게 외쳤다.

"그만."

마지막으로 입을 한껏 벌리고 하품하면서 문지기들에게 어서 성문을 열라고 이르며 허리에 찬 칼을 풀어 부관에게 건넸다. 옆에 선 말에 올라 활짝 열린 성문으로 말 머리를 돌리고 나아가며 장수들에게 말했다.

"손님 대접을 그렇게 하면 못쓴다. 모두 칼을 버리고 나를 따르라."


## 황룡도

때는 906년 봄, 온 산이 연둣빛으로 물들어 저절로 눈이 즐거워지고 따사로운 햇살에 자꾸만 졸음이 오는 계절이었다. 그러나 왕건은 잠깐도 한눈을 팔지 않고 남쪽 봉우리에 있는 병풍산성 성벽을 뚫어지게 바라보았다. 소나무 그늘 너럭바위에 의자를 놓고 앉은 채였다. 왕건이 다른 장군 하나와 부장 여섯, 기마병 오백과 보병 이천오백을 거느리고 중원경을 떠나 상주(지금의 경북 상주)에 온 지 보름이 지났다. 백제군이 진을 친 병풍산성은 워낙 가파르고 높은 곳에 있었다. 지금껏 왕건은 벼랑을 타고 성벽 주위를 돌며 적진을 살피는 데 모든 시간을 썼다.

왕건은 며칠 안쪽에 이곳 산등성이를 따라 성을 공격하기로 마음을 굳혔다. 지금 병사들은 뒤쪽 숲속에서 지내고 있었다. 눈을 가늘게 뜬 왕건은 낯빛이 딱딱했으며 눈빛이 무척 날카로웠다. 그러나 마음속은 아주 맑고 고요했다. 참으로 오랜만에 지난 세월을 돌아볼 여유마저 생겼다. 곁에 놓인 탁자로 손을 뻗어 찻잔을 들었다. 진달래꽃을 띄운 향긋하고 따뜻한 차를 한 모금 마시며 속으로 중얼거렸다.

'어느덧 열 해가 흘렀네. 그때 내 나이가 스물이었지.'

뱃놀이하는 자리에서 송악과 북하 일대 호족 대표들이 선종에게 귀부하기로 했다는 말을 듣던 날이 떠올랐다. 그때 왕건은 머리에서 피가 거꾸로 솟았고 가슴이 부서질 듯이 아팠다. 한번 싸워 보지도 않고 무릎을 꿇는 일은 꿈속에서도 있을 수 없었다. 며칠 뒤에 왕건은 아버지를 따라 병사들을 이끌고 송악을 떠났다. 말을 타고 철원으로 가는 내내 이를 악물었더니 턱뼈가 시큰거렸고 관자놀이에서 핏줄이 툭툭 뛰었다.

그런데 선종은 왕건의 아버지 왕륭을 철원 위쪽 일성군 태수로 앉혔고 왕건에겐 선뜻 철원군 태수 자리를 주었다. 이제 스무 살밖에 안 된 젊은이에겐 더없이 명예롭고 영광스러운 일이었다. 게다가 선종은 왕륭의 건의를 받아들여 송악에 발어참성을 쌓게 하고 한동안 왕건이 성주를 맡게 했다. 왕건이 한꺼번에 철원성과 송악성 두 곳을 다스리는 중책을 맡은 일은 두고두고 다른 장수들의 입에 오르내렸다.

왕건은 철원에 온 이듬해에 아버지가 급환으로 세상을 떴을 때를 또렷이 떠올렸다. 선종은 왕건이 성산성에서 닷새에 걸쳐 국장에 버금가게 장례를 치르게 했다. 선종 스스로 군대를 거느리고 출정 준비를 하고 있어 눈코 뜰 새 없이 바쁠 때였다. 그런데도 하루씩 걸러 가며 세 번이나 말을 몰고 철원성을 나서 성산성에 들렀다. 그때마다 선종과 왕건은 꽤 오랫동안 나란히 앉아 빈소를 지키며 시간을 보냈다.

선종은 왕륭이 당나라와 왜나라에 드나들며 무역할 때 고생한 이야기를 아들에게서 듣고 싶어 했다. 왕륭이 집을 비우는 날이 많았을 텐데, 그럴 때 식구들은 누구한테 기대고 어떻게 지냈는지를 무척 궁금하게 여겼다. 왕건이 자라나면서 어떤 공부를 했으며 배를 타고 바다에 나가면 어떤 느낌이 드는지도 물었다. 왕건은 선종과 조근조근 이야기를 주고받던 중에 불현듯 기묘한 기분에 사로잡혔다. 서로 피 한 방울 나누지 않은 사이인데도 선종이 삼촌이나 아버지처럼 가깝게 느껴졌다.

"장군님, 점심 드시지요."

지난날을 돌아보던 왕건은 퍼뜩 정신이 들었다. 부관을 따라 숲속 막사로 가서 점심을 먹었다. 부장들을 모아 놓고 병풍산성을 공격할 때 쓸 작전을 다시 설명했다. 병사들이 나무를 자르고 다듬어 성벽에 놓을 사다리를 만드는 모습도 둘러보았다. 왕건이 너럭바위로 돌아 나갔을 땐 햇살이 더욱 따뜻해져 있었다.

어느 결에 하늘 절반을 가렸던 구름이 말끔히 걷혔다. 저 멀리 성벽 위로 솔개들이 원을 그리며 하늘을 날았다. 다시 의자에 앉은 왕건은 솔개들을 눈으로 좇으며 이미 식은 진달래꽃 차로 목을 축였다. 한없이 고요하고 평화로운 풍경에 마음이 풀어지면서 옅은 미소가 눈가를 스쳤다. 산등성이 위쪽 봉우리에 우뚝 솟은 병풍산성을 바라보며 다시 추억에 잠겼다. 지난 열 해 동안 왕건은 송악이나 철원에 머물 때 못지않게 전쟁터에서 보낸 시간이 많았다. 한때는 선종이 거의 모든 전투를 지휘했다. 그러나 선종은 나라를 세울 날을 앞두었을 때부터 말을 타지 않고 탁자 앞에서 의자에 앉아 있는 시간이 크게 늘었다.

이런 선종과 달리 왕건은 여느 장군보다 자주 중요한 임무를 띤 채 말을 몰고 달리는 날이 갈수록 더욱 늘었다. 몇 해 전부터는 육지뿐 아니라 바다에서 벌어지는 전투에서도 군대를 이끌었다. 가장 기억나는 전투는 군선 마흔 척에 병사 일천 명을 태우고 백제 후방인 서해 남쪽까지 내려가서 영산강을 거슬러 올라가 나주(지금의 전남 나주)를 쑥밭으로 만든 일이었다. 그때 왕건이 두고 온 병사들이 지금도 그곳을 지키고 있었다.

왕건이 이번에 철원 도성을 떠나올 때였다. 선종은 왕건만 남기고 다른 장군들을 모두 물러가게 했다. 왕건을 뚫어지게 바라보며 무척 진지한 목소리로 말했다.

"왕건 장군."

선종이 단 둘이 있는 자리에서 왕건을 그렇게 부르기는 처음이었다. 늘 '건아' 하고 불렀다. 낯선 호칭에 머쓱해하는 왕건에게 선종이 덧붙였다.

"내 얼굴을 똑바로 바라보게."

눈을 맞춘 왕건에게 선종이 말을 이었다.

"내가 누구보다 장군을 신뢰하고 있다는 걸 잊지 말게나. 머잖아 장군에게 전쟁터가 아니라 이곳 조정 일을 맡기려 하니, 단단히 마음 준비를 하고 있어야 하네."

선종은 칼 한 자루를 들어 보였다. 검은색 소가죽으로 만든 칼집에 용 무늬가 금박으로 새겨진 황룡도였다. 선종이 세상에서 가장 아끼는 물건이었다. 열다섯 해 넘게 이 칼을 늘 손에 쥐거나 허리에 차고 지냈다. 선종이 두 손으로 칼을 받들고 물었다.

"누가 이 칼을 내게 주셨는지 아나?"

"이전에 말씀해 주신 적이 있습니다. 세달사에서 지내실 때 주지 스님께서 세상을 뜨기에 앞서 선물로 주셨다고 들었습니다."

선종이 고개를 끄덕였다.

"스님께선 내가 이 칼로 나라를 세우고 백성을 수렁에서 건져 내길 바라셨어. 이미 나라를 세웠으니 절반은 스님 뜻을 이루었다고 말할 수 있겠지. 나머지 절반은 우리가 함께 이루어 나가야 하네."

너럭바위에서 추억에 잠겼던 왕건은 깜박 잠이 들었다가 뒤에서 다가오는 말발굽 소리에 깨어났다. 부관 목소리가 들려왔다.

"대왕마마께서 보내신 사자가 왔습니다."

왕건이 벌떡 일어나서 돌아섰다. 말에서 내려 다가오는 사자를 향해 바닥에 엎드려 절했다. 사자는 길쭉한 자줏빛 함을 들고 있었다.

"대왕마마께서 장군에게 내리는 하사품이오. 어서 받으시오."

왕건이 무릎을 꿇은 채 두 손을 내밀었다. 사자가 자줏빛 함을 왕건의 손에 내려놓았다.

"천을 벗겨 보시오."

왕건이 조심스럽게 함을 감싼 자줏빛 천을 벗겼다. 사자가 두루마리를 펼쳐 선종이 직접 쓴 편지를 읽었다.

"왕건 장군이 내게로 온 지 열 해째 되는 해 봄날, 이날을 기리고자 선물을 보내노니 의로운 일에 쓰기 바란다. 마진 왕 선종."

왕건은 마른 침을 삼키고 천천히 함 뚜껑을 열었다. 함 속엔 선종과 함께 있을 때 늘 보았던 물건이 들어 있었다. 앞서 철원 도성을 떠나올 때도 선종을 만난 자리에서 보았던 물건이었다. 그것은 바로 선종에게 몸의 일부나 다름없는 황룡도였다.

황룡도를 꺼내 드는 왕건의 손이 가늘게 떨렸다. 한참 꼼짝하지 않고 황룡도를 바라보던 왕건은 입을 굳게 다물며 천천히 일어났다. 병풍산성으로 오르는 길을 바라보고 칼집에서 황룡도를 꺼냈다. 햇살이 칼에 부딪혀 날카롭게 되비치며 산성 쪽 하늘로 휙 날아갔다. 그곳에선 아직도 솔개 여러 마리가 느리게 원을 그리며 날고 있었다. 솔개들은 갑자기 눈이 먼 듯 날개를 퍼덕거리며 어지럽게 오르내리더니, 강풍에 휩쓸린 나뭇잎처럼 흩어져서 흔적도 없이 사라졌다.

## 김장철

선종이 환선길을 보내 웅주성(지금의 충남 공주)을 치게 해서 열흘 만에 무너뜨린 건 꼭 두 해 전 일이었다. 그때 웅주를 주름잡던 호족 김장철은 성주 홍기 장군과 웅주 도독 김청과 함께 웅주성 앞에서 환선길의 발치에 무릎을 꿇고 머리를 조아렸다. 수치심과 굴욕감 때문에 얼굴과 목뿐 아니라 손등까지 빨개졌고 오금이 저릿해졌다.

'휴우, 세상에 이런 망신이 또 있을까?'

가슴속 깊이 입은 상처는 무의식에 영향을 미쳤다. 곧잘 김장철은 악몽을 꾸고 신음하다가 깨어났다. 벌건 대낮에 실오라기 하나 걸치지 않은 알몸으로 돌아다니다가 사타구니에 붙은 고슴도치를 내려다보며 화들짝 놀라는 꿈이었다. 그런 날 낮엔 집 밖에서 지내는 내내 옷을 제대로 입고 있는지 확인하느라 계속 손으로 두루마기 가슴께를 만졌다. 수상하게 여긴 친구 하나가 고개를 갸웃하며 웃었다.

"이 사람아, 그 속에 맛난 음식을 숨겼나 보네. 나중에 혼자 먹지 말고 같이 나누어 먹자고."

김장철은 서라벌에서 태어난 신라 진골 귀족 출신이었다. 중앙 관직에 오래 머물렀는데 어쩌다가 권력 다툼에 휘말려 쫓겨났다. 다섯 번째로 높은 관등인 대아찬부터 입을 수 있는 자줏빛 관복을 벗는 대로 처가가 있는 웅주로 갔다. 그곳엔 김장철이 서라벌에서 일할 때 빼돌린 땅이 어마하게 많았다. 필지 숫자가 일백 개를 넘어 어느 게 자기 땅이고 남의 땅인지 잘 알지 못했다. 집을 나서 산책하다가 길을 잃고 농부에게 물어본 적도 있었다.

"이봐, 내가 누군지 아나?"

"알다마다요. 주인어른께서 여긴 어인 일이신지요?"

"여기가 내 땅이 맞나?"

농부가 눈을 끔벅거렸다.

"이쪽 끝에서 저쪽 끝까지 몽땅 주인어른 땅이지 않나요?"

김장철은 평생 붓과 수저와 술잔을 들어 보았을 뿐 무기를 들어본 적이 없었다. 환선길이 군대를 이끌고 쳐들어왔을 때 난생처음 칼을 들고 웅주성으로 달려가 목숨을 걸고 싸웠다. 오로지 자기 땅을 지키기 위해서였다. 결국 전투에 지면서 땅뿐 아니라 창고에 가득한 곡식과 노비 쉰 명까지 빼앗긴 김장철은 화병이 나서 몸져누웠다. 석 달 만에 일어난 뒤에도 여전히 끙끙 앓는 소리를 냈고, 손바닥으로 방바닥을 탁탁 치며 울먹거렸다.

"아이고, 내가 어떻게 모은 재산인데 하루아침에 다 잃고 알거지가 되었네."

아내가 그 소리를 듣고 고개를 갸웃했다.

"알거지라니요. 뒷산에 비밀 창고가 있잖아요."

뒷산 동굴을 떠올린 김장철은 옆머리를 때리며 벌떡 일어났다. 그 동굴엔 몰래 숨겨 놓은 온갖 귀한 약재와 산삼이 가득 들어 있었다. 김장철이 처남 둘을 집으로 불러서 물었다.

"요즘 세상이 어떻게 돌아가고 있나?"

매형처럼 적잖은 땅과 재물과 노비를 잃은 처남들은 눈꼬리가 길게 찢어지면서 올라갔고 입꼬리는 한껏 밑으로 내려왔다. 가까운 군에서 태수로 일하다가 쫓겨난 큰 처남 이참이 주먹을 불끈 쥐어 벽을 딱 치며 으르렁거렸다.

"개돼지나 다름없던 양민과 천민들이 물 만난 고기처럼 으쓱대고 설쳐대니 눈꼴사나워서 못 보겠어요. 개울물도 윗물이 있고 아랫물이 있는 법이고, 이 방도 윗목과 아랫목이 따로 있잖아요. 신분 차별이 없고 모두가 평등한 나라? 그게 어디 말이나 되는 얘깁니까?"

웅주 도독 밑에서 일했던 작은 처남 이평은 온몸을 부르르 떨며 매형 얼굴에 대고 마구 침을 튀겼다.

"누구든지 자기 손으로 밭을 갈아야 먹고살 수 있는 세상으로 바뀌고 있어요. 우리처럼 글을 읽고 쓸 줄 아는 사람들이 할 일이 아니지 않나요? 비천한 인간 하나 때문에 덩달아 나도 비천해질 줄이야!"

김장철이 고개를 갸웃했다.

"비천한 인간이라니?"

"부모가 누군지도 모르는 외눈박이 왕 말이에요."

김장철이 흠칫 놀란 얼굴로 방문을 살짝 열고 밖을 내다보았다. 모깃소리로 처남들에게 말했다.

"왕 하나만 없애면 세상이 예전으로 돌아갈까? 우리가 빼앗긴 땅과 재산과 노비를 되찾을 수 있을까?"

큰 처남 이참이 입을 댓 발 내밀었다. 윗몸을 뒤로 젖히며 두 손으로 바닥을 짚었다.

"당연히 그렇게 되지 않겠어요?"

그러나 작은 처남 이평은 고개를 푹 숙였다. 두 손을 맞잡아 턱을 괴며 한숨을 폭 쉬었다.

"쥐뿔이라도 가진 게 있어야지요. 그래야 뿔뿔이 흩어진 무사들을 다시 모아서 외눈박이 목을 따러 가든 말든 하지요."

이평 스스로 자기 말에 놀라서 고개를 번쩍 들었다. 세 사람은 눈을 동그랗게 뜨고 서로 쳐다보았다. 하나같이 이렇게 빨리 반란 이야기로 접어들 줄은 미처 몰랐다는 얼굴이었다. 김장철이 또다시 방문을 열고 밖을 내다보았다. 처남들에게 좀 더 가까이 다가앉으라고 손짓했다.

"나한테 있어. 있으니까, 천천히 계획을 잘 세워서 세상을 도로 확뒤집어 버리세."

그 뒤로 세 사람은 틈날 때마다 만나서 머리를 맞대고 속닥거렸다. 서라벌에서 시중 자리에까지 올랐던 김헌창이 이곳 웅주로 와서 도독이 된 뒤에 반란을 일으켰으나 실패한 이유에 대해 주고받았다. 무사들을 데리고 철원 도성으로 침입해 왕궁으로 쳐들어가기에 좋은 시각에 대해서도 의견을 나누었다. 왕을 죽인 뒤엔 누구를 왕으로 세울지를 의논할 때는 처남들이 동시에 매형을 쳐다보았다. 매형은 짐짓 고민하는 표정을 짓더니, 영 내키지는 않지만 자네들 생각이 그렇다면 어쩔 수 없다는 얼굴로 고개를 끄덕거렸다.

"알았어, 내가 할게. 저렇게 비천한 인간도 하는데 못할 게 뭐가 있겠어."

때는 초여름이었다. 이들은 거사 날짜로 한가위 직전을 잡고 뒷산 동굴에서 약재와 산삼을 내다가 몰래 무기와 바꾸었다. 뒤이어 가족들의 주린 배를 채울 수만 있다면 무슨 짓이든지 기꺼이 하겠다는 무사들을 하나둘 모았다. 이들에게 착수금으로 삼베 다섯 필씩 나누어 주었으며, 거사에 성공하면 세 곱절을 더 주고 좋은 자리에 앉히겠다고 약속했다.

반란군 우두머리이자 장군 김장철, 부장 이참과 이평, 그리고 무사 서른 명은 뒷산에서 훈련을 거듭하며 유난히 더운 여름을 보냈다. 오랜 경력을 지닌 무사들은 모두 무술이 뛰어나서 걱정할 일이 없었다. 이참과 이평 또한 나날이 칼 다루는 솜씨가 늘었다. 그러나 김장철은 웅주성 전투 때보다 오히려 솜씨가 줄어서 무척 괴로워했다. 이참이 김장철을 달랬다.

"왕궁을 공격할 때 반드시 매형이 앞장서라는 법은 없잖아요. 매형 스스로 매형 목을 칼로 찌르지만 않으면 돼요."

가을이 와서 산에 구절초와 벌개미취가 피었을 때, 김장철은 만일에 대비해서 식구들에게 남길 유서를 썼다.

'부인과 두 아들, 그리고 다섯 딸에게. 재산을 넉넉하게 물려주지 못하고 세상을 뜨게 되어 면목이 없으나, 나라를 바로 세우려고 온몸을 던졌던 사람으로 나를 기억해 주기 바람.'

드디어 집을 떠날 날이 코앞으로 다가왔을 때였다. 뜻하지 않았던 소식이 북풍을 타고 날아왔다. 야밤에 반란군이 철원 도성 왕궁으로 몰래 다가가다 들켜서 모두 붙들렸다는 소식이었다. 마흔 명에 이르는 반란군은 모조리 목이 잘렸고, 도성 앞에 줄지어 세운 장대 끝에 머리가 매달리는 신세가 되었다. 어떤 머리는 몸통에서 떨어져 나간 지 사흘이 지난 뒤까지 피눈물을 흘리며 중얼거렸다는 소문이 뒤따랐다.

"개돼지들에게 나누어 준 땅과 곡식과 재물을 인간에게 돌려 다오."

이 사건이 있고 나서 도성 안팎을 지키는 병사 숫자가 다섯 곱절로 늘었다고 했다. 김장철이 손바닥으로 방바닥을 연거푸 때리며 소리쳤다.

"아뿔싸, 한 발 늦었구나."

이참과 이평도 무척 아쉬운 마음에 한숨을 푹푹 쉬었다.

"도성 수비대뿐 아니라 왕궁 호위병 숫자도 그만큼 늘었다네요."

"적어도 무사 오백 명쯤은 있어야 뭔 일을 해 보겠어요."

그러나 두어 달 뒤부터 다시 반란 사건이 이어졌다. 반란군 규모는 쉰 명에서 일백 명 사이가 가장 많았다. 전국에서 온 상인들로 위장해서 도성 시장에 들어가 있다가 왕궁을 공격한 반란군은 무려 이백 명이 넘었다. 겨울로 접어든 뒤에도 반란은 끊이지 않았다. 한밤중뿐 아니라 벌건 대낮에도 무사들이 선종을 죽이려고 덤벼드는 일이 벌어졌다.

어느 날 선종이 내원에서 제사를 마치고 나와 포정전 앞뜰을 지나갈 때였다. 갑자기 무사 스무 명이 칼을 들고 선종에게 달려들었다. 호위대장 은부가 칼을 빼 들고 선종 앞으로 뛰쳐나갔다. 호위병들도 번개처럼 달려가서 반란군 무사들과 맞서 싸웠다. 선종은 털끝 하나 다치지 않았지만 은부는 칼에 어깨를 깊이 베였다. 왕을 죽이는 데 실패하고 붙들린 무사들은 좀처럼 누가 시킨 일인지 털어놓지 않았다.

의형대에선 날마다 무사 하나씩을 끌어내어 목을 벴다. 닷새째 되던 날 끌려 나간 무사가 자기 목을 두 손으로 감싸고 비명부터 지른 뒤에 털어놓았다.

"법문사 도벽 스님이 저희를 보냈습니다."

법문사는 양주에서 가장 큰 절이었다. 도벽은 이 절의 주지였는데, 열 칸에 이르는 절 창고의 곡식과 재물을 나라에 빼앗긴 뒤에 이를 갈며 술독에 빠져 지내다가 반란 계획을 세웠다. 도성 안에 들어와 있던 도벽은 병사들에게 붙들려 감옥으로 끌려가면서 눈을 부라리며 똑같은 말을 수백 번 외쳐 댔다.

"도둑놈이 죄 없는 사람을 잡아가니 말세가 따로 없구나!"

의형대는 도벽에게서 승적을 빼앗아 신분을 승려에서 평민으로 바꾸었다. 곧이어 목을 자르고 머리를 상자에 넣어 양주 관아로 보냈다. 도벽의 머리는 관아 앞뜰에서 보름 동안 장대 끝에 매달려 있었다. 세상을 뜬 뒤에도 도벽은 전혀 뉘우치지 않았다. 차갑게 식은 얼굴에서 입술을 벌리더니 침을 퉤퉤 뱉으며 이를 갈고 으르렁거리는 소리를 냈다.

"두고 보자, 외눈박이. 지옥에 먼저 가서 기다리고 있으마."

김장철은 이듬해 효수형 공포증이 가라앉자 다시 거사를 꿈꾸었다. 봄에 무사들을 모으고 여름이 지나 가을이 올 때까지 훈련을 쌓은 뒤에 웅주를 떠났다. 일행은 처남들을 합해서 모두 마흔다섯 명이었다. 이들은 수성군(지금의 경기도 수원)을 지날 때 첫얼음을 밟았고 양주로 들어설 때 첫눈을 맞았다. 날이 추워져서 밖에 나다니는 사람이 드물었다.

그런데 양주를 지난 뒤부터 갑자기 김장철 무리처럼 철원으로 가는 사람이 눈에 뜨이게 늘어났다. 여자들은 머리 위에 봇짐을 올리고 걸었으며, 남자들은 어깨에 지거나 지게에 올려 등에 지고 봇짐을 날랐다. 김장철 무리는 일부러 그들과 멀찍이 거리를 두고 걸었다. 하지만 철원이 다가올수록 더욱 행인들이 늘어나서 자연스레 그들 속에 묻혔다. 온 들판이 한 방향으로 나아가는 사람들로 가득했다.

옆에서 짐 실은 당나귀를 끌고 가던 삿갓 쓴 사내가 김장철에게 물었다.

"어디서 오는 길이세요?"

김장철이 멈칫하더니 손으로 얼굴 절반을 가리며 대꾸했다.

"웅주에서 옵니다."

삿갓 사내가 눈을 동그랗게 떴다.

"웅주요? 아니, 그렇게 먼 데서 일부러 팔관회를 보러 간다는 말씀이에요?"

김장철이 다시 멈칫하고 고개를 갸웃했다가 끄덕거렸다.

"예, 그렇습니다. 우리 식구들이 어찌나 빨간 해를 보고 싶어 하던지, 어렵게 짬을 내서 함께 왔지요."

삿갓 사내가 빙그레 웃으며 곁눈으로 김장철을 쳐다보고 중얼거렸다.

"빨간 해라니, 엉뚱한 소리를 하시네. 팔관회가 무언지 모르세요? 지난해에도 이맘때 열렸는데 처음 보러 가시나 봐요."

김장철이 뒤통수를 긁으며 멋쩍게 웃었다.

"예, 솔직히 잘 모릅니다."

삿갓 사내가 아직 파릇한 풀이 보이는 둔덕으로 올라가려는 당나귀 고삐를 힘껏 당기며 말했다.

"제가 설명해 드리는 것보다는 직접 가서 보시는 쪽이 나을 거예요. 지금 그리로 떼 지어 몰려가는 사람들을 보니 올해도 십만 명 넘게 모이지 않을까 싶네요."

그 소리에 김장철은 걸음을 늦추었다.

'큰일 났네. 그렇게 많은 사람들이 모인 곳에서는 거사를 벌이기 힘들잖아.'

온몸에서 맥이 풀렸고 어깨가 축 늘어졌다. 아예 걸음을 멈추고 고개를 숙이더니 허리를 구부리며 두 손으로 무릎을 짚었다. 입김을 길게 토해 내면서 자기도 모르게 큰 소리로 외쳤다.

"여태껏 헛일을 했어. 도대체 제대로 되는 일이 하나도 없구나!"


## 팔관회

때는 동짓달 중순인데 날씨가 무척 포근했다. 선종은 해마다 이맘때 팔관회를 열었다. 석가 탄신일에 등불을 켜고 복을 비는 연등회 버금가게 큰 행사였다. 철원 도성 어디에서나 팔관회를 보려고 온 나라에서 몰려온 사람들로 떠들썩했다. 지난봄 혼례를 올린 젊은 부부 모현과 원화도 팔관회를 즐기려고 양록(지금의 강원도 양구)에 있는 집을 나서 이레 동안 쉬지 않고 걸어 철원에 왔다. 깊고 험한 산속에서 몇 번이나 멧돼지 가족과 부딪혔고, 가까이에서 호랑이가 어흥 울며 지나간 적도 있었다. 밤마다 나뭇가지를 엮어 지붕을 만든 구덩이에서 오들오들 떨 때는 집 생각밖에 나지 않았다.

"괜히 떠나왔나 봐."

"따끈한 방에서 감자를 쪄 먹으며 뒹굴뒹굴할 걸 잘못했어."

하지만 철원 도성 남문으로 들어서자마자 눈이 휘둥그레지고 가슴이 쿵쾅거렸다. 두 팔을 들고 가슴을 쫙 펴며 번갈아 외쳤다.

"와, 이렇게 많은 사람은 처음 보네! 우리나라 사람들이 다 모였나 봐!"

"온갖 빛깔이 반짝거리고 갖가지 악기 소리가 울려요! 여보, 우리가 지금 꿈을 꾸는 건 아니겠지?"

두 사람은 서로 뺨과 팔뚝을 꼬집으며 비명을 지르고 깔깔 웃었다. 여행길에 고생한 일을 금세 깨끗이 잊었다.

"자, 이제부터 손을 꼭 잡고 다녀야 해요."

"맞아. 자칫하면 사람들 속에서 서로 잃어버릴지 몰라요."

팔관회는 한 해를 별 탈 없이 잘 보내게 되어 여러 신에게 감사를 드리는 의식이었다. 그리고 온 백성이 서로 어울려 즐겁게 노는 축제였다. 이틀에 걸쳐 밤낮없이 행사가 이어졌는데, 첫날은 작다는 뜻을 지닌 소회일로 불렸다. 이날 아침에 선종은 도성 안에 있는 절에서 토속신과 조상신께 제사를 올렸고 전쟁터에서 세상을 뜬 병사들의 넋을 달랬다.

절을 나선 선종은 포정전으로 가서 문무백관과 인사를 나누었다. 왕이 오래 살기를 비는 헌수 의식이 이어졌다. 모든 관서를 다스리는 광평성 장관인 광치내가 왕에게 술을 따라서 올리는 의식이었다. 광평성은 선종이 국호를 고려에서 마진으로 바꾸며 만든 가장 높은 관서였다. 이곳에선 앞서 있던 집사성과 비슷한 일을 했다. 시중에서 광치내로 관직 이름이 바뀐 최윤이 술잔을 선종 앞에 놓고 절했다.

"건강하게 오래 사셔서 모두가 편안하고 행복하게 살게 해 주세요."

선종이 술잔을 들어 입술을 축였다.

"고맙소이다. 광치내께서도 늘 건강하시기를 빕니다."

지방관들이 앞으로 나와 각 고을에서 나는 특산물을 왕에게 바쳤다. 명주 도독에 오른 지 열 해가 넘은 김순식은 돌각과 돌미역이며 황태가 든 대나무 바구니를 들고 왔다. 선종이 부장 자리를 맡아 군대를 이끌던 시절의 김순식을 떠올리며 웃었다.

"나이가 들더니 한층 풍채가 좋아졌구먼. 그동안 잘 지냈소?"

김순식도 밝게 웃으며 대꾸했다.

"예, 잘 지냈습니다. 언제 명주에 한번 다녀가시지요?"

"그렇게 하리다. 명주가 예전 모습과 어떻게 달라졌는지 궁금하네요."

삭주 도독 최명헌은 상황버섯과 잣이 든 바구니를 선종에게 건넸다.

"이 버섯을 달여 드시면 잔병에 걸리지 않고 눈이 밝아지며 잠이 잘 옵니다."

"허, 그런가요? 요즘 들어 잠을 설칠 때가 많은데 크게 도움이 되겠어요."

북원경과 중원경을 다스리는 사신들은 저마다 품질 좋은 한지와 꿩 고기로 만든 음식들을 가져왔다. 웅주와 한주 도독은 우연하게도 똑같이 붓을 가져와서 모두 활짝 웃게 만들었다. 산토끼와 족제비,

여우, 호랑이 털로 만든 붓이었다. 선종은 선물 가운데 음식들은 밖으로 내가서 팔관회를 보러 온 백성들이 맛보게 하라고 일렀으며 붓과 한지는 관리들에게 나눠 주었다.

실내 행사를 마친 선종은 일곱 살과 다섯 살 난 두 아들과 왕비와 함께 밖으로 나갔다. 축제가 펼쳐지는 넓은 정원 한쪽에 지은 누각으로 다가갔다. 정원에서 가무 공연을 구경하던 사람들이 양쪽으로 물러서며 길을 터 주었다. 정원 맞은쪽에서 다른 가무를 즐기며 웃고 떠들던 사람들은 선종이 나타났음을 알아채지 못했다. 모두 한꺼번에 와아, 하고 외치며 손뼉을 치고 발을 구르면서 무척 흥겨워했다.

선종은 식구들을 데리고 열다섯 척 높이로 지은 누각 나무 계단을 조심스레 올랐다. 기둥과 난간을 붉고 노랗고 파랗게 칠한 누각 마루엔 앉은뱅이탁자에 차와 과자가 차려져 있었다. 탁자 양쪽엔 숯불이 타는 질화로가 놓였고 찬바람을 막아 줄 병풍을 쳐 놓았다. 선종은 아찔할 만큼 높은 누각에 앉아 도성 곳곳에서 벌어지는 유희와 곡예와 가무를 두루 구경했다. 왕비도 밝게 웃는 얼굴로 보기 드물게 햇살이 좋고 따뜻한 겨울날 축제를 한껏 즐겼다.

큰아들 청광과 둘째아들 신광은 누각 난간에 붙어 앉았다. 눈을 반짝이며 북청사자춤을 처음부터 끝까지 지켜보았다. 둘 다 북청사자가 장단에 맞추어 고개를 흔들고 앞다리를 움직이며 뒷목에 붙은 이를 잡는 시늉을 하자 까르르 웃었다. 사자가 뒷발로 땅을 딛고 벌떡 일어날 땐 덩달아 일어나 두 팔과 어깨를 흔들며 춤을 추었다. 선종이 하하 웃었다.

"춤사위가 제법 그럴 듯하네. 내년엔 춤을 제대로 배워서 저기 내려가 한바탕 놀아 보려무나."

왕비가 손사래를 쳤다.

"쟤들이 무슨 춤을 추겠어요. 가면과 털가죽이 너무 무거워 털썩 주저앉겠지요."

오후에도 해가 질 때까지 도성 주민과 밖에서 온 사람 십만 명이 물결치듯이 출렁이고 꿈틀대며 한데 어울려 놀았다. 씨름판과 윷놀이 마당에도 사람들이 많이 몰렸다. 곡예단이 공연을 펼치는 곳도 발을 옮겨 디딜 자리가 없었다.

젊은 부부 모현과 원화는 온종일 쉬지 않고 돌아다녔으나 전혀 고단한 줄 몰랐다. 날이 저물자 곳곳에서 장대에 걸어 놓은 등에 불이 켜졌고 밥 짓는 연기가 하늘로 올랐다. 모현과 원화는 가마솥 수십 개에서 뜨거운 김이 오르는 곳으로 가서 줄을 섰다. 시래기 국밥을 한 그릇씩 받아들고 멍석에 앉아 후후 입김을 불며 콧등에 땀이 맺히도록 맛있게 먹었다.

"와, 정말 따끈하고 구수하다!"

"국밥을 먹으니 전혀 추운 줄 모르겠네!"

그 사이에 날이 컴컴해졌지만 아직 놀이는 끝나지 않았다. 수없이 많은 윤등과 환등이 밝은 빛과 향기를 아낌없이 뿜었다. 불빛 속에서 다시 공연과 놀이가 시작되어 자정을 넘긴 뒤까지 이어졌다. 새벽이 되자 악기 연주 소리가 잦아들었고 이리저리 오가는 사람들이 크게 줄었다.

"아, 졸려."

"우리, 저리로 가요."

모현과 원화는 활활 타오르는 모닥불 가까이 멍석에 나란히 누워 눈을 붙였다. 동틀 때 잠깐씩 번갈아 깨어나더니 서로 헝클어지고 흐트러진 머리칼을 매만져 주고 다시 잠들었다.

대회일로 불리는 둘쨋날 아침은 악사들과 춤꾼들이 쉬는 때여서 사뭇 조용했다. 젊은 부부는 다시 줄을 서서 국밥을 받아 맛있게 먹고 도성 곳곳을 둘러보았다. 어른 키 곱절보다 크고 웅장한 석등이 양쪽에 늘어선 길을 나란히 걸었다. 팔뚝만 한 붕어들이 떼 지어 헤엄치는 구불구불한 개울을 따라 철새들로 뒤덮인 연못에도 가 보았다. 고기와 반찬거리와 옷감이며 숯이며 약재, 그리고 농기구에서 장롱과 쌀독과 찬장이며 바늘과 실과 숟가락에 이르기까지 생활하는 데 필요한 온갖 것들을 파는 시장에도 들렀다.

모현은 농기구 가게에 오래 머물렀고, 포목점에 들어갔던 원화는 좀처럼 돌아 나오지 않았다. 하마터면 서로 잃어버릴 뻔했다가 한참 만에 다시 만났다.

"어찌나 쓰기 좋은 농기구가 많던지 눈을 뗄 수 없더라고요."

"빛깔과 무늬가 곱고 부드러운 옷감이 널렸어요. 옷감을 사다가 당신 생일에 옷 한 벌 지어 주고 싶네요."

젊은 부부는 손을 꼭 잡고 시장을 나서 곧고 길게 뻗은 길로 들어섰다. 평원에 터를 닦아 새로 만든 도읍답게 큰길과 골목길 모두가 직선으로 이루어졌다. 조약돌과 모래를 깔고 잘 다져 놓아서 풀이 자라지 않았으며 무척 깨끗하고 말끔했다. 흙과 돌을 섞어 지은 집들은 하나같이 반듯하면서 튼튼하고 깔끔해 보였다. 대문을 드나드는 사람들 또한 차림새가 아주 말쑥하고 단정했다.

모현과 원화 둘 다 입을 벌리고 눈을 크게 뜨며 부러워했다.

"세상에 이런 곳이 다 있다니."

"몇 달만이라도 여기서 살 수 있다면 얼마나 좋을까!"

해가 하늘 복판을 지나갈 때 멀리서 둥둥 북소리가 들려왔다. 젊은 부부는 도성 산책을 마치고 다시 축제가 이어지는 채색 누각이 있는 정원으로 돌아갔다. 가장행렬이 열릴 때가 다가오면서 모든 사람들이 그곳에 모여 있었다. 어제와 달리 기둥을 높이 세워 만든 누각에선 아무도 밑을 내려다보지 않았다.

왁자하게 떠들고 웃는 군중 속에서 어른 다리 사이로 얼굴을 내밀고 눈동자를 반짝이며 코를 질질 흘리는 아이들이 보였다. 지팡이를 짚으며 이리 떠밀리고 저리 떠밀리다가 연못가 둔덕으로 올라가는 노인들도 보였다. 둔덕엔 이미 수많은 사람들이 자리를 잡고 앉아 가장행렬이 지나갈 길을 내려다보고 있었다. 길게 줄을 띄워 아무도 들어가지 못하게 막은 널찍한 길엔 고운 모래를 새로 깔아 놓았다.

어떤 아이가 갑자기 길에 나타났다. 병사 하나가 손을 내저으며 아이에게 달려갔다.

"이 녀석아, 여긴 들어오면 안 되는 곳이야!"

아이는 길 밖으로 나가지 않고 길을 따라 달아났다.

"어서 거기 서지 못하겠니?"

얼마 못 가서 병사는 발을 헛딛고 꽈당 넘어졌다. 숨죽이고 지켜보던 군중이 비명을 지르고 웃음을 터뜨리며 잇달아 박수를 치고 또 쳤다.

"어이쿠, 하하하하, 짝짝짝짝!"

북소리가 둥둥 울리자 모든 사람들이 움직임을 멈추고 입을 다물었다. 북소리는 하늘 끝까지 치솟았다가 점점 느려지며 작아졌고 아주 멀리서 꽹과리 소리가 들려왔다. 북소리와 꽹과리 소리가 서로 희롱하듯이 커지고 작아지며 어울렸다. 그때 하늘에서 막 내려온 듯한 용이 마차 위에서 고개를 높이 들고 머리를 이리저리 돌리며 나타났다. 구경꾼 가운데 어른들은 붉고 푸른 빛을 띤 어마하게 큰 용이 가까이 다가오자 눈을 동그랗게 뜨고 목을 어깨 사이로 깊이 묻었다. 어린아이들은 재빨리 어른 뒤에 숨거나 손으로 눈을 가리며 쪼그려 앉았다.

마차 다섯 대에 실린 용이 지나가자 머리에서 꽁지까지 황금빛으로 번쩍이는 봉황이 나타났다. 봉황은 기다란 목을 앞뒤로 흔들고 활짝 펼친 날개를 퍼덕거리며 까마귀처럼 높고 날카로운 소리를 내질렀다.

"어휴, 소리 한번 요란하네!"

모든 관중이 움찔하며 손으로 귀를 막았다. 여기저기서 겁먹은 아이들이 울음을 터뜨렸다. 뒤이어 나무 받침대에 길이가 스무 척이 넘는 코를 얹은 코끼리가 마차를 타고 다가왔다. 구경꾼들이 와아, 하고 입을 벌리며 모두 손가락으로 코끼리 코를 가리키고 웃었다. 어른 뒤에 숨어 있던 아이들도 앞으로 나서 깡충깡충 뛰며 깔깔거렸다.

코끼리가 멀어지자 사람이 타고 다니거나 짐을 싣는 데 쓰는 탈것들이 차례로 나타났다. 모두가 실제보다 서너 곱절 크게 만든 모형이었다. 먼저 말이 지나갔고 흔히 볼 수 있는 수레와 배가 뒤따랐다. 잠깐 길이 텅 비더니 북과 장구와 징과 꽹과리를 울리며 악대가 탄 마차가 천천히 지나갔다.

자줏빛 두루마기를 걸치고 푸른색 고깔을 쓴 이가 깃발을 높이 들며 외쳤다.

"대왕마마 납시오!"

앞쪽에 선 구경꾼들이 동시에 바닥에 넙죽 엎드렸다. 뒤쪽 군중은 엎드릴 자리가 없어 어찌해야 좋을지 몰라 쩔쩔맸다. 그때 푸른빛 두루마기를 걸치고 흰색 고깔을 쓴 이가 말을 몰고 나타나서, 모든 군중에게 절하지 말고 똑바로 서 있으라고 손짓했다.

"자, 자, 모두 일어나요. 두 손을 모으고 가만히 서 있으면 돼요."

다시 정면을 바라보고 말을 몰면서 깃발을 높이 들며 소리쳤다.

"미륵불 납시오! 도솔천에 머물다가 중생을 구하러 내려오신 자비롭고 사랑이 넘치는 미륵불 납시오!"

가장행렬의 마지막을 장식한 이는 다름 아닌 선종이었다. 지금껏 팔관회에서 선종이 몸소 가장행렬에 참여한 적이 없었다. 모든 군중이 와아, 하고 함성을 지르며 길 한쪽으로 고개를 돌렸다. 둥둥둥둥 북소리가 울렸고, 푸른빛 도는 흰 옷을 입은 스무 명쯤 되는 어린아이들이 환하게 웃는 얼굴로 쑥부쟁이와 구절초를 꺾어 만든 꽃다발을 들고 나타났다.

얼마쯤 거리를 두고 말 두 필이 뒤따랐다. 두 아이가 따로 떨어져 저마다 잿빛 말과 검은색 말을 몰고 있었다. 좀 덩치가 큰 아이는 선종의 큰아들 청광이었고 작은 아이는 둘째 아들 신광이었다. 청광은 말타기를 즐겼으나 신광은 그렇지 않았다. 뽐내는 얼굴로 턱을 들고 웃는 형과 달리 고삐를 두 손으로 꼭 잡고 말 뒷목에 엎드리다시피 했다. 그 모습에 군중은 입을 벌리고 서로 쳐다보며 웃었다.

두 아들을 따라서 미륵불로 꾸민 선종이 말을 타고 나타났다. 무척 재미있어 하면서도 사뭇 어색한 표정으로 턱을 쓰다듬고 헛기침했다. 금빛 고깔을 머리에 쓰고 방포라고 불리는 품이 낙낙하면서 네모진 흰색 승복을 걸쳤다.

선종보다는 선종이 탄 백마가 한결 멋져 보였다. 붉고 노랗고 푸른 비단을 온몸에 둘렀으며 꼬리엔 가늘고 기다란 색동천을 묶었다. 백마도 자기 차림새가 왕보다 멋지고 화려함을 알고 있는 듯했다. 빠르게 눈을 깜박거리며 자꾸만 양쪽에 선 군중을 번갈아 쳐다보느라 걸음이 느렸다.

선종이 지나간 뒤에 허월이 승려 일백여 명과 함께 노래를 부르며 걸어왔다.

"미륵불이 이 땅에 오셨으니— 모든 중생이 수렁에서 빠져나오리라— 너나없이 고루 잘 사는 세상— 자비롭고 평화로운 세상을 맞게 되리라—"

악대와 가장행렬이 멀어지자 수많은 사람들이 허리 높이로 띄운 줄을 건너 널찍한 길로 들어갔다. 모두 미륵불이 사라진 쪽으로 엎드려 절했다. 길 밖에 머무는 사람들, 언덕에 올라가 있던 사람들도 앞으로 두 손을 모으고 고개를 숙였다. 이 나라에 오래도록 사랑과 평화가 넘치기를 모든 신들에게 간절히 빌었다.

## 신양 너럭바위

912년 가을, 선종은 이른 새벽에 느릿느릿 말을 몰고 길을 나섰다. 달빛 아래로 겨우 서너 발짝 앞쪽이 보일까 말까 했다. 눈만 겨우 드러내고 얼굴을 누런 천으로 가린 선종은 검게 물들인 베옷을 입었고 머리에 녹색 두건을 쓴 모습이었다. 철원 도성 북쪽으로 가서 흙으로 쌓은 성벽에서 가장 얕은 곳을 몰래 타넘었다.

앞장서서 말을 모는 이는 한때 평양성 장수였다가 기마병 이백 명을 데리고 선종에게 투항했던 마군대장 환선길이었다. 왕실 호위대에서 내군으로 이름이 바뀐 군대를 이끄는 장군 은부가 선종과 나란히 말을 타고 달렸고, 내군 병사 두 사람이 이들을 뒤따랐다. 조심스레 도성을 떠나 언덕을 하나 넘은 다섯 기수는 힘차게 말을 몰았다. 그제야 동쪽 평원 끝에서 하늘이 훤해지며 해가 떠올랐다. 햇빛은 맑고 차가운 대기를 눈부시게 물들였다.

선종은 지난해에 국호를 마진에서 '태봉'으로 바꾸었다. 단지 고구려를 잇는 동방의 큰 나라에서 벗어나 더욱 크고 넓은 나라를 만들려는 뜻을 새 이름에 담았다. 선종이 철원 밖으로 나가기는 두 해만이었다. 도성에서 벗어난 적도 거의 없었다. 나랏일을 돌보느라 바빴기 때문만은 아니었다. 끝없이 반란이 벌어져서 왕궁을 비울 수가 없었다. 선종은 일 년 내내 반란군과 맞서 싸우느라 정신이 하나도 없었다. 반란군 하나를 겨우 물리치면 며칠 뒤에 또 다른 반란군이 몰려왔다. 폭풍이 몰아치는 바다에서 파도가 끝없이 밀려오고, 비 그친 여름 들판에서 줄기차게 풀이 올라오는 듯했다.

지금 철원 도성에서 왕궁을 지키는 내군 장군은 은부 외에 둘이
더 있었다. 하나는 한때 죽주성에서 선종과 같이 지냈고 괴양성을
지키다가 투항한 껑다리 신훤이었다. 또 하나는 선종과 은부에게 친
동생이나 다름없는 종간이었다. 종간은 어느덧 나이가 마흔 줄에 들
어섰으나 명랑한 성격은 예전과 달라지지 않았다. 오래도록 마구간
지기와 보병 사이를 오가며 지냈는데, 선종이 나라를 세운 뒤에는
마차와 말과 목장을 관리하는 비룡성에서 일했다.

선종은 국호를 태봉으로 바꾼 직후에 종간을 내군으로 불러들였
다. 믿고 기댈 수 있는 사람들로 내군을 지휘하게 하려는 뜻에서였
다. 언제던가 선종은 은부에게 무척 뿌듯한 얼굴로 말했다.

"오랜 친구이자 동생들인 자네와 종간과 신훤이 있으니 참으로
마음이 든든하네. 게다가 왕건이 나 대신에 마군과 수군을 도맡아
다스리고 검모는 보군을 잘 이끌고 있지 않나. 내가 복이 참 많다는
생각이 드는구면."

검모는 선종이 석남사를 떠날 때부터 데리고 있던 장수였다. 예전
에 혈구진을 칠 때 병사들을 제대로 이끌지 못한 벌로 곤장을 때려
마구간으로 보냈다. 해가 바뀐 뒤에 선종은 그를 다시 불러 보병들
로 이루어진 보군을 맡겼다.

선종은 이번에 철원 도성을 나서면서 내군장군 종간과 신훤에게
굳게 다짐을 두었다.

"빠르면 열흘, 늦어도 보름 안에 돌아올 거야. 그 사이에 어느 누
구도 내가 왕궁을 비웠다는 사실을 알게 해선 안 되네. 왕비와 왕자
들한테 왕궁 밖으로 나가지 말라고 일러두었으니까, 성문을 꼭 걸어

잠그고 내성을 잘 지키도록 하게."

선종은 호랑이 사냥꾼으로 위장한 일행 다섯을 호랑대라고 불렀다. 호랑대는 온종일 말을 몰고 철원 북쪽으로 올라가 평강에 이른 뒤에 북서쪽으로 방향을 틀었고, 닷새 만에 평양에서 오른쪽으로 일백 오십 리 떨어진 회창에 이르렀다. 이곳을 떠나 다시 한나절 달려 발해와 국경을 이룬 신양에서 말을 멈추어 세웠다. 민가를 보기 힘든 깊은 산과 꼬불꼬불한 강이 어우러져 멋진 풍경을 펼쳐 보이는 대동강 상류 지역이었다.

선종은 육백 리가 넘는 길을 여행한 뒤라 온몸이 뻐근했고 눈꺼풀이 무거웠다. 그러나 멀리서도 꼭대기가 보이는 청두두산 왼쪽 국경선으로 다가갈수록 벅찬 감동에 가슴속이 뜨거워졌다. 어디로 고개를 돌려도 절정을 뽐내는 단풍이 눈으로 쏟아져 들어왔으며, 맑고 깨끗하면서 고운 빛깔로 일행의 온몸을 물들였다. 선종은 어찌나 풍경이 아름답던지 이곳에 온 목적을 깜박 잊었다.

"전하, 다 왔습니다. 저 바위를 돌아가면 됩니다."

"바위 뒤에 뭐가 있지?"

환선길은 선종이 무슨 말을 하는지 알 수 없어 눈을 끔벅거렸다. 그제야 정신이 돌아온 선종이 고개를 끄덕거렸다.

"아하, 이제 알겠네. 어서 가세."

"길이 위험하니 걸어서 가시지요."

병사 둘이 말 등에서 짐을 내려 풀었다. 선종과 환선길과 은부가 갈아입을 면복과 예복이 눈부신 가을 햇살에 모습을 드러냈다. 병사들은 선종이 몸을 가릴 수 있도록 소나무들을 기둥 삼아 천막을 치려 했다. 선종이 손을 내저었다.

"번거롭게 그러지 않아도 된다. 다 같은 사내들이지 않나."

속옷만 남기고 훌훌 옷을 벗은 선종은 감청색 정복을 입고 금관을 머리에 썼다. 정복 어깨에선 두루미들이 내려앉은 소나무가 자라고 있었다. 등 쪽에선 다리가 셋인 까마귀가 입을 벌리고 울며 힘차게 해 속으로 날아들었다.

이제 일행은 곰처럼 생긴 바위 쪽으로 나아갔다. 환선길은 평양성에서 지낼 때 이곳에 몇 번 와 봐서 지리를 잘 알았고 발해 말을 할 줄 알았다. 환선길이 앞장섰고 선종이 은부와 병사들의 호위를 받으며 뒤따랐다. 곰바위를 돌아가자 여느 집터만큼 넓고 판판한 너럭바위가 나타났다. 바위 왼쪽으로는 깎아지른 벼랑 아래 골짜기로 쾰쾰 소리를 내며 푸른빛이 도는 물이 빠르게 흘렀다. 마치 구름처럼 허공에 붕 뜬 듯한 너럭바위 복판엔 탁자와 의자들이 놓여 있었다.

저만치 너럭바위 너머에서 기다리고 있던 예닐곱 사람들이 바로 몸을 세웠다. 한꺼번에 느릿느릿 다가와서 바위에 올라섰다. 모두 붉은빛과 황금빛이 섞인 예복을 입고 있었다. 시녀들이 둥근 햇빛 가리개를 들어서 만든 그늘과 함께 다가오는 사내 하나만 금관을 썼다. 바로 열다섯 번째 발해 왕 대인선이었다. 지난 한가위에 대인선은 선종에게 사신을 보냈다. 사신은 호랑이 기름과 곰쓸개를 선물로 가져왔다. 그 자리에서 선종은 대인선에게 답장을 써서 언제 꼭 만나고 싶다는 뜻을 밝혔다. 얼마 지나지 않아서 발해로 갔던 사신이 새로운 편지를 들고 돌아왔는데, 편지엔 서로 만날 날짜와 장소가 적혀 있었다.

대인선은 옥좌에 오른 지 여섯 해 되었으며 올해 나이가 스물다섯 살이었다. 그 나이에 등이 꾸부정했고 걸음이 무겁다 못해 발을 질질 끌었다. 눈 주위가 거뭇했으며 턱수염이 하얗게 세었다. 꿈속을 헤매는지 눈동자가 초점을 잃었고 정신이 흐리멍덩해 보였다. 선종은 탁자 곁의 비단을 깐 바닥에서 대인선과 서로 마주 보고 엎드려 절했다. 선종이 먼저 일어나서 탁자 한쪽 의자에 앉은 뒤에도 대인선은 엉거주춤하게 허리를 구부린 채 심하게 비틀거렸다. 시녀가 재빨리 겨드랑이에 손을 끼지 않았다면 옆으로 쓰러져 벼랑 아래로 떨어졌을지도 몰랐다.

선종은 따가운 가을 햇살을 얼굴에 그대로 받은 채, 대인선은 햇빛 가리개 그늘에 앉은 채 서로 얘기를 나누기 시작했다. 환선길이 선종 곁에 서서 줄곧 두 사람이 입에 올리는 말을 옮겨서 전했다. 선종이 밝고 부드러운 목소리로 말했다.

"먼 길 오시느라 고생 많으셨습니다, 전하."

대인선이 벌써 검버섯이 피고 자글자글하게 주름에 덮인 얼굴로 가늘게 웃었다. 겨우 입을 열고 여자아이처럼 아주 가냘픈 목소리를 냈다.

"아닙니다. 전하께서 고생하셨지요. 어떻게 태봉은 쇠똥구리가 굴리는 쇠똥처럼 그냥저냥 잘 굴러가고 있는지요?"

선종은 혹시 통역을 잘못했나 싶어 환선길 쪽으로 고개를 기울였다. 환선길이 허리를 구부리며 속삭였다.

"분명히 그렇게 말씀하셨습니다."

선종이 잠깐 쉬었다가 다시 입을 열었고, 대인선은 한참 뜸을 들인 뒤에 한 음절씩 느리게 대꾸했다. 꽤 오랜 시간 이야기를 나누었는데 서로 주고받은 말은 많지 않았다. 하지만 조리 있게 핵심을 짚어 가면서 저마다 하고 싶은 말을 다 했다.

"전하, 편찮아 보이시는데 괜찮으신지요?"

"한꺼번에 여러 가지 병을 앓았지요. 게다가 나랏일이 뜻대로 굴러가지 않아 속을 끓이는 바람에 한두 해 만에 폭삭 늙었답니다. 요즘 들어 많이 나아졌는데요, 오늘 전하와 더불어 뜻 깊은 자리를 갖게 되었으니 앞으로 더 나아지겠지요."

"나라 땅이 넓은 만큼 신경 쓰실 일이 많을 듯합니다. 위쪽 국경선이 조용할 날이 없다고 들었습니다."

"잘 아시다시피 다섯 해 전에 당나라가 망한 뒤로 거란의 위세가 말도 못하게 드세졌습니다. 날마다 국경을 넘어와 약탈하고 불을 질러서 서쪽과 북서쪽 고을들은 만신창이가 되었지요. 북쪽도 흑수말갈이 뻔질나게 드나들며 난동을 부리는 터라, 어느 쪽부터 돌아봐야 할지 알 수 없어 고개가 아플 지경이랍니다."

"서로 피를 나눈 형제 사이에선 당연히 하나가 힘들 때 다른 하나가 도와주어야 한다고 생각합니다. 우리 군대를 보내는 길도 있고하니 어떻게든 전하의 나라를 도울 길을 찾아보겠습니다."

"사실 대외 관계뿐 아니라 국내 사정도 썩 좋지 않답니다. 각 고을 수령들에게 권한을 많이 나누어 준 지 오래되었는데요. 언제부턴가 도무지 말을 들어먹지 않는군요. 왕권이 땅에 떨어지면 나라가 산산조각 나서 부족국가 시대로 돌아갈 텐데요. 이런 퇴행을 어떻게 막으면 좋을지 고민이 많답니다. 태봉 사정은 어떤지요?"

"나라를 세운 지 이제 열한 해가 지났습니다. 겨우 주춧돌을 놓았으니 지혜를 모아 기둥을 잘 세워야겠습니다. 앞으로 도움말을 많이 주시면 큰 힘이 되겠습니다."

두 나라 왕은 통상로를 열어 서로 무역을 하면 좋겠다는 얘기와 문화 사절단을 주고받자는 얘기, 그밖에도 함께할 수 있는 여러 일들에 대한 얘기를 스스럼없이 나누었다.

선종이 문득 생각났다는 얼굴로 두 손을 맞비볐다.

"전하 손을 잡아 보고 싶은데 괜찮을는지요."

선종을 똑바로 쳐다보는 대인선의 눈에 금세 물기가 배었다. 발해는 대조영이 나라를 세운 지 이백 년이 넘도록 신라한테서 사신 한 번 받지 못하고 깔봄과 업신여김을 당했다. 이런 나라의 왕은 한참 머뭇대더니 탁자 위로 떨리는 손을 천천히 들어 올렸다. 선종이 두 손을 앞으로 내밀어 그 손을 꼭 잡았다.

이윽고 해가 서산으로 바짝 다가갔다. 한층 부드러워진 얼굴로 얘기를 나누던 두 왕은 무척 아쉬운 얼굴로 의자에서 엉덩이를 들썩거렸다. 선종이 환선길을 돌아보았다.

"준비해 온 선물을 이리 가져오게."

자리에서 일어나며 다시 대인선에게 고개를 돌린 선종은 흠칫 놀랐다. 좀 전까지만 해도 자기보다 훨씬 더 늙어 보였던 대인선이 전혀 다른 사람으로 바뀌어 있었다. 의자를 떠나 탁자 곁으로 나서는 대인선의 등이 꼿꼿해져 있었고 구름 위를 걷듯이 발걸음이 아주 가벼우면서 사뿐했다. 거뭇했던 눈 주위는 분을 바른 듯 뽀얗게 바뀌었으며, 절반 넘게 하얗던 턱수염이 까마귀보다 검은 빛깔을 띠었다. 그리고 꿈속을 헤매던 눈빛은 날카롭다 못해 바위에 구멍을 낼 듯했고, 목소리마저도 무척 맑고 또렷한 스물다섯 살 청년으로 돌아가 있었다.

서로 맞절할 때 대인선이 말했다.

"오늘 만남을 오래도록 가슴 깊이 간직하겠습니다. 먼 길 편안하게 잘 돌아가십시오."

선종이 고개를 들며 대꾸했다.

"반갑게 대해 주셔서 고맙습니다. 안녕히 돌아가세요."

두 왕은 저마다 가져온 선물을 주고받았다. 선종은 찰지고 맛있기로 이름난 철원 쌀로 만든 강정을 주었다. 대인선은 남경(지금의 함경도 북청)에서 가져온 가자미식해를 건넸다. 곧 돌아선 두 왕은 같이 온 사람들과 함께 걸음을 옮겼다.

너럭바위를 떠나 곰바위로 다가가던 선종은 무언가를 놓고 온 사람처럼 우뚝 걸음을 멈추었다. 너럭바위 쪽을 돌아보니 대인선 또한 걸음을 멈춘 채 고개를 돌려 선종을 쳐다보고 있었다. 두 사람은 동시에 고개를 뒤로 젖히며 하하하 웃었다. 동시에 손을 높이 들어 힘차게 흔들어 보이고 서로에게서 멀어져 갔다.


## 과일 맛


태봉에서 가장 높은 중앙 관서인 광평성 시중 최윤이 몸져누웠다. 광평성 장관 이름이 광치내에서 시중으로 바뀐 지 얼마 안 되었을 때였다. 예순 살이 내일모레인데 날마다 쉬지 않고 일한 탓이기도 했고, 무척 쌀쌀한 늦가을 날 미지근한 물로 목욕하고 나서 덜컥 감기에 걸린 탓이기도 했다. 도성 북서쪽에 있는 집에서 겨우내 온 뼈마디가 쑤시고 정신이 오락가락하는 가운데 끙끙 앓았다.

어느 날 한낮에 최윤은 겨우 눈을 뜨고 멍하니 누워 있었다. 옆으로 돌아누우며 윗몸을 일으켰다. 방문에 바른 한지를 뚫고 날아드는 햇빛이 여느 때보다 무척 밝았다. 뼈만 남은 손을 든 최윤은 문을 밀었다. 삐걱 소리를 내며 문이 열렸다. 눈부신 햇살이 날아와서 허옇게 센 수염과 주름으로 뒤덮인 얼굴을 덮쳤다. 최윤은 짧게 신음 소리를 내며 눈을 감았다. 부드럽고 달콤한 향기가 콧속으로 들어와 온몸에 퍼졌다. 고개를 갸웃거리며 다시 눈을 가늘게 뜬 최윤은 저만치에서 하얀 꽃이 흐드러지게 핀 매실나무를 보았다. 어느 결에 계절이 바뀌었음을 알아채고 힘없이 웃으며 중얼거렸다.

"다시는 봄을 맞지 못할 줄 알았어. 그런데 이렇게 살아서 매화를 보게 되었네."

담장 밑바닥은 아직 흙빛이 짙은 갈색이었다. 그러나 볕이 잘 드는 쪽은 풀싹이 돋아나면서 푸른빛이 번졌다. 매실나무 곁에 선 살구나무와 앵두나무며 능금나무며 호두나무들도 잔가지에 촘촘히 눈이 터서 잎과 꽃을 볼 날을 앞두고 있었다. 나무마다 밑동 둘레에 듬뿍 뿌려 놓은 거름에서 아지랑이가 피어올랐고 온 뜰에서 꿀벌들이 붕붕 소리를 내며 날아다녔다.

송사리와 붕어들이 노는 작은 연못 곁엔 돌확이 놓여 있었다. 누런 강아지가 둥지 속 어린 새처럼 돌확에 들어앉아 꾸벅꾸벅 졸았다. 강아지는 자꾸 달라붙는 파리 때문에 울먹이듯이 낯을 찌푸리고 콧등을 씰룩거렸다. 새까만 고양이가 지나가다가 잠깐 멈추어 서서 강아지를 쳐다보았다. 무슨 소리를 들었는지 뒤쪽과 옆쪽을 쓱 살피더니 다시 새색시처럼 사뿐사뿐 뜰을 가로질러 담장 그늘로 사라졌다.

최윤은 선종 군대가 괴양을 칠 때 서라벌 관직 생활을 그만두고 외가에 가서 지내다가 선종을 처음 만났다. 그때부터 지금까지 열네 해가 흘렀다. 그동안 최윤은 줄곧 선종 곁에서 지내며 나라를 세워 기틀을 마련하고 제도를 다듬는 일을 도왔다. 이윽고 태봉은 인사와 재정과 법률 등 모든 분야에서 신라보다 한층 짜임새 있고 투명한 나라가 되었다. 신라를 뼛속까지 곪게 만들었던 골품제를 개개인의 능력을 무엇보다 중요하게 치는 제도로 바꾸고 토지 제도에서 혁신을 이룬 결과였다. 문제는 이런 혁명과도 같은 변화를 거스르려는 호족 출신들이 적지 않다는 데 있었다.

언제던가 최윤은 선종에게 이들과 타협할 생각이 있는지 물어보았다. 선종이 비유를 써 가며 대꾸했다.

"물고기들이 거슬러 오른다고 해서 냇물이 강으로 흘러가기를 멈출 수는 없지요."

최윤 또한 선종과 뜻이 다르지 않았다. 몸소 서라벌에서 겪었듯이 세습되는 권력은 고인 물처럼 반드시 썩기 마련이었다. 호족들이 권력 다툼을 일삼고 백성들의 고혈을 짜내는 귀족으로 자라나지 못하게 막아야 했다. 이 일을 제대로 해 내지 못한다면 굳이 신라에 맞서 새로운 나라를 세울 까닭이 없었다.

최윤은 겨울로 접어든 뒤에도 몸이 나아지지 않자 선종에게 관직에서 물러나겠다는 뜻을 밝혔다. 광평성 시중 자리를 오래 비워 둘 수 없다는 생각에서였다. 태봉은 신라보다 관서 숫자가 다섯 개나 많았기에 그만큼 돌볼 일이 많았다. 국가 재정을 맡은 관서만 해도 신라엔 창부 하나뿐이었다. 하지만 태봉에선 조세를 걷고 예산을 짜서 집행하는 등 여러 업무를 대룡부와 납화부와 조위부에서 세세하게 나누어 맡았다. 게다가 금서성처럼 학문을 다루는 관서도 새로 생겨났다. 지난해부터 이곳에선 불경과 유교 경전과 노자 도덕경을 누구나 이해하기 쉽게 풀어 쓰는 작업에 힘쓰고 있었다. 심지어 성황당을 수리하는 정선부까지 두었으니, 이 모든 관서를 다스리는 시중은 보통 중요한 직책이 아니었다.

선종은 최윤의 뜻을 받아들이지 않았다. 지난겨울에 직접 최윤을 집으로 찾아가서 손을 꼭 잡았다.

"내가 그럴 수 없다는 걸 잘 아시잖아요. 어서 몸이 나아서 돌아오세요."

그 뒤로 선종은 열흘에 한 번씩 광평성 시랑 이명헌을 최윤에게 보냈다. 몸이 좀 어떤지 묻고 나라에서 벌어진 중요한 일들을 보고하게 했다. 오늘 아침에 최윤은 미음을 몇 술 뜨다가 퍼뜩 생각난 얼굴로 아내에게 물었다.

"시랑이 오는 날이 맞지요, 부인?"

"예, 맞아요. 금세 눈빛에 생기가 도시네요. 시랑을 만나는 일이 무척 기쁘신 모양이에요."

봄볕이 따사롭긴 했지만 아직 바람이 서늘했다. 최윤은 갑자기 오싹한 느낌에 온몸을 푸르르 떨며 방문을 닫고 엉덩이걸음으로 물러나 벽에 기대어 앉았다. 스르르 졸음이 오더니 볏단이 저절로 쓰러지듯이 모로 누워 잠들어 꿈을 꾸었다.

어느 해 가을날 선종과 함께 고석정에 앉아 한탄강을 내려다보며 담소를 나누던 일이 꿈에 그대로 나왔다. 선종이 국호를 고려에서 마진으로 바꾼 뒤에 도읍을 송악에서 철원으로 옮기면서 둘 다 무척 바쁘게 지낼 때였다. 두 사람 사이에 놓인 탁자엔 커다란 쟁반에 과일이 수북이 담겨 있었다. 감과 대추, 자두며 능금이며 밤이 보였고 여름에 따서 잘 저장해 둔 복숭아와 살구도 보였다.

"과일나무 재배하는 일을 다루는 식화부라는 관서를 새로 만들면 좋겠어요."

'식화'는 음식물과 재물을 아울러 이르는 말이었다. 선종이 덧붙여 말했다.

"과일은 쓰임새가 참 많잖아요. 제사상에 올리기도 하지만 끼니 사이에 먹기도 하지요. 몸에도 좋고 맛있는 과일을 많이 키워서 언제 어디서나 모든 백성이 즐겨 먹게 해야겠어요."

그때까지만 해도 과일은 워낙 귀해서 부잣집 사람들이나 즐기던 음식이었다. 가난한 집에서도 감나무와 살구나무 같은 과일나무를 한두 그루 길렀지만 열매를 따는 대로 장에 내다가 곡식으로 바꾸었다. 선종이 쟁반에서 대추를 집어 입에 댔다. 한 바퀴 돌리며 토끼처럼 앞니로 조금씩 떼어 내서 먹으며 웃었다.

"우리 어머니, 그러니까 나를 길러 주신 어머니와 함께 주린 배를 움켜쥐고 정신없이 달아나던 때였어요. 어느 마을에서 누구네 집 담장 너머로 잘 익은 대추가 가득 달린 나무가 보이더라고요. 겨우 손이 닿는 자리에서 어머니가 따 주신 대추를 여러 개 먹었어요. 아삭아삭 씹히는 느낌도 좋았고 얼마나 맛이 달콤했는지 몰라요."

선종은 대추를 하나 더 집어 최윤에게 건네 맛보게 했다. 뒤이어 감을 들어 손바닥에 올려놓고 조심스레 손끝으로 껍질을 벗겼다. 한 입 베어 물고 천천히 우물우물 씹어 삼키며 또 웃었다.

"웅주 주막거리에서 살 때 일인데요. 가을 이맘때 마을 어귀 감나무에 감이 주렁주렁 열렸어요. 얕은 가지에 달린 감은 어른들이 다 따서 내다 팔았어요. 까마득히 높은 가지에만 감이 달려 있었지요. 어린애들이 침을 꼴깍 삼키며 감나무 아래 누워 입을 벌렸어요. 감이 저절로 익어 떨어지기를 기다리는데 물까치들이 떼 지어 날아와 마구 감을 쪼아 대잖아요. 감이 후드득 떨어져 내렸어요. 얼굴로도 떨어지고 입으로도 들어오고 옷에도 떨어지고, 하여튼 그런 난리가 또 없었지요."

선종은 세달사에서 지낼 때 맛본 고소한 군밤, 죽주산 뒷산에서 따먹은 새콤달콤한 능금 이야기도 들려주었다. 최윤은 선종이 그토록 티 없이 밝게 웃는 모습을 처음 보았다. 덩달아 즐거워져서 활짝 웃으며 쟁반에 놓인 과일들을 고루 맛보았다.

광평성 시랑 이명헌은 몸이 아픈 최윤을 대신해서 모든 관서를 지휘했다. 그날도 일이 많아 저녁때가 다 되어서야 도성 동북쪽에 있는 관청 건물을 나섰다. 내봉성을 다스리는 박호림이 뒤늦게 말에 올라 이명헌을 뒤쫓았다. 관리들의 인사를 다루는 내봉성은 처음엔 관서 가운데 서열이 아홉 번째였다. 선종의 지시로 관리들의 비리를 밝히는 일까지 맡게 되면서 병부보다도 높은 서열 두 번째 관서로 올라섰다.

내봉령 박호림은 최근에 지방 호족들뿐 아니라 중앙 관서 관리들 가운데도 반란을 꾀하는 이들이 있다는 첩보를 들었다. 오늘 시중 최윤을 만나면 시랑 이명헌이 함께 있는 자리에서 첩보를 보고하고 어쩌면 좋을지 물을 생각이었다. 두 사람이 최윤네 집 안뜰로 들어갔을 때는 담장 너머로 해가 넘어가기 직전이었다.

"대감마님, 이명헌이와 박호림이 왔습니다. 안에 계시는지요?"

두 번 방문에 대고 외쳤지만 아무런 대꾸가 없었다. 뒤에 물러서 있던 그 집 하인이 옆으로 돌아가서 조심스레 문고리를 잡아 당겼다. 삐걱 소리를 내며 문이 열리자 어둑한 방 안으로 안뜰에 남아 있던 빛이 날아 들어갔다. 최윤은 두 손을 가슴에 얹고 방문 쪽으로 고개를 돌린 채 침요에 누워 지그시 눈을 감고 있었다. 열네 해 동안 거의 쉬지 않고 나랏일에 온몸을 바쳤던 최윤은 이미 숨이 넘어간 뒤였다.

그러나 몸 밖으로 넋이 나간 사람이라고는 믿기 힘들 만큼 낯빛이 밝았다. 이명헌과 박호림이 서 있는 곳보다 방 안이 더 밝게 느껴졌다. 금방이라도 최윤이 눈을 뜨고 허허 웃으며 자네들 왔는가, 하고 말을 건넬 것만 같았다. 이명헌이 목소리를 낮추고 박호림에게 말했다.

"대감마님 양 볼이 복숭아 빛깔 같지 않아요?"

박호림이 자두 빛으로 붉어지는 얼굴로 고개를 끄덕이다가 가로 저었다.

"지금 따지 않으면 내일 아침에 떨어져 툭 터질 듯이 아주 잘 익은 감, 내 눈엔 꼭 그렇게 보이는데요."

이명헌이 앞으로 두 손을 모으고 허리를 한껏 구부리며 절했다. 바로 서서 방문을 닫고 능금빛 같은 얼굴로 환하게 웃으며 박호림에게 대꾸했다.

"그런 것 같기도 하네요. 틀림없이 아주 달콤한 꿈을 꾸시다가 돌아가셨을 거예요."

6부

# 또 다른 세상

## 김언

김언은 열 해 가까이 왕건이 서해에서 배에 오를 때마다 곁에 붙어 다녔다. 당성(지금의 경기도 화성) 사람이었는데 왕건의 심복으로 불렸다. 김언은 낯빛과 숨소리만으로도 왕건이 무슨 생각을 하는지 금세 알아챘다. 두 사람은 전투를 쉴 때 곧잘 뱃전에 나란히 앉아 바다를 바라보았다. 어린 시절에 겪은 일부터 요즘 식구들 사이에서 벌어진 일까지 스스럼없이 주고받았다.

"자네는 아이가 둘이라고 했나?"

"예, 그렇습니다. 큰아이는 사내인데 올해 세 살입니다. 작은아이는 딸인데요, 막 첫돌이 지났지요."

"한창 옹알이하며 귀엽게 굴 때구먼. 눈에 삼삼해서 여간 보고 싶지 않겠어."

"장군님께선 자녀가 어떻게 되는지요?"

왕건이 쓸쓸한 표정을 지었다.

"아직 없다네."

그 뒤로 한 해가 지났을 때였다. 왕건과 김언은 함께 배를 타고 영산강을 거슬러 나주로 올라갔다. 왕건이 강가에서 빨래하는 여인을 보고 눈을 크게 떴다. 고개를 갸웃하던 김언이 여인과 왕건을 번갈아 바라보았다.

"장군님, 배를 강가에 대겠습니다."

이 여인은 나주 호족 오씨 집안의 셋째 딸이었다. 배에서 내린 왕건은 오현이라는 여인한테 다가가서 말을 건넸다. 잠시 뒤에 두 사람은 빨래터 뒤쪽에 선 느티나무 그늘로 가서 풀밭에 앉아 한참 애기를 주고받았다. 주로 왕건이 말했고 여인은 손으로 입을 가리고 웃었다. 처음 만난 사람들 같지 않게 무척 다정해 보였다.

그날 왕건은 여인을 따라 집으로 가서 여인의 부모를 만났다. 보름 뒤에 여인을 배에 태우고 나주를 떠났다. 송악을 거쳐 철원으로 여인을 데려가 혼례를 치렀고, 아기를 낳지 못하는 류씨 부인에 이어 두 번째 아내로 삼았다.

다시 세 계절이 지났을 때였다. 왕건은 오랜 만에 김언을 보자마자 활짝 웃으며 큰 소리로 말했다.

"여보게, 그동안 잘 지냈나?"

"예, 잘 지냈습니다. 좋은 일이 있으신 듯합니다. 앞서 뵐 때보다 얼굴이 밝아지셨어요."

"좋은 일이 있고말고. 나도 얼마 안 있으면 아버지가 된다는 거 아닌가!"

"와, 정말이요? 축하드립니다!"

심복은 어떤 경우에도 마음 놓고 믿을 수 있는 부하를 뜻했다. 김 언은 자기가 왕건의 첫째가는 심복이듯이 왕건은 선종 왕이 누구보다 아끼는 심복임을 오래 전에 알아챘다. 선종이 가장 아끼는 물건인 황룡도가 선종의 허리에서 왕건의 허리로 옮겨갔다는 사실만 보아도 쉽게 알 수 있었다.

어느 날 왕건은 김언 앞에서 어깨를 으쓱거렸다.

"대왕마마께서 어찌나 세게 손을 잡고 흔드시던지 손뼈가 으스러지는 줄 알았다네."

앞서 왕건이 이끄는 수군은 압해군(지금의 전남 신안 압해도) 일대를 휘젓고 다녀 수달이라는 별명으로 불리던 해적 두목 능창을 붙잡았다. 능창은 여러 해 태봉 수군을 끈덕지게 쫓아다니며 괴롭힌 골칫덩이였다. 왕건은 곧바로 능창을 철원 도성으로 끌고 가서 선종에게 바치고 돌아왔다.

"적들을 함정에 빠뜨려 사로잡는 솜씨에서 왕 장군을 따를 이가 누가 있겠는가, 하고 입에 침이 마르게 칭찬하시더라고."

"다른 장군들이 지켜보는 데서요?"

"그랬다니까."

"무척 뿌듯하셨겠어요."

"뿌듯한 건 둘째 치고 얼마나 쑥스러웠는지 모른다네."

그런데 이따금 왕건은 김언이 귀를 의심케 하는 말을 입에 올렸다. 한때 광해주(지금의 강원도 춘천)에서 위세가 하늘을 찌르던 호족으로 김호렴이라는 이가 있었다. 김호렴은 사병들을 모아 놓고 몰래 훈련시키며 반란 음모를 꾸미다가 붙들렸고, 다음 날 아침에 목이 잘려 장대 끝에 머리가 매달렸다. 왕건이 그 얘기를 하며 고개를 흔들었다.

"덮어놓고 힘으로 밀어붙여서 될 일이 아니야. 부드러움이 단단함을 이긴다고 했지 않나. 계속 저런 식으로 일처리를 했다가는 언젠가 단번에 뚝 부러지고 말 거야."

북원경에서 같은 사건이 벌어졌을 때, 왕건과 김언은 수군 사령부가 있는 당성에서 지내고 있었다. 두 사람은 나주에 성을 쌓는 일을 의논했다. 잠깐 쉬던 중에 왕건이 낯을 잔뜩 일그러뜨리며 주먹으로 가슴을 탁탁 쳤다.

"대왕마마와 호족 출신들 사이에 끼어 참 난처하게 되었네. 옴짝달싹못하는 신세가 따로 없다니까."

그게 바로 지난겨울 일이었다. 며칠 뒤에 김언은 왕건과 함께 배에 올랐다. 수군 일천오백 명을 태운 군선 예순 척을 거느리고 나주로 돌아 내려갔다. 백제 왕 진훤은 적군이 후방에 성을 쌓게 내버려둘 수 없다는 생각에 죽을힘을 다해 왕건이 이끄는 태봉 수군에 맞섰다. 그러나 백제 수군은 얼떨결에 왕건의 유인 작전에 말려들어 갈대풀이 우거진 샛강으로 배를 몰고 들어갔다. 바람이 어느 때 어느 쪽으로 불어 갈지 미리 읽은 왕건은 갈대밭에 불을 놓게 했다. 그 바람에 거의 모든 백제 군선이 잿더미가 되었고, 진훤은 겨우 목숨을 건져 부리나케 달아났다.

왕건은 해가 바뀌어 봄이 오자 수군 병사들과 군선 절반을 나주에 놔두었다. 심복 김언을 데리고 다시 당성으로 떠났다. 뱃전에서 유난히 붉고 아름다운 노을을 바라보던 왕건이 김언에게 말했다.

"이렇게 바다에 나와 있으면 마음이 그렇게 편할 수가 없어. 음모나 참소에 휘말릴 일이 없거든. 만일 대왕마마께서 중앙 관서로 나를 불러올려 일을 맡기신다면 몸이 아프다는 핑계를 대고 고향으로 돌아갈 걸세."

이들은 닷새가 지나서 당성 앞바다 당은포에 이르렀다. 선종이 직접 쓴 편지를 든 궁정 사자가 선착장에서 왕건을 기다리고 있었다. 왕건은 배에서 내리자마자 사자 앞에 엎드렸다. 사자는 왕건에게 여러 날 전에 시중 최윤이 세상을 뜬 일을 알리고는 두루마리를 펼쳐 읽었다.

"왕건 장군은 속히 도성으로 돌아와 광평성 시중 자리에 올라 백관을 다스리시오. 태봉 국왕 선종."

왕건의 나이 서른여섯 살 때였다. 왕건이 그 나이에 임금 다음으로 높은 자리에 오르리라고는 누구도 상상하지 못했다. 왕건의 심복 김언은 세상에 태어난 뒤에 그렇게 빨리 움직이는 사람을 그날 처음 보았다. 궁정 사자가 자리를 뜨기 무섭게 말에 오른 왕건은 번개처럼 달려 수군 사령부로 갔다. 얼마 지나지 않아 갑옷을 벗고 말끔히 씻은 뒤에 두루마기로 갈아입고 돌아왔다. 머리부터 발끝까지 온몸이 반짝반짝 빛났다.

"자네가 수군을 맡아 지휘하게. 나중에 보세."

왕건은 말에서 내리자마자 체면이고 뭐고 없이 엎어질 듯 자빠질 듯 부두로 달려갔다. 곧바로 송악 아래쪽 개풍 선착장을 거쳐 철원 도성으로 가려고 가장 날랜 범선에 오르며 외쳤다.

"뭐 하느냐? 어서 출발하라!"

어리둥절한 얼굴로 왕건을 쳐다보던 김언이 어깨에서 힘을 빼며 빙긋 웃었다. 이미 범선이 사라진 먼 바다 쪽으로 꾸벅 고개를 숙이며 혼잣말을 했다.

"장군님이 그렇게 좋아하실 줄 미처 몰랐습니다. 꼭 훌륭한 시중이 되세요. 그래서 온 백성이 늘 편안하고 행복하게 살 수 있도록 잘 보살펴 주세요."


## 태평성대

왕건이 시중 자리에 오른 뒤로 거짓말처럼 모반과 반란 사건이 뚝 그쳤다. 온 나라가 무척 평화로웠으며 백성들의 얼굴에서 웃음이 떠나지 않았다. 저마다 열심히 일하면 먹고사는 데 아무런 어려움이 없었다. 조세를 내지 않던 땅이 거의 사라지면서 도성과 지방 관아 곳간에서 빈 자리를 보기 힘들었다. 나라에선 상인들과 목재상과 광산업자들에게도 세금을 매겨 삼베와 비단 같은 옷감과 곡식을 거두었다. 이런 곡식과 옷감은 나라를 운영하는 데 쓰일 뿐 아니라, 가난하고 병들어 기댈 곳 없는 사람들이 주린 배를 채우고 추위를 막게 도와주었다. 또한 다리를 새로 놓고 저수지를 만들고 물길을 내고 우물을 파는 데도 쓰였다.

깊은 산속엔 아직도 도적들이 살고 있었다. 봄날 밭에 씨앗을 뿌리고 여름내 김매는 일보다는 단번에 남의 것을 빼앗아 쉽게 사는 길을 택한 이들이었다. 그러나 이들은 잘 먹어서 몸이 튼튼해진 농부들을 힘으로 이기지 못했다. 도둑질하러 마을로 내려갔다가 흠씬 두들겨 맞고 절뚝대며 달아나기 일쑤였다. 나라에선 철마다 열흘씩 기한을 두어 이들에게 도둑질을 그만두고 농사일을 할 기회를 주었다. 제 발로 관청을 찾아가면 관청에 딸린 논밭을 일구게 해 주었다.

태봉은 이미 신라 땅 삼분의 이를 손에 넣었다. 아홉 개 주 가운데 한주와 삭주와 명주와 웅주, 그리고 상주 절반에 태봉 국기가 꽂혀 힘차게 펄럭거렸다. 나머지 땅을 신라와 백제가 나눠 갖고 서로 국경선을 넘나들며 전투를 벌였다. 오로지 그들이 태봉과 맞선 국경에서만 창칼이 맞부딪히고 말들이 땅에 발굽 자국을 남기며 달리는 일이 사라졌다. 이따금 목청 좋은 병사들이 권태를 못 이기고 하품하다 말고 외쳐 부르는 노랫소리가 이쪽 고지와 저쪽 고지 사이 하늘로 울려 퍼졌다. 까마귀와 까치와 뻐꾸기들이 그 소리에 멈칫하더니 한꺼번에 울어 화음이 썩 좋지 않은 합창곡을 만들어 냈다.

바다에서도 태봉은 막강한 군사력을 뽐냈다. 백제 후방인 나주 일대에선 김언이 왕건의 뒤를 이어 군대를 지휘하며 진지를 더욱 튼튼하게 쌓았다. 김언은 진훤이 항지우에 터를 잡고 세력을 키우는 오월에 사신을 보낼 때마다 귀신같이 알아챘다. 사신이 탄 배가 백제 땅 앞바다를 벗어나기도 전에 선단을 보내 에워싸서 오도 가도 못하게 만들었고, 오월 왕에게 바치려던 공물을 모조리 빼앗았다.

선종은 나라 밖으로 고개를 돌려 외교에도 힘썼다. 발해와 계속 사신을 주고받는 한편, 바다와 대륙 양쪽으로 나아갈 길을 찾았다. 어느 날 조정에서 선종은 몇 번 수군을 보내 점령한 적이 있는 진도를 입에 올렸다.

"예전에 장보고가 완도에 세웠던 청해진에 버금가는 해상무역 기지를 이곳에 만들면 어떻겠어요?"

고관들마다 생각이 조금씩 달랐다. 국가 재정을 다루는 대룡부령이 조심스럽게 말했다.

"그런 기지를 만들어 유지하는 일은 나라 살림에 큰 부담이 됩니다. 먼저 다른 나라들과 무역을 해서 얻는 이익이 얼마나 될지 잘 헤아려 보아야 할 듯합니다."

군대를 다스리는 병부령이 덧붙였다.

"무역 기지를 만들려면 그리로 병력을 많이 이동해야 할 텐데요, 모든 전선을 다시 돌아보아야겠습니다."

관서 서열이 두 번째로 높은 내봉성 장관은 더욱 신중했다.

"같은 땅에서 세 나라가 서로 칼을 겨누고 있는 형국이니 아직은 때가 이른 듯합니다. 급한 일부터 풀어나가면서 천천히 연구해 보면 어떨까 싶습니다."

시중 왕건은 서로 생각이 많이 다른 문제에선 좀처럼 입을 열지 않았다. 두어 번 선종이 눈길을 주었으나 고개를 조금 숙이고 진지한 표정을 지을 뿐이었다. 선종이 회의를 마무리 지었다.

"좋습니다. 나중에 기회가 되면 다시 의견을 나누기로 하지요."

이따금 선종은 차림새를 일반 관리처럼 꾸민 뒤에 내군장군 은부와 호위병들을 데리고 시찰에 나섰다. 반란군이 날뛰던 시기엔 엄두를 내지 못하던 일이었다. 어느 여름날 시찰단은 검포(지금의 경기도 김포)에 있는 농부 집에 불쑥 들렀다. 마침 안주인과 바깥주인 모두 집에 있었다. 철원에서 온 관리들이라는 말을 듣고 무척 반가워했다.

"점심을 들려던 참인데 잘 오셨어요. 상 차려 내올 테니까 꼭 드시고 가세요."

잠시 뒤에 마당 느티나무 그늘에 있는 평상에 밥상이 놓였는데 금세라도 상다리가 뚝 부러질 듯했다. 선종은 밥을 먹는 내내 손으로 슬며시 상다리를 쥐었다 놓았다 했다. 바라보기만 해도 저절로 배가 불러지게 만드는 상차림이었다. 쌀과 조와 보리를 고루 섞은 밥이 그릇에 불룩하게 담겼다. 무침과 김치에 들어간 야채는 숫자와 종류를 모두 헤아리기 힘들었다. 잠깐 둘러보아도 상추와 무와 가지며 오이, 파와 부추며 아욱 등등 스무 가지가 넘었다.

게다가 물고기 반찬이 어찌나 많던지, 바다와 저수지가 가깝긴 했지만 두 칸짜리 초가에 사는 평범한 농부네 식단이 맞나 의심이 갔다. 새우와 조기며 농어며 복어와 가자미, 민어와 붕어며 장어며 메기들이 눈을 어지럽혔다. 같이 밥을 먹던 바깥주인이 쑥스러운 얼굴로 웃었다.

"차린 게 별로 없어 죄송하네요."

선종 곁에 앉은 은부가 고개를 가로저었다.

"무슨 말씀을. 그나저나 이 집이 이렇게 잘 먹는 비결은 뭐지요?"

"비결이 뭐가 있겠습니다. 있는 대로 차려 먹는 거지요. 솔직히 이 마을에서 우리 집 상차림이 가장 변변치 못하답니다."

시찰단은 어느 가을날 울오(지금의 강원도 평창) 산골의 외떨어진 집에 들렀다. 노파 혼자 집을 지키고 있었다. 이 집에선 뭇국을 시원하게 끓여 떡과 함께 내왔다. 찹쌀과 밀과 수수를 섞어 막 지진 따뜻한 전병은 금세 입에 침이 고이게 했다. 다른 고장에서 맛보기 힘든 도토리시루떡이며 노랗게 콩고물을 묻힌 인절미, 반질반질하게 참기름을 바른 절편도 접시에 가득 담겨 상에 놓였다.

떡을 맛있게 먹은 선종은 그 집 부엌과 헛간을 둘러보았다. 찬장엔 온갖 그릇이 크기대로 칸칸이 놓여 있었다. 부뚜막엔 무쇠로 만든 솥이 세 개나 걸려 있었다. 곡식을 으깨고 가는 데 쓰는 둥글고 넓적한 돌확도 보였으며, 물에 불린 콩이 담긴 커다란 그릇과 맷돌도 눈에 들어왔다. 허리가 휜 노파가 뒤에서 다가오며 말했다.

"이따가 콩을 갈아 두부를 만들어 먹으려고요. 좀 드시고 가세요."

헛간엔 디딜방아뿐 아니라 소가 커다란 돌을 끌어 곡식을 찧는 연자방아까지 있었다. 연자방아는 마을 사람들이 함께 쓴다고 했다. 선종 일행이 그 집을 나서려는데, 노파가 삼베로 싼 항아리를 내밀며 몹시 수줍은 얼굴로 말했다.

"우리 집 된장이 참 맛나다고 하대요. 철원으로 돌아가는 대로 임금님께 올려 주세요. 떠날 날이 얼마 안 남은 이 늙은이에게 이렇게 좋은 세상을 누리게 해 주셨는데요, 달리 은혜를 갚을 길이 없네요."


## 강금부


강금부는 왕비 강옥연의 하나뿐인 오빠였다. 무척 강단이 세서 아무리 힘들어도 엄살을 피우지 않았다. 뼈가 으스러지도록 어디에 세게 부딪혀도 비명은커녕 신음도 내지 않았다. 한번 뜻을 세우면 끝까지 꿋꿋하게 밀어붙여 독하다는 소리를 많이 들었다. 어렸을 때부터 무역상 아버지를 따라다니며 온갖 고생을 하다 보니 저절로 그런 강골이 되었다.

스무 살 나이에 아버지한테서 독립한 금부는 당나라와 서역 사이를 오가며 장사를 하기로 마음먹었다. 무엇보다도 낯선 땅에 대한 호기심이 컸다. 신라가 세 쪽으로 나뉘며 해상 무역이 어려워진 까닭도 적지 않았다. 당나라 수도 장안(지금의 중국 서안)에서 서역으로 가는 비단길은 두 가지였다. 하나는 윗길, 또 하나는 아랫길이었다.

강금부는 말 한 필에 비단을 싣고 윗길로 발을 들여놓았다. 깊고 높은 골짜기와 산등성이가 끝없이 이어졌다. 며칠 만에 고산병에 걸린 금부는 머리가 터질 듯한 고통에 시달렸으며 물 한 방울 삼킬 수 없을 만큼 심하게 속을 앓았다. 정신이 하나도 없는 가운데 파미르 고원을 넘어 타슈켄트와 사마르칸트, 부하라, 니샤푸르 같은 고장을 지나 예레반을 거쳐 콘스탄티노플(지금의 터키 이스탄불)에 이르렀을 때 온몸에 뼈만 남았고 귀와 코에서 뇌수가 흘러나왔다.

시장 바닥에 앉은 마법사가 피리를 불어 광주리에 똬리를 튼 뱀이 춤추게 하다가 강금부를 보더니 벌떡 일어났다. 손짓 발짓을 섞어 말했다.

"와, 얼굴에 난 구멍으로 잿빛 물을 쏟는 묘기는 처음 본다! 나하고 같이 일해 보지 않을래?"

금부는 마법사가 허리에 찬 반원도가 무서워 겨우 걸음을 옮겨 비틀대며 달아났다. 몸이 너무 안 좋아서 그곳에 오래 머무를 수 없었다. 헐값에 비단을 팔아 돈을 만들었고, 그 돈으로 마차를 빌려 타고 서둘러 장안으로 돌아갔다.

두 해 남짓 장안에서 필방을 운영하며 지내던 금부는 다시 서역 땅이 그리워졌다. 그곳에 가다가 죽을 고비를 넘긴 일을 까맣게 잊었다. 투자자들을 모아서 사업 규모를 좀 더 키운 뒤에 비단을 실은 말 세 필과 일꾼 다섯을 데리고 서역으로 떠났다. 이번엔 아래쪽 비단길을 이용하기로 했다.

로마 귀부인들이 비단 옷을 말도 못하게 좋아하던 시절이었다. 콘스탄티노플이나 바그다드까지만 비단을 싣고 가서 중개상에게 팔면 저울로 재서 똑같은 무게만큼 황금으로 받을 수 있었다. 로마 황제는 엄청나게 많은 황금이 나라 밖으로 나가자 비단을 쓰지 못하게 막는 법을 만들어 발표했다. 그런데 그 바람에 오히려 암시장에서 비단이 곱절로 비싼 값에 거래되었다.

아래쪽 비단길은 인더스 강 상류 쪽으로 나아가다가 카불과 칸다하르를 지나서 아라비아 바그다드에 이르렀다. 이 길을 따라 더 나아가면 콘스탄티노플을 거쳐서 알렉산드리아에 이를 수 있었다. 강금부는 이번 여행에선 고산병을 피했지만 위로는 토하고 아래로는 쏟아 내는 토사곽란에 걸렸다. 바그다드에 이르자마자 픽 쓰러져 한 달 넘게 끙끙 앓았는데, 어쨌든 다행스럽게도 비단을 아주 좋은 값에 팔 수 있었다.

황금을 등에 지고 휘청거리는 말을 끌고 장안으로 돌아간 강금부는 아버지의 친구이자 동업자 무역상을 만났다. 이 무역상은 금부에게 놀라운 일을 알려 주었다.

"여보게, 축하하네. 자네 여동생 옥연이가 왕비가 되었다네."

금부가 손가락으로 귓속을 후비며 헛웃음을 지었다.

"걔는 논밭에서 농부들과 하인들을 부리는 솜씨가 뛰어날 뿐이에요. 언제까지나 촌구석에서 살 팔자인데 무슨 재주로 왕을 만나고 왕비가 될 수 있겠어요."

"자네, 궁예라고도 하고 선종이라고도 하는 장군 얘기는 들어보았겠지? 그분이 고려라는 나라를 세우기에 앞서 혼례를 치렀는데, 왕비가 된 여인이 바로 자네 여동생이라니까 그러네. 내가 송악성에 직접 가서, 삼보전이라는 궁궐 앞에서 치르는 건국 선포식 겸 즉위식을 이 두 눈으로 똑똑히 보았단 말일세."

강금부는 여동생 덕에 고관 자리에 오르는 꿈을 가슴에 품고 바다를 건너 그때 왕성이 있던 송악성으로 달려갔다. 그러나 두 달이 지나서야 왕궁으로 들어가는 문 안쪽에 있는 영빈관에서 왕비이자 여동생을 만날 수 있었다. 왕비는 금부가 발치에 엎드려 절하려 하자 눈을 흘기며 소매를 잡아 당겼다.

"오라버니, 지금 뭐 하시는 거예요?"

오누이는 손을 맞잡고 어린아이들처럼 깡충깡충 뛰었다. 형제자매 가운데 첫째와 둘째인 두 사람은 어렸을 때 무척 사이좋게 지냈다.

"너, 엄청 멋있어졌다! 얼굴이 뽀얘졌고 기품이랄까, 위엄이랄까, 그런 게 물씬 풍겨!"

"오라버니도 아주 건강해 보이세요! 낯빛이며 눈빛이 무척 밝아졌어요!"

오누이는 영빈관으로 들어가 마주앉았다. 지난 이야기를 주고받느라 시간 가는 줄 몰랐다. 하늘 복판에 떠 있던 해가 어느덧 서쪽으로 기울었다.

"오라버니, 이제 그만 돌아가야겠어요. 나중에 다시 만나요."

"잠깐만."

금부는 줄곧 참았던 말을 겨우 입에 올렸다.

"중앙 관서에 좋은 자리 하나 없을까? 너도 잘 알다시피 이 오라버니가 한번 한다면 하는 사람이잖니. 여름 매미와 가을 귀뚜라미처럼 밤낮 안 가리고 열심히 노래할, 아니, 열심히 일할 자신이 있거든."

"그렇지 않아도 오늘 아침에 대왕마마께 말씀드려 놓았어요."

"대왕마마께? 그렇게 높은 분께 직접?"

여동생 왕비가 훗, 하고 웃었다.

"오라버니도 참! 만날 얼굴 보고 살 스치는 사이인데 무슨 부탁인들 못하고 못 들어주겠어요."

강금부는 여동생 왕비와 헤어진 뒤에 크게 뉘우쳤다. 자기가 맡아 다스릴 관서를 미리 정해서 일러 줄 걸 잘못했다며 손바닥으로 뒷머리를 타다닥 때렸다.

'내가 오래 장사해 봐서 강물 흐름은 몰라도 재물이 어떻게 흐르는지는 좀 알잖아. 나라 재정이나 회계를 돌보는 일이면 딱 좋을 텐데.'

서둘러 신천 집에 있던 짐을 송악성 안에 새로 얻은 집으로 옮겼다. 날마다 관청 건물이 몰려 있는 도성 안쪽으로 갔다. 관리들은 어떤 옷을 입고 어떤 걸음으로 걸으며 수염은 어느 손으로 쓰다듬는지 눈에 불을 켜고 관찰했다. 아무 건물로나 달려 들어가서 곧바로 업무를 시작하고 싶은 마음에 좀이 쑤셨고 혀가 바짝 탔다.

그러나 여동생 왕비는 좀처럼 아무 말이 없었다. 서로 만난 지 한 달이 지나고 두 달이 지나고 해가 바뀐 뒤에 다시 석 달이 지나 봄이 오도록 목 빠지게 기다리던 소식은 날아오지 않았다. 그 사이에 아들을 낳은 여동생은 잊을 만하면 쌀 한두 말을 보내왔다. 영빈관에서 마지막으로 얼굴을 본 지 꼭 한 해가 지났을 때, 금부는 새로 온 쌀부대 속에서 여동생 편지를 꺼내 소리 내서 읽었다.

"죄송해요, 오라버니. 대왕마마께 귀에 못이 박히게 말씀드리는데도 고개를 가로저으며 절대로 안 된다고 하시니 어쩔 도리가 없네요. 아무리 가까운 친척일지라도 특혜를 줄 수는 없다는 거예요. 곧 새로 만들 관서인 사대에서 면접시험을 통해 당나라 말을 잘하는 사람을 관리로 뽑는대요. 먼저 오라버니 힘으로 관리가 된 다음에 기회를 엿보면 좋을 듯해요. 거듭 죄송하다는 말씀을 올리며 이만 총총."

모멸감을 느낀 금부는 새빨개진 얼굴로 한숨을 푹푹 내쉬었다. 며칠 뒤에 사대 건물 앞뜰로 가서 차례를 기다렸다가 면접관 앞에 서서 구두시험을 치렀다. 면접관은 당나라에 유학해서 외국인들 가운데 관리를 뽑는 과거인 빈공과에 합격한 이였다. 금부와 당나라 말로 주고받는 내내 고개를 끄덕거렸다간 갸웃거리기를 되풀이했다. 줄곧 아주 사납게 눈을 부라리고 딱딱거린 금부에게 물었다.

"당나라 말을 아주 잘하는구먼. 외국어 교육을 맡는 우리 관서에 들어오면 많은 일을 할 수 있겠어요. 그런데 오늘 집에서 무슨 일 있었어요? 가령 아내와 다투거나 해서 아침밥을 못 얻어먹었다든지, 그런 일 말이에요. 무척 화가 난 듯해서 묻는 거예요. 여느 때도 말투가 그런가요?"

움찔한 금부가 앞에서 두 손을 맞잡고 머리를 조아렸다.

"죄송합니다. 지금 곧바로 말투를 고치도록 하겠습니다."

금부는 사대에 출근한 첫날부터 다른 관리들이 자기를 깔보고 업신여긴다는 생각에 머리끝으로 피가 솟구쳤다. 모두가 금부를 반말로 부르며 온종일 끝없이 일을 시켰다.

"어이, 이 서류뭉치 저쪽에 갖다 놓고 빗자루로 바닥 쓸고, 풀 쑤어 저기 저 창문 두 개에 한지 새로 바르고 차 끓여 와."

"이봐, 아침에 굼벵이 먹었어? 왜 이렇게 굼떠? 빨랑빨랑 움직이란 말이야."

금부는 어려서부터 늘 사람들을 밑에 두고 부리며 살았다. 누가 자기한테 이래라저래라 한 적이 없었다. 참다못한 금부는 관리 하나에게 슬며시 말했다.

"내가 누군지 알아요? 왕비 오빠예요."

"뭔 소리야?"

"왕비가 내 여동생이라고요."

관리는 대뜸 손가락으로 금부 배를 쿡 찔렀다.

"이 놈이 미쳐도 단단히 미쳤구먼. 광평성 같은 관서라면 몰라도 이런 데서 말단 관리로 일하는 왕비 오빠가 세상에 어디 있나?"

강금부는 늘 이를 악물고 지냈더니 잇몸이 다 망가져 욱신거렸다. 이제나저제나 오로지 여동생이 자기를 이 지옥에서 꺼내 줄 날만을 기다리며 하루 또 하루를 견뎠다. 그 뒤로 반년이 지났을 때 금부에게 편지가 한 통 날아왔다. 금부의 조카이자 이 나라 왕자의 돌잔치에 초대하는 편지였다. 매제이면서 임금인 선종을 처음 만날 수 있는 기회였다. 금부는 잔치가 열리기 전날 밤을 꼬박 새우며 선종에게 하고 싶은 얘기를 종이에 적어 달달 외웠다.

"대왕마마, 제 동생이자 왕비마마가 낳은 왕자님이 돌을 맞은 일을 진심으로 축하드립니다. 제 동생이자 왕비마마한테서 이미 전해 들으셨겠지만, 저는 지금껏 열 해 넘게 수많은 나라를 여행하며 한껏 견문을 넓혔습니다. 당나라에서 아라비아를 오가는 길에 제 발자국이 안 찍힌 곳이 없으며 제 이름을 모르는 사람이 드뭅니다. 중앙 관서를 다스리는 일을 맡겨 주신다면 제가 아는 모든 지식을 쏟아붓겠습니다. 그래서 이 나라가 몇 단계 수준 높은 나라로 성장하는 데 온몸을 바치겠습니다."

돌잔치는 왕궁에서 가까운 동궁 앞에 있는 아름다운 연못에서 열렸다. 서라벌 월지를 닮은 연못 속으로 삼 면이 들어간 너른 누각 상석에 왕과 왕비와 왕자가 나란히 앉아 있었다. 초대를 받아서 온 관리들이 한 사람씩 앞으로 나가 절하고 축하 인사말과 선물을 건넸다. 금부는 바그다드에 가서 비단과 바꾼 황금 송아지가 든 나무 궤짝을 비단 보자기에 싸서 가져왔다. 이만한 황금이면 대궐 같은 집을 사고도 남았다. 금부가 가장 아끼는 보물이었는데, 이걸 내주고 고관 자리를 얻을 수만 있다면 하나도 아깝지 않다고 생각했다.

마침내 강금부가 앞으로 나갈 때가 되었다. 그런데 너무 긴장하는 바람에 바닥에서 발이 떨어지지 않았고 마치 안개가 낀 듯이 눈앞이 흐렸다. 금부는 깊이 숨을 들이쉬었다가 내쉬며 어금니에 힘을 주었다. 가까스로 왕과 왕비와 왕자를 알아보았다. 여동생 왕비가 밝게 웃으며 오빠에게 손을 살짝 들어 보였다. 어서 가까이 오라는 뜻이었다. 금부는 후들거리는 다리를 겨우 옮겨 앞으로 나아가서 황금 송아지를 내려놓고 기절하듯이 넙죽 엎드려 절했다. 여동생 왕비가 왕에게 속삭이는 소리가 들렸다.

"제 오빠이자 사대 관리 강금부이옵니다."

고개를 든 금부는 자기를 바라보고 고개를 끄덕이며 웃는 왕을 보았다. 끙 소리를 내며 선물을 들고 일어나서 두어 발짝 더 나아갔다. 다른 선물들이 놓인 탁자에 선물을 놓으며 떨리는 목소리로 말했다.

'제가 가장 아끼는 황금 송아지입니다. 이렇게 큰 황금은 꿈속에서도 보기 힘듭니다.'

뒤이어 금부는 자기가 그 문장을 입 밖이 아니라 속으로 중얼거렸음을 알았다. 여전히 왕과 왕비는 말없이 금부를 쳐다보며 웃고 있었다. 아까보다 더욱 가슴이 쿵쾅거리는 바람에 금부는 기껏 밤새워 외운 문장을 깨끗이 잊어버렸다.

바로 그때 금부는 자기를 바라보던 왕의 눈길이 옆 사람에게 옮겨 가는 걸 보았다. 왕은 다른 사람도 아닌 자기 아내의 오빠에게 단 한 마디도 건네지 않았다.

"이제 그만 물러나게나."

누군가 뒤에서 금부의 두루마기 소매를 세게 잡아당겼다. 자기 자리로 돌아가던 금부는 슬며시 누각을 떠났다. 숨을 식식거리고 눈물을 뚝뚝 흘리며 집으로 돌아갔다. 앞이 잘 안보여 몇 번 헛발을 딛고 넘어져 땅바닥에 코를 찧었으며 나무에 부딪혀 나뒹굴었다. 하지만 전혀 통증을 느끼지 못했다.

그 뒤로도 금부가 사대에서 맡은 일과 직위는 바뀌지 않았다. 두 번에 걸쳐 여동생 왕비가 곶감과 인삼 선물을 보내왔다. 금부는 궤짝에서 곶감과 인삼을 모두 꺼내고 궤짝을 거꾸로 들어 흔들어 보았다. 어떤 편지나 종이쪽지도 떨어지지 않았다.

'나도 할 만큼 했어. 이제 그만 훌훌 털고 떠나자.'

미련을 버린 금부는 관직 생활을 그만두고 송악을 떠나 고향 신천으로 갔다. 이곳에서 열 해 넘게 모든 재산을 쏟아 부으며 병사들을 키웠다. 오로지 처음부터 끝까지 자기를 완전히 무시했던 매제이자 국왕 선종에게 복수할 날을 기다리며 살았다.


## 불혹

태봉 의형대는 다섯 가지 범죄를 가장 엄하게 다스렸다. 부모 형제를 죽이는 일, 관청 창고를 터는 일, 어린아이 성폭행, 관직을 사고파는 일, 왕 자리를 빼앗으려고 음모를 꾸미거나 반란을 일으키는 일 등이었다. 이 모든 범죄 피의자들은 재판에서 범죄 사실이 밝혀지는 대로 참수형을 당했다. 곧이어 많은 사람들이 볼 수 있는 곳에서 목 잘린 머리가 장대 끝에 매달렸다. 다른 범죄자들의 경우엔 왕이 죄를 용서해서 형벌을 내리지 않거나 형량을 줄여 줄 수 있었으나 다섯 가지 중죄엔 왕의 권한이 미치지 못했다.

때는 915년 어느 봄밤이었다. 강금부는 만일 일을 벌였다가 붙잡히면 어찌 될지 잘 알고 있었지만 더는 늦출 수 없다는 생각에 마음을 굳혔다. 오래 전에 현역에서 물러난 장수 넷과 함께 거사 날짜를 잡고자 머리를 맞댔다. 그곳은 철원 도성에서 서쪽으로 이십 리 떨어진 허름한 집 뒷방이었다. 사병 일백 명은 뒷산 솔숲에 숨어 언제든지 출동할 준비를 하고 있었다.

반란군 지도부가 한 달 동안 빌려 쓰기로 약속하고 닷새째 묵고 있는 이 집 주인은 혼자 사는 노인이었다. 턱에 주먹만 한 붉은 색 혹이 달려서 불혹으로 불렸는데, 열병을 앓고 나서 귀가 먹은 지 서른 해가 넘었다. 강금부는 오래 전에 이 마을에 혼자 사는 귀머거리가 있다는 얘기를 들었다. 이번에 거사를 준비하면서 이보다 더 안전할 수 없다는 생각에 이 집을 은거지로 삼았다. 산자락에 외떨어져 있으며 귀머거리 노인이 혼자 사는 집을 찾아오는 사람은 아무도 없었다.

강금부가 세운 계획은 아주 단순했다. 먼저 왕을 죽인 뒤에 열네 살 난 왕자를 옥좌에 앉히고 자신이 어린 왕 뒤에서 섭정하는 것이었다. 등잔불을 밝히고 둘러앉은 반란군 지도부는 자정이 넘었을 때 소쩍새 울음을 배경 음악으로 삼아 그동안 나눈 얘기에 마침표를 찍었다.

"오늘이 열흘마다 도성에서 열리는 장날이지 않나. 다음 장날, 그러니까 지금부터 열흘 뒤에 거사를 벌이세. 미리 여동생 왕비에게 그날 밤 잠자리에 들기 전에 내성 남문에서 잠깐 보자는 편지를 보내 놓겠네. 부모님 목숨이 달린 아주 급한 일이 있다고 거짓말을 해야겠어."

"왕궁이 있는 내성으로 들어가는 문 애기지요? 그때 그 문이 열리면,"

강금부가 손을 들고 문장을 마무리했다.

"모두 칼을 빼어 들고 안으로 달려 들어가는 거야."

금부는 방바닥에 종이 한 장을 펼쳤다. 내성 안에 있는 궁궐과 여러 건물들을 그려 넣은 지도였다. 금부가 손가락으로 지도를 짚어가며 일렀다.

"여기가 왕이 자는 방이 있는 궁전이야. 이쪽 뒤로 돌아가면 궁전을 지키는 내군 병사들이 지내는 건물이 나오는데, 바로 이 건물이야. 송암, 자네는 병사 쉰 명을 데리고 이 건물을 공격해. 그 사이에 북청, 자네는 나와 함께 앞쪽 문으로 들어가자고. 곧바로 회랑을 지나 침방으로 달려 들어가서 단칼에,"

자기 말에 감동한 금부는 목이 막혔다. 얼마 만에 겨우 다시 입을 열었다.

"단칼에 외눈박이를 저세상으로 보내는 거야. 자, 그럼 자네와 자네, 그렇게 두 사람은 무얼 하냐 하면, 여기 이 연못 옆쪽으로 나머지 병사 쉰 명을 데리고 가서 동궁을 덮치도록 해. 태자를 인질로 잡고 내가 전갈을 보낼 때까지 기다려. 무슨 일이 있어도 태자 목에서 칼을 떼면 안 돼."

어딘가에서 무언가 톡 떨어지는 소리가 났다. 다섯 사내는 동시에 서로 쳐다보았다. 금부가 살며시 팔을 뻗어 방문을 열었다. 장독대에 앉아 있던 고양이가 방에서 날아오는 불빛에 놀라 흙담을 휙 타넘어 사라졌다. 가슴을 쓸어내리며 방문을 도로 닫은 금부가 굳었던 얼굴을 풀면서 웃었다.

"심장이 멎는 줄 알았네. 누가 엿듣는 줄 알았잖아."

다섯 사내는 두 뼘쯤 커졌던 앉은키를 도로 낮추었다. 다시 지도를 내려다보고 작전을 세웠다. 모두가 고양이를 빼면 자기들이 나누는 얘기를 엿듣는 이가 아무도 없다고 굳게 믿었다. 그러나 아까부터 어둠 속에서 눈을 끔벅이며 귀를 쫑긋 세우고 이들의 얘기를 토씨 하나 놓치지 않고 듣는 이가 있었다. 바로 옆방에 누운 집 주인이자 혹부리영감 볼혹이었다.

그날 볼혹은 저녁을 먹자마자 잠들었다. 꿈속에서 세상을 뜬 지 열 해가 지난 아내를 만났다. 볼혹과 아내는 한껏 불어난 흙탕물이 쏜살같이 달리는 시내를 사이에 두고 이쪽과 저쪽 둑에서 서로 쳐다보며 발을 동동 굴렀다. 아내가 손나팔을 입에 대고 뭐라고 자꾸 외쳤지만 귀머거리 남편은 아무런 소리도 듣지 못했다. 귓바퀴에 손바닥을 대고 연거푸 되물었다.

'뭐라고? 누가 무얼 어떻게 했다고?'

어느 순간에 갑자기 고요를 깨뜨리며 냇물이 쾰쾰 흐르는 소리가 볼혹의 귓속으로 쏟아져 들어왔다. 깜짝 놀란 볼혹은 손으로 귀를 막았다. 그때부터 냇물이 흐르는 속도가 눈에 띄게 느려졌고 냇물에서 붉은 빛깔이 사라지면서 바닥이 드러날 만큼 맑아졌다. 그제야 볼혹은 귀에서 손을 뗐는데, 냇물 건너에서 아내가 외치는 소리가 또렷이 들려왔다.

'옆방 사람들이 수상해요. 아주 좋지 않은 일을 벌이려 해요.'

아내는 곧 모습이 흐려지더니 바람에 안개가 흩어지듯이 어디론가 사라졌다. 아내를 부르며 손을 내젓던 불혹은 잠에서 깨어나 어둠 속에 누운 채 눈을 떴다. 옆방에 켜 놓은 등잔 불빛이 천장 서까래와 흙벽 사이에 난 구멍으로 건너왔고, 다섯 사내가 나누는 얘기도 그리로 날아왔다. 비로소 불혹은 자신의 청각이 서른 해 만에 생생하게 되살아났음을 깨달았다.

무슨 이야기인지 귀담아듣던 불혹은 온몸을 떨며 옷소매를 입에 물고 신음이 새어 나가지 못하게 막았다. 동틀 때까지 잠자코 누워 있다가 일어나 부엌에 들어가 밥을 지어 상을 차렸다. 바랑을 등에 지고 마당에 나가 어슬렁대는데 사내 하나가 눈을 비비며 오줌을 누러 방에서 나왔다.

"노인장, 일찍 일어나셨구먼요."

불혹이 손을 들어 부엌과 사립문 쪽을 번갈아 가리켰다. 사내가 아하, 하고 웃으며 말했다.

"부엌에 상 차려 놓았으니까 갖다 먹어라, 도성에서 장이 열리는 날이니 다녀오겠다, 그 얘기지요? 어서 다녀오세요."

사립문을 나선 불혹은 거의 땅을 밟지 않고 허공을 붕 날아서 도성으로 갔다. 점심때쯤에 의형대 병사 이백 명이 말을 타고 달려가서 불혹네 집을 덮쳤다. 느지막이 아침밥을 먹고 다시 잠든 반란군 지도부는 한 발짝도 못 움직이고 붙들렸다. 뒷산에 숨어 있던 사병 일백 명은 눈이 밝은 보초를 세워 둔 덕에 재빨리 뿔뿔이 흩어져 달아나서 목숨을 건졌다.

## 돌변한 왕비

청광은 송악성에서 태어나 네 살 때까지 그곳에서 살았다. 동생 신광은 청광보다 두 살이 어렸다. 아버지는 두 아이에게 이름에 담긴 뜻을 풀이해 주었다. 동궁에서 연못 쪽으로 난 문을 활짝 열고 두 아들을 양쪽 무릎에 하나씩 앉힌 채 볕을 쬐던 봄날이었다.

"청광은 관세음보살을 달리 이르는 말이야. 이 세상 모든 곳을 늘 두루 살피며 마음이 아프고 괴로운 이들을 돌보시는 분이지. 너도 한없이 자비로우신 이분을 본받아 언제 어디서나 가난하고 병들고 기댈 곳 없는 이들을 보듬으며 살아야 한다."

청광의 머리를 쓰다듬은 선종은 둘째 아들 신광의 볼에 입을 맞추었다.

"네 이름은 아미타불을 뜻해. 오직 즐거운 일만 있고 괴로움이 없는 극락에 머물며 우리를 기다리시는 분이야. 사람들이 나무아미타불, 하고 되뇌는 모습을 본 적 있지? 그렇게 기도하며 몸과 마음을 바르게 하고 살면 이다음에 우리 모두 극락에 오를 수 있단다."

선종은 나라 이름을 마진으로 바꾸고 송악성을 떠나 철원성으로 가던 날 큰아들을 데리고 궁궐 곳곳을 마지막으로 돌아보았다. 삼보전 앞뜰을 건너는데 청광이 걸음을 멈추었다. 삼보전은 선종이 신하들과 함께 날마다 조회를 하고 나랏일을 보던 정전이었다. 나라를 세우며 즉위식을 올린 곳이기도 했다. 네 살 나이에 이미 한자를 꽤 많이 익혔고 신동 소리를 듣던 청광이 삼보전 현판을 손으로 가리켰다.

"아바마마, 저 글이 무슨 뜻인지 알겠어요. 석 삼, 보살 보, 보살님 세 분을 이르는 말이지요?"

선종이 멈칫하더니 하하하 웃었다.

"불경이 아니라 <노자>에 나오는 말씀이란다. 노자께선 자기에게 세 가지 보물이 있어 소중하게 다룬다고 하셨어. 하나는 자비로움이고 또 하나는 검소함, 나머지 하나는 우쭐대면서 다른 사람 앞에 나서지 않는 겸손한 마음이란다."

청광은 나랏일에 쫓기면서도 하루에 한 번은 꼭 식구들을 돌아보는 아버지, 남편과 두 아들을 제 몸처럼 아끼는 어머니, 늘 곁에 붙어 다니며 형 말을 잘 따르는 착한 아우 사이에서 행복하게 살아왔다. 열 살 때 왕세자로 책봉되어 왕궁을 떠나 동궁으로 들어갔는데, 처음엔 혼자 지내기가 무척 외롭고 쓸쓸했다. 그러나 이윽고 여러 학자들을 스승으로 모시고 한자와 향찰부터 도교며 불교며 유학, 병학과 수리학이며 천문학이며 농학에 이르기까지 온갖 분야를 공부하게 되면서 외로울 틈이 없어졌다.

그렇게 네 해를 보내는 사이에 청광은 머리뿐 아니라 몸집이 부쩍 커졌으며 코밑에 거뭇한 털이 났고 목소리가 굵어졌다. 스승들끼리 따로 모인 자리에서 청광을 칭찬했다.

"하나를 가르치면 열을 깨닫고 되물으시니 때로는 누가 누구를 가르치는지 모르겠더군요. 날마다 자정 너머까지 방에 등불을 밝히고 책을 읽다가 주무신다고 해요."

"성품이 여간 어질고 너그럽지 않아요. 먼젓번에 동궁께서 꾸벅 졸기에 나도 모르게 버럭 소리쳤는데요. 아주 해맑게 웃으시면서 죄송합니다 화를 푸세요, 하고 먼저 사과하더라고요. 두고 보세요. 이 다음에 대왕마마 버금가게 훌륭한 임금님이 되실 테니까요."

그토록 눈부시게 밝았던 청광의 앞날이 하루아침에 칠흑 같은 어둠으로 바뀌어 버렸다. 외삼촌 강금부가 왕을 죽이고 나라를 뒤집어 엎으려고 반란을 꾀하다가 붙들리면서 벌어진 일이었다. 강금부는 다른 장수 넷과 함께 감옥에 갇혔고, 이들이 묵던 집에서 왕성 지도와 반란군 병사들의 이름이 적힌 두루마리가 발견되었다. 모두가 그날 열린 재판에서 효수형 선고를 받았다.

이튿날 동트기 무섭게 왕비가 동궁으로 달려갔다. 새파랗게 질린 얼굴로 헝클어진 머리칼이 아무렇게나 흘러내렸다. 청광을 보자마자 손짓하며 일렀다.

"어서 나를 따라오세요."

왕비와 청광은 맑고 선선한 봄날 아침 대기를 헤치며 왕궁으로 달려가서 긴 회랑을 지나 침방 앞에 이르렀다. 시녀가 눈을 동그랗게 뜨고 앞으로 두 손을 내밀며 두 사람을 막아섰다.

"대왕마마께서 혼자 계시고 싶다고 하십니다. 아무도 들어오지 못하게 하라고 명하셨습니다."

왕비 눈에서 불꽃이 번쩍거렸다. 냅다 시녀에게 달려든 왕비는 입술을 질끈 깨물고 오른손을 높이 들며 외쳤다.

"냉큼 물러서지 못하겠느냐!"

뺨을 세게 얻어맞은 시녀가 반 바퀴 빙글 돌며 바닥에 나가떨어졌다. 코피가 터진 얼굴로 윗몸을 일으키고 무릎을 꿇었는데 아직까지 침방 문 앞을 가로막은 모습이었다. 치맛자락을 두 손으로 잡아 올리고 발을 든 왕비는 발바닥으로 시녀 얼굴을 와락 떠밀었다. 시녀는 그대로 두 다리가 번쩍 들리면서 벌렁 뒤로 누웠다.

왕비는 청광의 손을 잡아끌며 문을 열고 침방으로 달려 들어갔다. 그때 선종은 등을 보이고 활짝 열린 창문 앞에 붙어 서서 뒷짐을 진 채 어둑한 산그늘을 바라보고 있었다. 위아래로 얇고 흰 모시 옷을 걸쳤다. 왕비가 눈빛을 번득이며 네댓 발짝 떨어진 곳까지 동궁을 끌고 가서 매섭게 물었다.

"동짓달 얼음처럼 어찌 그리 차가우십니까? 저한테 하나뿐인 오빠이고 동궁의 외삼촌입니다. 말씀 한마디면 그 사람 목숨을 구해 주실 수 있지 않습니까?"

산그늘을 바라보던 선종의 눈길이 조금 아래로 내려갔다. 훤히 드러난 목에서 핏줄이 더욱 불거졌다. 뒷짐 진 오른손 엄지손톱이 검지 끝마디 살을 몇 번 쿡쿡 찔렀다. 천천히 고개를 든 선종은 말없이 다시 산그늘을 쳐다보았다.

왕비가 동궁의 손을 놓고 앞으로 성큼 나섰다. 선종 뒤에 바짝 다가서서 온몸을 푸르르 떨었다. 몇 사람쯤 쉽게 죽일 듯이 날카로운 목소리가 왕비 입에서 새어 나갔다. 선종뿐 아니라 동궁도 들어보지 못한 전혀 낯선 목소리였다. 울분과 원망이 목소리에 가득 담겨 있었다.

"당신이 그때 그러지 말았어야 해. 자리 하나 만들어 주는 일이 그렇게 어려웠어? 오빠는 말단 관리로 온갖 수모를 당하면서도 꾹 참고 지내며 끝까지 좋은 소식이 오기를 바랐어. 결국 나라를 위해 큰 일을 해 보겠다는 꿈을 접고 고향으로 돌아갈 때, 오빠가 흘린 피눈물은 너른 냇물을 이루고도 남았을 거야."

거침없이 반말로 쏘아 대더니 목소리에서 빠르게 힘이 빠져나 갔다. 털썩 무릎을 꿇은 왕비가 두 손으로 바닥을 짚으며 울먹였다.

"대왕마마, 제 오빠를 가엾이 여겨 주세요. 바다처럼 깊고 하늘처럼 넓은 마음으로 자비를 베푸시어 이번 한번만 용서해 주세요. 영원히 은혜를 잊지 않겠나이다. 제발, 제발, 오빠를 살려 주세요."

왕비 눈에서 눈물이 주르륵 흘러내렸다. 더는 말을 잇지 못하고 낮게 흐느꼈다. 그러나 선종은 바위가 된 듯이 여전히 꼼짝하지 않고 서 있었다. 왕비 뒤쪽에서 청광은 두 손을 맞비비며 두 어른을 번갈아 바라보았다. 꽤 오래도록 침묵이 방 안을 무겁게 짓눌렀다.

별안간 문 밖에서 굵은 사내 목소리가 날아왔다.

"대왕마마, 내군장군 신훤이옵니다."

그 소리는 잠깐 사이를 두었다가 이어졌다.

"오늘 아침 동틀 때 도성 남문 앞에서 반란자 수뇌부 다섯의 참수형이 집행되었습니다. 곧 장대 끝에 머리를 매단다고 합니다. 달리 전하실 말씀은 없으신지요."

방 안에서 큭큭, 하고 야릇하게 웃는 소리와 함께 침묵이 깨어졌다. 왕비가 입을 씰룩이고 고개를 절레절레 흔들며 무릎을 펴고 일어났다. 슬쩍 동궁을 돌아보았는데, 가늘게 뜬 왕비의 눈에선 흰자위밖에 보이지 않았다. 선종에게 고개를 돌린 왕비는 저고리 앞섶 사이로 손을 넣었다. 단도를 꺼내 두 손으로 손잡이를 거꾸로 잡았다. 높이 단도를 들어 올리고 성큼 나아가면서 윗몸을 앞으로 기울이며 힘껏 선종의 등을 찔렀다. 그때 비명을 지른 사람은 선종이 아니라 동궁이었다.

"아악!"

비명소리에 문을 열고 방으로 달려 들어간 신훤은 놀라운 광경을 보았다. 선종은 등에 칼이 꽂힌 채 무릎을 꿇고 엎드려 이마를 바닥에 댄 모습이었다. 솟구치는 피에 모시옷이 온통 붉게 물들었다. 뒤쪽에 선 왕비는 고개를 뒤로 젖히고 두 팔을 벌려 나비처럼 펄럭거렸다. 고막을 찢을 듯이 높고 날카로운 소리를 내며 깔깔 웃었다.

이만치 물러선 동궁은 손바닥으로 머리를 감싸고 발을 동동 굴렀다. 동궁도 왕비 웃음 못지않게 아주 희한한 소리를 냈다. 까마귀처럼 짧게 끊어 가면서 비명을 질러 댔다.

"까악, 까악! 깍, 깍, 까악, 까악!"


## 작별


반달이 하늘 복판에 떠서 궁궐과 정원을 밝게 비추는 봄밤이었다. 달콤한 복사꽃과 사과꽃 향기가 시원한 대기를 은은하게 물들였다. 어른 둘과 소년 둘이 발소리를 죽이고 풀벌레까지 잠든 고요한 정원을 건너 내성 남문을 나섰다. 짐칸에 포장을 친 마차 두 대가 그들을 기다리고 있었다. 앞쪽 마차 짐칸엔 오래도록 왕비를 돌보았던 나이 든 궁녀가 앉아 있었다. 방금 궁궐에서 온 사람들은 뒤쪽 마차에 올랐다. 차례로 내성 남문 앞을 떠난 마차들은 좌우로 집들이 늘어선 곧게 뻗은 길을 달렸다. 마차 바퀴가 구르는 소리와 바퀴 축이 삐꺽거리는 소리, 이따금 마부들이 이랴 하고 외치는 소리가 한밤의 고요를 깨뜨렸다.

뒤쪽 마차 짐칸에서 양쪽으로 놓인 긴 의자에 앉은 어른들과 소년들은 입을 꾹 다물고 있었다. 휘장 앞쪽에 매달린 등이 아무렇게나 흔들렸다. 네 사람 얼굴에 비친 불빛과 뒤쪽 휘장으로 날아간 그림자가 어지럽게 물결쳤다. 어른 하나는 윗몸에 갈색 붕대를 감고 낙낙한 검은색 옷을 걸쳤다. 붕대는 가슴에서 한쪽 어깨를 타고 등으로 넘어가면서 윗몸 절반을 가렸다. 사내는 양 볼과 오른쪽 눈이 쑥 들어갔으며 까칠하면서 덥수룩한 수염이 얼굴을 덮었다. 그가 곁에 앉은 내군장군 종간에게 물었다.

"모두에게 입단속 잘하라고 단단히 일러 놓았겠지?"

"예, 전하. 걱정하지 않으셔도 됩니다요."

말끝마다 '요'를 붙이는 버릇은 오랜 세월 저쪽이나 지금이나 똑같았다. 선종은 그럴 기분이 아닌데도 웃음이 나오려 했다. 마주 앉은 두 아들을 찬찬히 바라보았다. 큰 아들 청광은 반듯하게 앉아 두 눈을 똑바로 뜨고 휘장에 비쳐 춤추는 불빛을 쳐다보고 있었다. 작은 아들 신광은 형 어깨에 옆머리를 대고 꾸벅꾸벅 졸았다. 선종이 가늘게 한숨을 쉬며 속으로 중얼거렸다.

'이제부터 너희는 어머니 없이 살아야 하는구나.'

낯빛이 더욱 무거워진 선종은 허리를 구부리고 앞으로 팔을 길게 뻗었다. 작은 아들 입가에 흐르는 침을 손으로 닦아 냈다. 지난 열흘 동안 선종은 매순간 몸과 마음이 죽도록 아팠다. 칼에 찔린 등에 깊은 상처가 나서 거의 정신을 잃은 채 숨을 제대로 못 쉬고 끙끙 앓으며 악몽 속을 헤맸다. 수렁에 빠져 허우적대고 늑대들에게 온몸 살을 뜯기고 누군가에게 떠밀려 벼랑 아래로 떨어지는 꿈이었다.

의식을 되찾고 겨우 눈을 뜬 선종은 왕비가 감옥에 갇혔으며 자기를 죽이려 한 죄로 곧 참수형을 당하리라는 보고를 들었다. 의형대에서 그런 판결을 내렸으며, 광평성 시중 왕건이 연 고관 회의에서도 그렇게 결론이 내려졌다고 했다. 그날 사건이 벌어진 직후에 내군장군 신훤과 신훤을 따라 침방에 들어간 병사 여럿이 현장을 두 눈으로 똑똑히 보았다. 이런 판에 어느 누구도 판결을 되돌릴 길이 없었다.

마차는 속도를 늦추며 오른쪽으로 방향을 틀었고, 마부가 채찍을 휘두르면서 다시 이랴 하고 외쳤다. 잠시 뒤에 이번엔 왼쪽으로 돌아 좀 더 나아간 마차는 또 속도를 늦추었고 성문을 나서 도성 북서쪽 들판으로 나아갔다. 얼마 동안 도성 안쪽과 다르게 거친 길을 덜컹거리며 달리더니 마침내 아주 멈추어 섰다. 말이 히힝 하고 울며 입으로 푸드덕 소리를 냈다.

종간이 마차에서 내려 주위를 살폈다. 휘장을 들어 올리고 선종과 두 아들을 돌아보았다.

"전하, 내리시지요. 왕자님들도 내리세요."

마차를 떠난 네 사람은 달빛을 받으며 자갈길을 걸었다. 오른쪽으로 흙과 돌을 섞어 쌓은 성벽이 보였다. 왼쪽으로는 저 멀리 낮게 누운 모악산 능선이 눈에 들어왔다. 이윽고 망루마다 횃불을 밝혀 놓은 도성 감옥이 나타났다. 서너 길 높이 통나무를 잇대어 만든 담 한쪽에 쪽문이 나 있었다.

종간이 먼저 쪽문으로 들어갔고 선종과 두 아들이 차례로 뒤따랐다. 담 안쪽에도 달빛이 비쳤지만 담과 건물 사이에 난 좁은 길은 그늘이 져서 꽤 어두웠다. 선종 일행을 맞은 병사가 횃불을 들고 앞장섰다. 사형수와 무기수들을 가둔 독방은 뒤쪽에 모여 있었다. 맨 끝에 있는 방에 이르러 모두 걸음을 멈추었다. 횃불을 든 병사가 자물쇠를 열고 방으로 들어갔다.

방구석에 앉아 무릎에 얼굴을 묻고 있던 여인이 천천히 고개를 들었다. 감옥에 처음 들어간 열흘 전보다는 한결 나아졌지만 아직도 정신이 오락가락하는 왕비였다. 여느 죄수처럼 거친 삼베옷을 입었고 머리칼을 풀어헤쳤다. 두 눈이 쑥 들어갔으며 볼과 목에 까맣게 때가 끼었다. 기품 있고 위엄이 넘치던 모습은 어디론가 사라졌다. 왕비는 병사가 허리를 굽히고 뭐라고 말했으나 꼼짝도 하지 않았다.

선종이 큰아들 청광에게 일렀다.

"네가 모시고 나오너라. 동트기 전에 이곳을 떠야 한다."

청광이 감방으로 들어가 어머니한테 절했다.

"어서 나가시지요, 어머니."

청광이 왕비를 어마마마가 아니라 어머니라고 부르기는 처음이었다. 왕비가 귀가 번쩍 뜨인 얼굴로 고개를 들고 큰아들을 바라보았다. 청광이 내민 손을 잡고 힘겹게 일어나서 감방 밖으로 나왔다. 왕비는 선종 앞을 지나치는 순간 걸음을 멈추더니, 눈을 마주치지 않고 선종 가슴께를 바라보았다. 바짝 마르고 갈라진 입술을 열어 아주 작은 목소리로 느리게 말했다.

"미안합니다."

선종이 차갑게 식은 왕비 손을 가볍게 쥐었다. 다시 걸음을 떼는 왕비에게 마지막 인사를 짧게 건넸다.

"조심해서, 잘 가세요."

도성 감옥 앞에서 두 아들은 어머니를 쉽게 놓아 주지 않았다. 왕비를 따라갈 궁녀가 짐 보따리를 머리에 이고 곁에 서 있었고, 종간이 가까이에서 그들을 지켜보았다. 이만치 물러서 있던 선종에게 고개를 갸웃대며 다가온 종간이 무척 난감한 얼굴로 말했다.

"전하, 어떡하지요? 큰 왕자님이 왕비마마를 따라가겠다고 합니다요."

잠시 뒤에 선종에게 돌아온 청광이 바닥에 엎드렸다. 왕비를 어머니라고 불렀듯이 처음으로 아버지라는 호칭을 쓰며 말했다.

"아버지께서는 저에게 늘 가난하고 병들어 기댈 데 없는 사람들을 돌보고 아끼라고 말씀하셨습니다. 지금 어머니가 그런 처지에 있으니 홀로 떠나게 할 수 없습니다. 고향까지 모셔다 드리고 오겠습니다."

선종이 손짓해서 청광에게 어서 일어나 가까이 다가오라고 일렀다. 두 팔을 벌려 청광을 안고 등을 두드렸다.

"잘 다녀오거라."

어머니에게 돌아간 청광은 달빛 속에서 다시 아버지를 돌아보았다. 곧이어 어머니와 함께 드넓은 들판 속으로 걸어 들어갔다. 궁녀가 그들을 뒤따랐고, 작은 아들 신광 혼자서 멍하니 서 있다가 선종에게 돌아왔다.

선종은 신광과 나란히 서서 어둠 속으로 멀어져 가는 아내와 큰아들을 바라보았다. 어느 순간에 불빛이 깜박 밝아졌다가 꺼지듯이 둘 다 눈앞에서 사라졌다. 신광이 소매를 얼굴에 대고 어깨를 들썩이며 울었다. 선종은 자기도 모르게 앞으로 팔을 죽 뻗고 손을 흔들었다. 부디 잘 가라는 손짓 같기도 했고, 어서 돌아오라는 손짓 같기도 했다.


## 격문

철원 도성에서 사람이 가장 많이 모이는 곳은 시장이었다. 남문 안쪽에 남시가 있었고, 동북쪽으로 관아 건물들이 모여 있는 곳에 동시가 있었다. 열흘마다 돌아오는 장날엔 도성 안팎에서 사람들이 많이 몰려들어 시장 두 곳 모두 발을 옮겨 디딜 자리가 없었다. 장터 주막도 늘 손님들로 북적거렸으며 전을 부치고 고기를 굽는 냄새가 코를 찔렀다. 손님들이 목소리를 높여 나누는 얘기엔 귀담아들을 내용이 그리 많지 많았다.

"수탉 한 마리에 암탉 예닐곱 마리를 키우면 딱 맞아. 수탉이 너무 많으면 암탉들이 온종일 시달리느라 힘이 빠져 알을 잘 낳지 못하거든."

"그 집이 해마다 농사를 망치는 건 식구들 모두가 늦잠을 자기 때문이야. 동트기 전에 밭에 나가야지 한낮에 기어 나가서 무슨 일을 얼마나 하겠어."

그런데 손님들이 이마를 맞대고 속닥거릴 때는 흘려듣기가 아까운 정보가 오갔다.

"누가 도와주었는지 몰라도 흔적도 안 남기고 감옥에서 감쪽같이 사라졌대. 추격대가 두 달에 걸쳐 왕비마마와 동궁을 쫓다가 아무런 소득 없이 돌아왔다네."

"동궁 외가 쪽도 마을 곳곳을 샅샅이 뒤졌다는데 좀 우습지 않아? 자네가 왕비마마였다면 꼼짝없이 붙들릴 텐데 친정으로 달아났겠어?"

여름과 가을이 가고 겨울이 오자 주막거리에서 오가는 왕비 이야기는 점점 엉뚱한 쪽으로 흘러갔다. 때로는 못된 마음이 끼어들며 사실과 전혀 다른 내용으로 바뀌었다.

"왕비마마와 동궁 모두 이미 감옥에서 숨이 넘어갔다네. 마차에 실어 모악산 골짜기에 갖다 버리자마자 굶주린 늑대들이 달려들어 뜯어 먹었대."

"동궁 외가는 벌써 오래 전에 쑥밭이 되었대. 어른들은 모조리 처형되었고 어린애들은 가까운 금광에 노비로 보내졌대."

916년으로 접어들어 봄꽃이 피어날 즈음에 왕실에선 좋지 않은 일이 또 벌어졌다. 어머니와 형과 헤어진 뒤에 실어증에 걸린 둘째 왕자 신광은 끼니를 거르며 시름시름 앓았다. 새로운 왕세자로 책봉될 날을 앞두고 별안간 온몸이 새파래지며 바들바들 떨다가 숨을 거두었다. 왕비와 청광에 관한 소문이 가라앉았을 때였다. 입에 올리기가 무엇한 이야기들이 생겨나 저잣거리 밖으로 멀리 퍼져 나갔다.

"지난해 봄에 왕비마마를 감옥에 넣으라고 명령한 사람은 바로 대왕마마라네. 반란죄를 짓고 참수형을 당한 오빠와 내통했다는 누명을 씌워서 그랬다지 뭐야."

"대왕마마께서 불에 달군 쇠방망이로 왕비를 고문해 죽였대."

두 왕자의 죽음에 얽힌 비밀을 전하는 소문이 뒤따랐다.

"큰 왕자님이 코와 입에서 연기를 뿜으며 죽어 가는 왕비를 우연히 보게 되었대. 곧바로 칼을 빼어 들고 대들었는데, 대왕마마께서 휘두른 몽둥이에 머리를 얻어맞고 그 자리에서 죽었다네."

"작은 왕자님이 그 사실을 알고 충격을 받아 말을 잃어버렸대. 한해 넘게 일부러 밥을 안 먹고 버티며 대왕마마 속을 썩이다가 결국 사약을 받고 죽은 거라네."

이런 소문들은 종이에 글로 옮겨서 도성 남문 밖 성벽뿐 아니라 두 군데 시전 앞에 있는 벽보판에 나붙었다. 남시와 동시 양쪽에 있던 시전은 시장을 관리하는 관청이었다. 남시에서 시전을 다스리는 사람은 최한응이었는데 이런 관직을 시전감이라고 불렀다. 어느 날 시전감 최한응은 시전에서 문서를 만드는 일을 하는 서생이 벽보판에서 떼어 온 격문을 받아 읽었다.

"선종이 쇠꼬챙이로 왕비 온몸을 손톱만큼의 빈 자리도 남기지 않고 찔러 죽였다."

최한응은 너무 놀라 흡, 하고 숨을 삼키며 손바닥으로 입을 막았다. 얼떨결에 탁자 밑으로 들어가서 숨어 있다가 핏기가 사라진 얼굴로 돌아 나왔다. 시전에서 함께 일하는 관리들인 대사 두 사람과 서생들, 그리고 시장에서 벌어지는 비리를 조사하는 감찰관들을 뒷방으로 불렀다. 격문이 적힌 종이를 흔들며 부하 관리들에게 물었다.

"언제부터 이게 벽보판에 붙어 있었지?"

감찰관 하나가 뒤통수를 긁었다.

"어제 저녁때까지만 해도 없었습니다. 간밤에 누가 몰래 붙인 듯합니다."

최한응이 작은 북을 들고 힘주어 일렀다.

"지금부터 한 사람씩 교대로 나가 벽보판을 감시하도록 해. 격문을 붙이는 자를 보면 이걸 힘차게 두드리라고."

맨 앞에 서 있다가 최한응이 내민 북을 받아든 대사가 고개를 갸웃거렸다.

"밤에도 벽보판을 지켜야 하나요?"

감찰관 하나는 목을 움츠리며 물었다.

"아직까지 밤에는 꽤 쌀쌀하잖아요. 이불은 각자 자기 집에서 가져와야 하나요?"

최한응이 낯을 찌푸리고 말했다.

"그런 건 저마다 알아서 할 일이고, 다른 의견은 없나?"

아까 격문을 떼어서 들고 온 서생이 손을 들었다.

"저한테 아주 좋은 생각이 있습니다."

"어서 말해 보게나."

"저녁에 퇴근하면서 벽보판을 기둥째 뽑아 거꾸로 눕혀 놓았다가 아침에 다시 세우면 좋겠습니다."

서생이 낸 의견은 시전감 최한응이 생각하기에도 아주 그럴 듯했다. 곧바로 채택되어 그날 밤부터 실행에 옮겨졌다.

그러나 그 뒤로도 좀처럼 도성 남문 밖과 시전 벽보판에서 격문이 사라지지 않았다. 오히려 어느 때부터는 나날이 더욱 늘어났다. 이젠 시장으로 드나드는 길목에 있는 집 담벼락과 관청 건물 바깥벽, 도성 안쪽 성벽 어디에서나 격문을 볼 수 있었다. 심지어 정원에서 자라는 나무에도 격문이 나붙었다. 도성 복판을 가로지르며 남북으로 길게 뻗은 널찍한 길에 줄지어 선 석등에도 격문이 붙었다. 나무판에 씌어져서 벽이나 돌담에 기대여 놓인 격문도 적지 않았다.

도성 수비대 병사들이 쉬지 않고 돌아다니며 격문을 보는 족족 떼어 냈다. 하지만 잠깐 한눈팔다가 돌아보면 그 자리에 다시 격문이 붙어 있었다. 같은 시각에 적어도 서른 장이 넘는 격문이 붙었고, 도성 곳곳에서 길 가던 사람들이 걸음을 멈추고 쳐다보았다. 글을 읽을 줄 아는 사람이 격문을 보고 중얼거리면, 단것에 달라붙는 개미 떼처럼 금세 수많은 이들이 귀를 쫑긋 세우고 달려들었다.

"외목왕은 자기에게 신통력이 있다고 한다. 얼굴을 척 보면 무슨 죄를 저질렀고 어떤 생각을 하는지 알 수 있다며 궤변을 늘어놓는다. 다른 집 남자와 음탕한 짓을 했다는 누명을 씌워 쇠몽둥이로 머리를 때리고 쇠꼬챙이로 온몸을 찔러 죽인 여인을 이루 다 헤아릴 수 없다."

곁에 선 이가 물었다.

"외목왕이 누구예요?"

"쉿, 그렇게 크게 말하면 어떡해요? 눈이 하나밖에 없는 왕이 누구겠어요."

모든 격문은 국왕 선종을 헐뜯고 나무라는 데 초점을 맞추었다. 선종이 서라벌에서 올라와 복종할 뜻을 밝히는 이들을 더는 받아주

지 않고 감옥에 가두어 마구 때려죽였다느니, 부대를 시찰하러 갔다가 괜히 트집을 잡고 목을 벤 장수가 한둘이 아니라느니, 어느 마을에 들렀을 땐 뒷산에 까마귀가 너무 많이 산다는 이유에서 모든 집을 불태웠다느니, 하나같이 그런 얼토당토않은 내용이었다.

격문을 붙이고 달아나다가 도성 수비대에 붙들린 이가 여럿 있었다. 모두가 글을 읽을 줄 모르고 좀 모자라는 사람들이었다.

"누가 너더러 이걸 붙이라고 시키더냐?"

"잘 몰라요."

"얼굴을 보았을 거 아니야."

"첨 보는 사람이에요. 좋은 옷감을 주겠대서 붙였어요."

수비대는 격문을 모아 놓았다가 열흘에 한 번씩 의형대에 갖다 주었고, 의형대는 곧바로 왕궁에 격문을 전했다. 오래 전에 선종은 모든 격문을 자기에게 올리라는 지시를 내려 두었다.

어느 날 밤에 선종은 침방에서 등불을 밝히고 탁자 앞에 홀로 앉아 있었다. 가족들의 발길이 끊긴 침방은 더없이 휑하고 쓸쓸했다. 선종은 탁자에 수북이 쌓인 격문을 차례로 펼쳐 읽었다. 눈이 침침해지자 고개를 들고 절반쯤 열린 창으로 밤하늘을 바라보더니, 막 비스듬하게 떨어지는 별똥별 꼬리만큼이나 길게 한숨을 내쉬었다. 다시 고개를 숙인 선종은 격문 하나를 새로 펼쳤다. 시중 왕건을 떠올리게 하는 대목이 들어 있는 격문이었다. 자세를 고쳐 앉고 손가락으로 한 자씩 짚어 가면서 작게 소리 내어 읽었다.

"솔산은 좋은 부모와 여러 뛰어난 스승 아래서 반듯하게 자랐다네. 나이 서른에 꾼 꿈에서 바다 한복판에 우뚝 솟은 금탑을 보고 허공을 붕 날아 금탑 꼭대기에 올랐다네. 이런 분이 나라를 다스린다면 얼마나 좋겠는가. 부모가 누군지도 모르고 나날이 흉악해지며 시야가 좁은 외눈박이 밑에서 신음하는 백성들을 단번에 수렁에서 건져 낼 수 있지 않겠는가.”

'솔산'이라면 소나무가 많이 자라는 산을 이르는 '송악'을 뜻했다. 송악을 대표하는 집안은 왕건 집안이었다. 선종은 더는 읽지 못하고 격문을 접었다. 끙 소리를 내며 오래 꼼짝 않고 앉아 있던 의자에서 일어나 뒷짐을 지고 벽을 따라 방 안을 느리게 돌았다. 흐릿한 등잔 불빛이 선종에게 날아와 방바닥과 맞은쪽 벽으로 기다란 그림자를 날렸다. 그림자는 옆걸음 치더니 송판으로 짜서 옻칠한 옷장 앞에서 멈추어 섰다.

손을 든 선종은 옷장 문을 조심스럽게 열었다. 아내가 입던 옷들이 옷걸이에 걸려 있었다. 붉은색 치마와 노란색 저고리, 그 위에 걸치는 붉은색 활옷은 아내가 혼례식 날 입었던 옷이었다. 곁에 줄지어 걸린 흰색 속옷에선 아직도 달콤하면서 부드러운 살 냄새가 났다. 선종은 팔을 길게 뻗어 손끝으로 다른 옷들을 길게 훑었다. 옷들이 마치 살아 있는 생명체들인 양 간지럼을 타며 웃는 소리가 들리는 듯했다. 아내가 그 옷들을 입고 있던 날과 그날 벌어진 일들이 되살아나서 선종의 머릿속을 흘러갔다.

옷장 앞을 떠난 선종은 경대가 놓인 탁자 앞에 이르러 다시 걸음을 멈추었다. 아내가 쓰던 분갑과 머리빗이며 비녀와 머리핀을 물끄러미 바라보았다. 의자를 바짝 당겨 놓고 앉은 아내가 경대에 붙은 거울을 바라보던 모습, 얼굴에 분을 톡톡 바르고 머리칼을 매만

지던 모습이 떠올랐다. 지난 열다섯 해 동안 선종이 전쟁터 막사가 아니라 이곳 침방에서 아침 시간을 보낼 때면 보았던 풍경이었다.

아내는 경대 앞에 앉아 있을 때마다 콧노래를 흥얼거렸으며, 물 결치듯이 왼쪽 어깨와 오른쪽 어깨를 번갈아 들렸다 내렸다. 이따금 기다란 손가락이 어깨를 넘어와 뒷목에 아무렇게나 흘러내린 머리 칼을 걷어 올렸다. 선종은 오늘 아침까지만 해도 아내가 그곳에 앉 아 있었던 것 같은 느낌이 들었다.

창가 탁자로 돌아간 선종은 창틀에 두 손을 올리고 윗몸을 구부렸 다. 아까까지만 해도 별들이 총총 빛나던 하늘이 구름에 덮여 깜깜 해져 있었다. 이런 밤엔 별을 보고 길을 찾는 일이 어렵겠구나, 하고 선종은 속으로 중얼거렸다. 선종 스스로가 동트기 전까지 어딘가에 꼭 이르러야 하는 밤 나그네 같다는 느낌이 들었다. 머릿속이 어질 해져서 눈을 꾹 감았다 뜨며 속으로 중얼거렸다.

'여태껏 길을 잘 가고 있다고 생각하며 살았어. 그런데 날마다 나 를 헐뜯는 격문이 온 거리에 나붙고 이 길이 잘못되었다고 외치는 소리가 쟁쟁 울리네. 나도 모르는 사이에 길을 잃었나 봐.'

뒤쪽으로 경대 탁자가 놓여 있는 곳에서 콧노래 소리가 들려왔다. 기운이 다 빠진 선종은 몸의 중심을 잃고 쓰러질까 봐 돌아볼 엄두 가 나지 않았다. 천천히 콧노래가 잦아들더니, 무척 부드럽고 따뜻 하며 느린 아내 목소리가 날아왔다.

'무얼 걱정하시나요? 가만히 그 자리에 서 계세요. 아침이 와서 햇 살이 비치면, 그때 다시 길을 찾아가면 되잖아요.'

## 보군장군 검모

때는 917년 여름, 선종이 송악에 고려를 세운 지 열여섯 해가 지났다. 나라 이름을 마진으로 바꾸며 철원으로 수도를 옮긴 뒤에 다시 태봉으로 나라 이름을 바꾸고 관제를 새롭게 손질한 지는 여섯 해가 지났다. 여전히 선종이 가장 믿고 기대는 관리이자 장군은 왕건이었다. 선종은 중요한 나랏일을 빼놓지 않고 왕건과 의논했다. 신라와 백제와 맞선 국경에서 무력 충돌이 벌어지면 왕건부터 떠올렸고, 곧바로 왕건에게 지원군을 끌고 가 평정하게 만들었다.

보병부대인 보군을 총지휘하는 검모 또한 선종이 석남사 시절부터 누구보다 가까이 두고 아껴 온 장군이었다. 검모는 나이가 쉰을 넘어 가며 머리와 수염이 백발로 바뀌었고 주름이 얼굴을 덮었다. 그러나 기백과 열정은 젊은 시절 못지않았으며, 여전히 전선에서 책략을 세워 적들을 궁지에 몰아넣는 솜씨가 뛰어났다.

검모는 여느 보군장군들처럼 전쟁터에서 보군과 마군이 서로 힘을 합할 때는 기마병들을 이끄는 마군장군의 지휘를 받았다. 서로 처남 매부 사이인 환선길과 이흔암 같은 마군장군들은 전쟁터에선 아주 냉정하게 검모를 대했다. 하지만 후방에서 머물 때는 연장자이자 전투 경험이 자기들보다 훨씬 많은 검모 앞에서 깍듯하게 예의를 갖추었다.

"장군님, 오늘따라 낯빛이 무척 밝으십니다. 십 년은 젊어 보이세요."

"제가 보기에도 그러네요. 무슨 좋은 일이 있으셨나요?"

검모가 머쓱한 얼굴로 수염을 쓰다듬었다.

"어떻게 알았지? 나한테 막 돌이 지난 손녀가 있지 않나. 이 아이가 오늘 아침에 나를 보더니 처음으로 할부지, 할부지, 하고 부르며 다가와 안기더라고. 얼마나 예쁘고 귀엽던지!"

그런데 전방이건 후방이건 어디에서나 검모에게 말을 함부로 하고 별일 아닌데도 버럭버럭 화를 내는 마군장군들이 있었다. 왕건이 송악에서 철원으로 귀부해 올 때 데리고 왔거나 각 지방 호족 출신들에게서 받아 전투 경험을 쌓게 한 뒤에 승진시킨 젊은 장군들이었다. 이들은 세월이 좀 더 흐른 뒤에 왕건한테서 성씨를 받으면서 홍유와 배현경, 신숭겸, 복지겸으로 이름을 바꾸게 되는데, 그즈음엔 저마다 홍술과 백옥, 삼능산, 복사귀로 불렸다.

앞서 태봉 군대가 백제군과 전투를 벌이러 상주로 갈 때였다. 검모가 이끄는 보군이 길을 잃고 헤매다가 보름이 지나서야 마군을 따라잡았다. 마군장군 홍술과 백옥이 불같이 화를 내며 파김치가 된 보병들에게 번갈아 외쳤다.

"모두 땅바닥에 대가리 박고 엎드려."

"엎드린 채 뒷짐 지란 말이야! 어? 내 말이 말 같지 않아?"

두 사람은 어정쩡하게 엎드린 병사들에게 달려들어 발로 옆구리를 마구 내지르고 걷어찼다. 검모가 고개를 흔들며 앞으로 나섰다.

"모두 여러 날 아무것도 못 먹었어요. 피죽이라도 끓여 주고 좀 쉬게 해야겠어요."

홍술이 어이없다는 얼굴로 허공을 바라보며 헛웃음을 쳤다.

"여기선 내가 지휘관이란 걸 잊었소? 하늘이 두 쪽 나더라도 내 말을 자르거나 내 행동을 제지하면 안 된다 이 얘기야."

백옥이 홍술처럼 빙긋빙긋 웃으며 끼어들었다.

"자식 같은 병사들을 모두 굶겼다는데 어쩌겠어. 이번 한번만 봐주겠소. 다시 그랬다간 못 참아요. 무슨 말인지 알아들었어요?"

검모는 철원 도성 동문 밖에 있는 수미산 훈련장에선 삼능산과 복사귀와 부딪혔다. 장맛비에 산기슭에서 쓸려 내려온 흙더미가 보군 훈련장을 뒤덮은 직후였다. 마침 기마병들이 닷새 만에 하루 훈련을 쉬는 날이었다. 검모는 보군 이천 명을 가까운 마군 훈련장으로 데려갔다. 이전에도 이따금 보군과 마군이 훈련장을 바꾸어 쓴적이 있었다.

한창 보군 병사들이 전술 훈련을 할 때 저만치에서 말발굽 소리가 들려왔다. 멀리 나갔다가 돌아오는 마군장군 삼능산과 복사귀였다. 둘 다 나이가 서른 살 안팎이었다. 검모에겐 그만한 나이의 아들이 둘이나 있었다. 삼능산과 복사귀는 앞서거니 뒤서거니 하며 말을 달려 훈련장 앞쪽 언덕으로 올라가서, 그곳에 의자를 놓고 앉아 보군을 지휘하는 검모에게 다가갔다. 일부러 더욱 힘차게 말을 몬 삼능산은 검모를 막 지나치는 순간 고삐를 힘껏 옆쪽으로 당겼다. 말이 앞다리를 들고 반원을 그리며 히히힝 울면서 뒷발굽으로 흙을 덩어리째 떠서 검모에게 날렸다.

검모가 온몸에 흙을 뒤집어쓰고 벌떡 일어났다.

"아니, 도대체 뭐 하는 짓이야?"

말 등에 앉은 삼능산이 물러서지 않고 검모에게 호통 쳤다.

"몰라서 물어요? 우리도 훈련해야 하는데 여기 와서 이러면 어쩌겠다는 거예요!"

"오늘은 마군이 훈련을 쉬는 날이지 않나."

삼능산이 움찔하더니 맞받아쳤다.

"하여튼 얼른 병사들을 밖으로 빼란 말이에요!"

그제야 언덕에 오른 복사귀는 말을 멈추어 세우며 땅바닥에 침을 탁 뱉었다. 삼능산과 같이 어디 갔다가 좋지 않은 일을 겪고 돌아온 얼굴이었다. 복사귀가 수염을 길게 쓰다듬고 손가락으로 검모를 가리키며 윽박질렀다.

"어서 빨리 병사들을 다른 데로 빼라니까요! 좋은 말로 할 때 냉큼!"

목덜미에 묻은 흙을 떼어 내던 검모가 발끈했다.

"냉큼이라니, 자네가 나한테 할 소리가 아니지 않나?"

곧이어 두 마군장군은 동시에 눈을 부라리며 검모에게 욕을 퍼부었다. 온갖 동물과 남녀 성기를 빗댄 욕이었다. 검모는 더는 대꾸하지 못하고 입을 벌리며 둥그렇게 뜬 눈으로 그들을 쳐다보았다. 욕을 너무 많이 먹어 잔뜩 더러워진 귓속에 손가락을 넣었다가 뺀 뒤에, 비틀대며 언덕 아래로 내려가 말을 타고 집으로 돌아갔다. 아직 한낮인데 방바닥에 요를 깔고 누워 이불을 머리까지 당겨 덮었다.

끼니를 거르며 열흘을 앓던 검모는 방문을 열고 잠깐 마당을 내다보았다. 얼굴이 종잇장같이 하얘졌고 온몸에서 살이 쭉 빠졌다. 다시 이불을 덮고 누운 지 열흘이 지나자 두 눈과 볼이 쑥 들어가면서 얼굴에 해골 윤곽이 내비쳤다. 검모는 몸져누운 지 한 달 뒤에 문병하러 온 병부 관리에게 보군장군에서 물러날 뜻을 밝혔다. 그리고 미리 편지를 써서 넣어 둔 향나무 상자를 관리에게 내밀었다. 뚜껑에

풀칠을 해서 종이 띠를 둘러 봉한 상자였다.

"대왕마마께 전해 주시오. 내가 그분을 스물다섯 해 동안 모셨어요. 일어나 앉을 힘마저 없으니 다시는 뵙지 못하겠네요."

"예. 그리 하겠습니다."

검모는 병부령 밑에서 실무를 다루는 낭중 자리에 있는 이 관리가 누구인지 잘 알지 못했다. 말이 뒷발굽으로 흙을 떠서 검모에게 날리게 했던 삼능산의 외사촌인 오위강이라는 이였다. 삼능산은 검모가 좀처럼 군대로 돌아오지 않자 무슨 일인지 알아내려고 오위강에게 문병을 겸해서 집에 들러 보게 했다.

오위강은 검모가 사는 집을 나서자마자 말을 빠르게 몰았다. 골목을 빠져나가 개천 둑길을 달리다가 천천히 속력을 늦추더니 말을 멈추어 세웠다. 주위를 살핀 뒤에 검모가 준 상자를 들고 말에서 내려 냇물로 내려갔다. 물가에 쪼그려 앉아 손으로 물을 떠서 상자 뚜껑을 두른 종이 띠에 고루 묻혔다. 속으로 숫자를 백까지 세고 나서 손톱 끝으로 살살 긁으니 종이 띠가 떨어져 나갔다. 조심스럽게 상자 뚜껑을 연 오위강은 편지를 꺼내어 펼쳐 속으로 읽었는데, 점점 눈이 커지고 입이 벌어졌다. 바짝 마른 입술에 침을 바르고 편지 중간쯤부터 작게 소리 내어 읽었다.

"전하께서 갑옷을 벗고 시중과 병부령에게 군사에 관한 일을 모두 맡기신 뒤에 새로운 군부가 일어났습니다. 그들은 온 나라 모든 군대에 깊이 뿌리를 내리고 세력을 넓히고 있습니다. 거의 모두가 호족 출신이며 저마다 고향집에 따로 사병을 두고 있습니다. 경험을 쌓게 한다는 구실을 붙여 이런 사병들을 전투에 참여시키기도 합니다. 게다가 그들은 양민 출신 병사와 부장들을 함부로 대해서 계급 질서를 흔들고 분위기를 어지럽히고 있습니다. 하루라도 빨리 바로 잡지 않았다간 나라에 큰 화가 미칠 것입니다. 지금 군대 지휘부에서 활동하는 신군부 장군으로는 시중의 사촌인 수군장군 왕방, 마군장군 홍술과 백옥, 삼능산,"

오위강은 자기 외사촌 이름이 나오자 움찔하며 입을 다물었다. 엉거주춤하게 무릎을 펴며 다시 주위를 살폈다. 흠, 하고 콧김을 길게 내뿜더니 편지를 잘게 찢어 냇물에 띄웠다. 그런데 편지 조각이 좀처럼 가라앉지 않고 동동 떠내려갔다.

"아, 이런. 어서 가라앉아라."

그때 갑자기 바람이 휙 불어왔다. 오위강은 아직 손에 들고 있던 편지 절반을 마저 찢으려다가 그만 놓쳤다. 편지는 바람을 타고 휙 떠오르더니 눈 깜짝할 사이에 어디론가 사라졌다.


## 약수정 봄볕

918년 봄, 철원 도성에서 자라는 모든 나무에 움이 트면서 갈색 풍경 속으로 연둣빛이 번져 가는 따사로운 한낮이었다. 선종은 시중 왕건을 왕궁 연못에 있는 정자로 데려갔다. 이 정자 이름은 약수정이었다. <노자>에 나오는 가장 착한 것은 물과 같다는 뜻의 '상선약수'에서 따온 이름이었다.

선종과 왕건은 정자에서 서로 직각을 이루고 탁자 앞 맨바닥에 앉았다. 선종은 왕건의 왼쪽 얼굴을 바라보았고 왕건은 정자 난간 너머 연못을 바라보았다. 선종이 찻잔을 들어 연잎차로 목을 축였다. 모서리에 봄볕을 받고 눈부시게 빛나는 탁자 한쪽엔 폭이 서너 뼘되는 종이가 둘둘 말린 채 놓여 있었다. 어제 의형대에게 선종에게 갖다준 격문이 적힌 종이였다. 선종은 몇 번 손을 뻗어 슬며시 종이를 쥐었는데, 왕건이 볼 수 있도록 펼치려다가 그만두었다. 종이엔 이런 내용이 적혀 있었다.

'상제께서 진마 땅에 아들을 내려 보내니 먼저 닭을 잡고 오리를 칠 것이다. 두 마리 용이 나타나 하나는 푸른 나무에 몸을 감추고 또 하나는 검은 쇠 동쪽에 모습을 드러내리라. 구름을 일으켜 비를 뿌리며 사람들을 데리고 치니 번성함을 보는 이도 있고 쇠락함을 보는 이도 있으리라. 모두가 이 땅에서 티끌과 찌꺼기를 없애고자 벌이는 일이다.'

중간에 주어가 생략된 문장이 섞였고 뜻이 분명하지 않은 대목이 있었다. 그러나 선종과 왕건을 나란히 놓고 서로 빗대는 글임을 알 수 있었다. 첫 문장에 나오는 진마는 진한과 마한을 합한 것이었다. 닭은 서라벌 왕성 곁에 있는 숲인 계림, 그리고 오리는 압록강을 뜻했다. 상제의 아들이 먼저 신라를 무너뜨린 뒤에 압록강까지 치고 올라가리라는 뜻이었다. 푸른 나무는 송악 출신인 왕건이었고, 검은 쇠는 철원에서 나라를 다스리는 선종이었다. 언젠가는 이 나라 임금이 제거되고 새로운 왕이 나올 터이니 모두가 그때를 미리 대비하라는 내용을 담은 격문이었다.

선종은 격문을 처음 읽었던 엊저녁과 달리 마음이 더없이 고요하고 차분했다. 앞에 앉은 왕건은 늘 보던 대로 맑고 침착한 얼굴이었다. 스무 살 때와 표정이 거의 달라지지 않았다. 그러나 나이가 마흔이 넘어가면서 풍채가 더욱 좋아졌고 인물이 한층 훤해졌다. 갑옷을 입어도 잘 어울렸지만, 관복을 입고 있으면 전쟁터에서 칼을 높이 들고 병사들에게 우렁차게 외치던 장군과 전혀 다른 사람처럼 보였다. 늘 조용히 책을 읽고 글을 쓰는 선비 같았다.

선종이 탁자에 찻잔을 내려놓으며 침묵을 깼다.

"경이 내게로 온 지 얼마나 되었지?"

"올해로 스물두 해가 되었습니다."

"그래, 벌써 그렇게 되었구먼. 질풍노도 같은 세월이었어. 이렇게 함께 봄볕을 즐기며 느긋하게 차를 마실 날이 오다니, 마치 꿈을 꾸는 듯하네."

"모두가 전하께서 백성을 아끼고 사랑하는 마음으로 은혜를 베푸신 덕이 아닐까 생각합니다."

선종이 고개를 옆으로 기울이며 한 손을 들어 보였다.

"자네가 없었다면 어찌 가능한 일이겠는가?"

잠깐 밝아졌던 표정이 가라앉으면서 목소리가 무거워졌다.

"그러나 이제 다시 피비린내 나는 전쟁에 들어갈 때가 되었네. 신라와 백제가 기력을 되찾고 공격해 올 때까지 기다려 줄 수는 없으니까 말일세."

"옳은 말씀이십니다. 요즘 들어 웅주 아래쪽도 그렇고, 상주 쪽도 전선에서 적들이 병사 숫자를 늘리는 모습이 예사롭지 않습니다."

선종이 차를 한 모금 더 마시고 또박또박한 목소리로 말했다.

"새로 전쟁이 벌어질 때는 짐이 선봉군을 지휘하려 하네."

왕건이 움찔하며 선종 쪽으로 고개를 조금 틀었다. 선종이 덧붙였다.

"오랜만에 다시 갑옷을 입고 칼을 들겠다는 얘기야."

왕건이 조심스럽게 물었다.

"언제쯤으로 날을 잡고자 하시는지요?"

"가을로 접어들 때가 우리가 가진 전술을 펼치기에도 좋고 멀리 군수품을 나르기에도 좋을 듯한데, 경 생각은 어떠한가?"

왕건이 눈을 끔벅이더니 대꾸했다.

"예, 전하. 저도 그때가 좋다고 생각합니다."

궁녀가 약과를 담은 접시와 보자기를 들고 정자로 올라왔다. 접시를 탁자에 내려놓고 보자기를 풀어 단지와 잔 두 개를 꺼냈다. 단지에서 잔에 수정과를 따르고 잣을 띄운 뒤에 선종과 왕건 앞에 잔을 하나씩 놓고 물러갔다.

"무척 맛있어 보이는구먼. 어서 들자고."

두 사람은 말을 끊고 수정과를 마시며 약과를 먹었다. 선종이 손바닥을 비벼 약과 부스러기를 털고 다시 입을 열었다.

"예전에 신라 경문왕이 당나귀처럼 귀가 컸다지 않나. 이 사실을 아는 이는 임금 자신, 그리고 임금의 머리 치수를 재서 복두를 만드는 이, 그렇게 둘뿐이었어. 복두장이는 임금의 비밀을 가슴 깊이 간직하고 살다가 죽을 날을 앞두고 대숲에 가서 외쳤다네. 임금님 귀는 당나귀 귀, 하고 말이야. 그 뒤로 바람이 많이 부는 날이면 대숲에서 그런 소리가 울렸다고 하지."

"저도 그 얘기를 들은 적이 있습니다."

"짐이 며칠 전에 비슷한 일을 겪었다네. 지난해 여름에 죽은 검모가 문득 보고 싶어져서 검모가 살던 집 가까이 가서 한 바퀴 둘러보았지. 바람이 많이 부는 날이라 옷자락이 사납게 펄럭거리더라고. 말에서 내려 어슬렁거리는데, 거북바위라고 불리는 개울가 바위 쪽에서 사람 목소리가 들리더라고. 조심하라, 새로운 군부가 일어났다."

선종이 목청을 가다듬고 덧붙였다.

"참 희한하다 싶어 거북바위로 다가갔어. 바위 아래 틈새에 종이가 한 장 끼어 있더라고. 아래쪽이 찢겨 나간 종이였는데, 이런 내용이 적혀 있더군."

수정과를 마저 마시고 느릿느릿 읊조렸다.

"전하께서 갑옷을 벗고 시중과 병부령에게 군사에 관한 일을 모두 맡기신 뒤에 새로운 군부가 일어났습니다. 그들은 온 나라 모든 군대에 깊이 뿌리를 내리고 세력을 넓히고 있습니다. 거의 모두가 호족 출신이며 저마다 고향집에 따로 사병을 두고 있습니다. 경험을 쌓게 한다는 구실을 붙여 이런 사병들을 전투에 참여시키기도 합니다. 게다가 그들은 양민 출신 병사와 부장들을 함부로 대해서 계급 질서를 흔들고 분위기를 어지럽히고 있습니다."

말을 멈춘 선종은 왼쪽으로 고개를 돌리고 연못에 떠다니는 오리들을 바라보았다. 어떤 오리들은 따사로운 볕을 즐기며 졸았고, 또 어떤 오리들은 서로 부리를 맞비비고 날갯짓하며 놀고 있었다. 선종이 왕건을 바라보지 않고 물었다.

"경이 보기엔 어떤가? 이른바 신군부가 일어나서 군대를 휘어잡으려 한다는 낌새를 느낀 적이 없는가?"

좀 전부터 왕건의 턱수염이 파르르 떨리고 있었지만 선종은 알아채지 못했다. 왕건이 마른 침을 삼키고 대꾸했다.

"예, 전혀 그런 낌새를 느끼지 못했습니다. 그러나 혹시 모르는 일이니 진상을 알아보도록 관련 부서 감찰대에 일러 놓겠습니다."

선종이 눈을 똑바로 뜨고 왕건에게 고개를 돌렸다.

"언제쯤 보고를 받을 수 있겠는가?"

왕건이 탁자 밑에서 두 주먹을 꽉 쥐고 감정을 숨기려 애쓰며 대꾸했다.

"은밀하게 조사해야 하니까 시간이 좀 걸릴 듯합니다."

"빠르면 빠를수록 좋아. 만일 신군부가 실제로 있어 세력을 넓히고 있다면, 그래서 호족 출신들이 신군부를 등에 업고 토지 제도와 조세 제도를 밑바닥부터 뒤흔든다면 정말 큰일이지 않겠는가. 이 나라는 신라가 걸어온 길을 그대로 걷게 될 걸세."

이미 숨을 멈춘 왕건이 힘주어 말했다.

"늦어도 단오를 앞뒤로 해서 감찰 보고를 올리겠습니다."

선종은 자리를 뜨기 전에 탁자에 놓인 종이를 내려다보았다. 손끝으로 종이를 톡톡 치며 내처 참았던 말을 입에 올렸다.

"갈수록 도성 곳곳에 나붙는 격문이 늘어나고 있는데, 이치에 닿지 않고 사실과 다른 내용이 많아서 걱정이네. 경 또한 여러 격문을 읽어 보았으니까 잘 알겠지. 그저 민심을 어지럽히는 격문은 어떻게 해서든 막아야 하지 않겠나?"

넌지시 왕건을 나무라는 말투였다. 순간 왕건은 고개를 푹 숙였다. 턱수염이 눈에 뜨이게 떨렸고 눈빛이 사납게 이글거렸다.

"잘 알겠습니다. 확실하게 조치하겠습니다."

왕건은 약수정 앞에서 선종과 헤어지자마자 광평성으로 돌아갔다. 의형대를 다스리는 김충을 불러 버럭 소리쳤다.

"격문을 붙이는 놈들을 잡아들이면 뭐 하나! 모조리 목을 날려 본보기를 보여야지!"

김충이 더듬거렸다.

"하나같이 덜 떨어진 칠푼이들입니다. 누가 시켰는지 전혀 알지 못해요."

"지금 감옥에 있는 칠푼이가 몇 명인가?"

"열다섯 명입니다."

"이번 장날에 만인이 보는 앞에서 모조리 목을 치도록 하라!"

김충이 눈을 홉뜨고 입을 벌렸다. 뭐라고 말하려는데 왕건이 손짓했다.

"그만 나가 보게."

혼자 남게 된 왕건이 벌겋게 달아오른 얼굴로 수염을 쓰다듬으며 중얼거렸다.

"멍청한 놈들, 처음부터 붙들리지 말았어야지."


만찬


같은 해 어느 여름날 저녁때 서로 다른 곳에서 만찬과 밀회가 이루어졌다. 만찬이 열린 곳은 지난봄 선종이 왕건과 함께 차를 마셨던 왕궁 약수정이었다. 선종은 마군대장군 이흔암과 마군장군 환선길을 떠나보내기에 앞서 두 사람과 여러 장군들을 이곳에 불러 놓고 환송회를 열었다. 선종과 이흔암, 환선길, 내군장군 은부, 보군장군 귀평, 마군장군이자 억새산성 성주 김순관 등 여섯 사람이 음식상에 둘러앉았다.

정자 기둥 네 곳에 등을 걸어 훤하게 불을 밝혀 놓았다. 한쪽에 모여 앉은 악사들이 거문고와 피리를 연주하기 시작했다. 그 소리에 맞추어 연못에 가득 핀 연꽃 속에서 개구리들이 서로 노래 솜씨를 겨루며 울었다. 오후 내내 짝지어 즐겁게 놀던 오리들은 날개를 퍼덕거리며 물장구치다가 후루룩 날아올랐다.

이흔암은 대장군이라는 직위에 걸맞게 태봉 군대에서 서열이 가장 높았다. 여느 때 열 명에 이르는 마군장군들을 지휘했으며 전선에선 보군장군 열두 명이 이끄는 보군까지 다스렸다. 환선길 또한 전쟁터에서 숱하게 공을 세운 명장으로 따르는 장군들이 많았다. 이들을 각각 웅주와 상주로 보낼 것을 선종에게 건의한 사람은 시중 왕건이었다.

"오랜만에 치르는 전쟁이기 때문에 이들처럼 뛰어난 장군들이 지휘해서 전열을 가다듬어야 합니다."

악기 연주 소리가 잦아들었을 때, 선종이 탁자 양쪽에 가까이 앉은 이흔암과 환선길에게 말했다.

"그동안 후방에서 지내느라 온몸이 무척 근질근질했지? 머잖아 새로운 임무를 내릴 테니까, 잘 가서 정신 바짝 차린 채 기다리고 있게나. 자, 모두 건배하세!"

모든 장군들이 잔을 들고 팔을 쭉 뻗어서 선종의 잔에 가볍게 댔다가 떼었다. 줄곧 낯빛이 굳어 있던 이흔암이 단번에 술을 쭉 들이켰다.

"자, 안주를 먹어야지?"

선종이 달래전 한 조각을 젓가락으로 집어 이흔암에게 내밀었다.

"전하, 제가 먹겠습니다."

이흔암이 움찔하며 윗몸을 뒤로 젖혔으나 선종은 젓가락을 도로 내리지 않았다. 곁에 앉은 은부가 이흔암의 옆구리를 찔렀다.

"뭐 해? 달래전이 부끄럽겠어."

"내 말이 바로 그 말일세."

선종이 껄껄 웃었고 다른 장군들이 모두 하하 웃었다. 이흔암은 달래전을 입술 끝으로 물어 젓가락에서 떼어 내서 우물우물 씹어 삼켰다.

"자네도 안주 들게나. 먼 길 떠나기 전에 배를 불려 놓아야지."

선종은 왼쪽에 앉은 환선길에겐 가지전을 집어 내밀었다.

"예, 전하. 감사히 잘 먹겠습니다."

환선길은 턱이 빠지도록 아주 크게 입을 벌려 덥석 가지전을 받아먹었다. 그 모습에 모두가 다시 큰 소리로 웃음을 터뜨렸다. 귀평과 김순관도 선종이 자기에게 안주를 줄까 싶어 손으로 입술을 쓱 닦았다. 그러나 선종이 고개를 흔들었다.

"내 팔이 그렇게 길지 않으니까 자네들은 서로 입에 넣어 주게."

장군들이 멈칫하더니 또다시 웃음을 터뜨렸다. 좀 전까지만 해도 이별을 앞두고 가라앉았던 분위기가 한껏 들뜨고 흥겨워졌다. 마군 장군 김순관이 허리를 곧게 폈다.

"전하, 제가 환송가를 한 자락 불러도 되는지요?"

"좋지, 어서 불러 보게나."

김순관은 눈매가 매섭기로 이름난 명주 도독 김순식의 사촌동생이었다. 철원 남쪽에 우뚝한 억새산(지금의 명성산)에서 군대를 데리고 산성을 지킨 지 다섯 해가 되었다. 김순관은 바닷가 어부들이 즐겨 부르는 노래를 썩 잘했다. 선뜻 자리에서 일어나 아주 구성지게 노래를 불렀다.

"서풍이 부는구나— 배를 띄우자— 명태 고등어 꽁치 잡으러— 먼 바다로 나가자— 늙으신 우리 어머니— 맛난 주먹밥 던져 주시네— 어여쁜 우리 마누라— 고운 꽃 날려 주네— 어서 가자— 먼 바다로 나가자— 서풍이 부는구나— 돛을 올려라—"

이흔암은 답가 대신에 대금을 들고 이별을 아쉬워하는 곡을 연주했다. 한때 전쟁터에서 해가 진 뒤에 곧잘 이 곡을 연주해 아군뿐 아니라 적군 병사들까지 고향에 두고 온 식구들을 그리워하게 만들었다. 아직 장군 자리에 오르기 전의 일이었다. 뒤이어 환선길이 바닥에 종이를 펼치고 벼루에 먹을 갈더니 연꽃 여섯 개를 멋지게 그려 정자 기둥에 붙였다. 꽃잎마다 그 자리에 모인 여섯 사람 얼굴을 쏙 빼닮았다.

은부 다음으로 선종과 가장 오랜 세월을 함께한 보군장군 귀평은 두 팔을 활짝 벌리고 일어났다. 거문고 가락에 맞추어 느리고 시원스럽게 학춤을 추었다. 키가 크고 팔다리가 길어서 춤이 아주 멋들어졌다. 귀평이 춤추기를 마치고 두 팔을 벌린 채 허리를 굽혀 인사하자 모두 박수를 치며 외쳤다.

"장군님께서 그대로 학이 되어 보개산 쪽으로 훨훨 날아가시는 줄 알았습니다!"

보개산은 귀평이 지키는 산성이 있는 곳이었다.

"군인이 아니라 춤꾼이 되셨어도 한 시대를 주름잡았겠어요!"

"맞아요, 정말 춤을 잘 추십니다. 다음에 뵈면 저한테 꼭 좀 가르쳐 주십시오!"

선종이 환선길에게서 붓을 받아들고 종이 두 장을 펼쳤다. 종이마다 짤막한 글을 써서 먼 길을 떠나는 두 장군에게 한 장씩 주었다. '물처럼 세상을 두루 이롭게 하라'는 글을 받아든 이흔암이 멋쩍게 웃었다.

"잘 알겠습니다. 가물 때 세상을 고루 적시는 물 같은 사람이 되겠습니다."

'안이 곧 밖이고 밖이 곧 안이며 너는 나'라는 글을 받아든 환선길은 뒤통수를 긁었다.

"무슨 뜻인지 잘 모르겠습니다."

"너는 너고 나는 난데 무슨 헛소리냐 말이지? 너와 나의 구별이 없는 세상, 어느 누구도 차별하지 않는 세상을 우리가 함께 만들자는 말일세."

환선길이 아하, 이제 알겠다 하는 얼굴로 고개를 숙였다.

"고맙습니다. 어디에 가든지 꼭 갖고 다니며 가슴속 깊이 새기겠습니다."

밤이 깊어 모두 집에 돌아갈 때가 되었다. 선종은 먼저 정자 밖으로 나가서 기다렸다가 이흔암과 환선길을 차례로 안아 주었다. 선종이 손을 내저으며 그러지 말라는데도 이흔암과 환선길은 땅바닥에 넙죽 엎드려 절했다.

"전하, 다시 뵐 때까지 건강하게 잘 지내십시오."

"그동안 큰 은혜를 입었습니다. 부디 몸조심하시고 안녕히 계십시오."

선종은 장군들이 돌아간 뒤에 은부와 함께 연못을 한 바퀴 슬렁슬렁 돌았다. 내군 병사 둘이 횃불을 하나씩 들고 저만치 앞서 걸었다. 개구리와 오리들은 이미 잠들었고 이따금 풀벌레들이 쓰르륵쓰르륵 우는 소리가 들렸다. 선종이 길게 한숨을 쉬며 별들이 빛나는 하늘을 올려다보았다. 은부가 선종을 돌아보았다.

"무슨 일 있나?"

"여러 날 꿈자리가 사납네. 날마다 쫓기는 꿈을 꾼단 말이지. 게다가 가위눌릴 때가 많아."

"그래서 그랬구먼. 유난히 눈이 퀭하고 낯이 거칠어 보이더라고."

얼마쯤 말없이 걷다가 덧붙였다.

"마음이 불안해서 그러나 본데, 얼마간이라도 내가 밤에 옆방에서 지내면 어떻겠나?"

선종이 허허 웃었다.

"지금도 사흘에 하루는 왕궁을 지키며 밤을 보내지 않나. 가족이 있는 사람이 자주 집을 비우면 좋지 않다네."

거기서 은부는 말을 멈추고 생각에 잠겼다. 선종은 요즘 들어 아내와 큰아들이 어디에 가 있는지, 둘 다 아직 살아 있기나 한지, 걱정하는 소리를 은부 앞에서 중얼거릴 때가 많았다. 또 얼마쯤 걸은 뒤에 이번엔 선종이 문득 생각난 듯이 물었다.

"자네 며느리, 산달이 가깝지 않나?"

"음, 다음 달일세."

선종이 은부 어깨를 툭 치며 목소리를 높였다.

"자네가 곧 할아버지가 된다는 거잖아. 꼭 내가 할아버지가 되는 느낌이 드니 참 기분이 좋구먼. 축하하네. 우리 악수 한번 하세!"

두 사람은 어린아이들처럼 티 없이 맑게 웃으며 힘차게 손을 잡아 흔들었다. 나란히 연못을 마저 돌아 산책을 마칠 때까지 웃음소리가 잠깐도 끊이지 않고 밤하늘을 울렸다.


## 밀회


철원 도성에서 동쪽으로 이십 리 떨어진 중강산 골짜기에 외딴 집이 한 채 있었다. 시중 왕건이 별장으로 쓰는 집이었다. 선종과 은부가 연못가를 함께 걸을 때 이 집 사랑방에선 다섯 사내가 벽에 흐릿하게 빛나는 등을 걸어 놓고 모여 있었다. 올해 들어서만 어느덧 열 번째로 갖는 모임이었다.

방 복판에 탁자를 놓고 둘러앉은 사내들은 열띤 목소리로 의견을 주고받았다. 빠르게 흐르는 계곡 물소리에 묻혀 말소리가 전혀 밖으로 새어 나가지 않았다. 다섯 사내는 마군장군들인 홍술과 백옥, 삼능산, 복사귀, 그리고 시중 왕건이었다. 토론은 절정을 넘어 결말로 다가가고 있었다. 백옥이 주먹을 탁자 위에 올리고 으르렁거렸다.

"갈수록 모든 게 엉망이 되어 가고 있어요. 하나같이 무능하고 무식한 자들을 중요한 자리에 앉혀 놓았으니, 나라가 똑바로 굴러갈 리가 있겠습니까?"

삼능산은 벌떡 일어났다가 도로 앉으며 외쳤다.

"우리처럼 제대로 배운 사람, 참되게 나라를 사랑하는 사람, 땅과 재물을 어떻게 지켜야 하는지 아는 사람들이 어서 나서야 합니다!"

복사귀가 손바닥으로 벽을 탁탁 치며 고개를 흔들었다.

"튼튼한 나라를 만들려면 예전처럼 호족들이 각 지방을 다스리게 놓아두어야 합니다! 그들을 도와주진 못할망정, 갖고 있는 걸 다 빼앗는 것도 모자라 뿌리를 뽑으려 해서야 되겠습니까?"

왕건은 저녁 내내 몇 마디 입에 올리지 않았다. 줄곧 낯을 일그러뜨리고 한숨을 쉬며 고개를 끄덕거렸다. 왕건이 헛기침하며 어깨를 움직이자 모든 장군들이 말을 멈추었다. 왕건의 입에서 낮고 무거운 목소리가 흘러나왔다.

"신라와 백제를 완전히 무너뜨리기 전까지는 참고 지내려 했는데, 이제 더는 안 되겠어. 이러다가 우리까지 모조리 몰아낼 판이니 무슨 수를 쓰든지 해야겠다 이 말일세. 어떻게 하면 좋겠는가?"

말을 멈추고 또 길게 한숨을 내쉬었다. 장군들이 다시 감정이 북받치는 얼굴로 온몸을 흔들며 목소리를 높였다.

"거듭 말씀드리지만, 오직 짐승만도 못한 자를 끌어내릴 때만이 비로소 이 나라가 바로 설 수 있습니다. 여태껏 우리가 목숨을 걸고 격문을 써 붙인 뜻도 거기에 있지 않습니까?"

"이미 민심은 두목을 떠나 우리에게 넘어왔습니다! 마침내 붓이 아니라 칼로 심판할 때가 온 겁니다!"

이들이 두목이라고 말하는 이는 선종이었다. 그러나 왕건은 다른 표현을 쓰기를 즐겼다. 왕건이 벽에 붙은 달력을 쳐다보며 중얼거렸다.

"외눈왕한테 감찰 보고를 올리겠다고 약속한 시한이 단옷날이니 어느덧 한 달이나 지났네. 내일이라도 어찌 된 일이냐고 물어오거나, 다른 길로 직접 감찰에 들어갈 수도 있단 말이지."

네 장군들의 눈 여덟 개가 곱절로 커져서 밝게 빛났다. 홍술이 어금니를 악물고 입술을 거의 벌리지 않은 얼굴로 말했다.

"이흔암과 환선길이 이끄는 부대는 병사 숫자가 엄청날 뿐 아니라 전투력이 막강하지 않습니까? 그동안 도성 가까이 머물다가 멀리 가게 되었으니 더는 미룰 이유가 없다고 생각합니다."

왕건이 홍술을 똑바로 바라보며 물었다.

"둘 다 언제 도성을 떠난다고 했지?"

"모레 오전입니다. 지금 왕성에서 환송회에 참석하고 있는 줄 압니다."

"여기서 말을 타고 달리면 웅주와 상주까지 며칠이 걸리겠나?"

"좋은 날씨엔 열흘에서 보름 걸립니다."

"지금부터 보름이 지나면 둘 다 여기서 한껏 멀리 가 있게 된다는 말이렷다."

왕건과 장군들 사이에서 오랜만에 침묵이 흘렀다. 모두 숨을 죽였으며 손가락 하나 움직이지 않았다. 계곡 물소리가 흘러들어와 온 방을 가득 채웠고, 벽에 걸어 놓은 등에서 불빛이 눈에 뜨이게 깜박 거렸다.

마침내 마음을 굳힌 왕건이 주먹을 꽉 쥐어 탁자에 올렸다. 느린 목소리로 또박또박 힘주어 말했다.

"내 말 잘 들어라. 오늘부터 꼭 보름이 지난 날 자정에 왕궁을 공격한다."

모든 장군들이 여태껏 꾹 참고 기다렸던 말이었다. 그러나 막상 왕건의 입에서 그 말이 나오자 모두 온몸이 얼어붙었고 입술이 새파래졌다.

왕건이 장군들을 휘 둘러보며 물었다.

"알겠느냐?"

장군들이 허리를 곧게 펴고 가슴을 활짝 폈다. 마른침을 삼키며 동시에 힘차게 대꾸했다.

"예, 알겠습니다!"

그 뒤로 이어지는 왕건의 목소리엔 전혀 머뭇거림과 막힘이 없었다.

"단번에 외눈왕을 해치우고 광평성을 포함한 열아홉 관서 모두를 손에 넣어야 한다."

주먹을 펴서 손가락을 꼽으며 숫자를 헤아리더니, 손날로 허공을 탁탁 쳤다.

"정예 기마병 이천이면 도성 수비대와 내군을 너끈히 물리칠 수 있다. 다른 기마병 이천은 성문 네 곳을 지키고 보군 팔천 명이 도성을 에워싼다.”

장군들을 하나씩 뚫어지게 바라보며 목소리를 조금 낮추고 덧붙였다.

“암살단이 외눈왕을 죽인 일로 꾸며야 한다. 도성 수비대 병사 스무 명을 죽여 검은색 옷으로 갈아입혀라. 이들이 바로 암살단이다.”

마군장군들의 눈에서 불꽃이 튀었다. 모두 숨을 멈추자 얼굴이 벌겋게 달아올랐고, 금세 방 안 공기가 후끈해졌다.

왕건이 여름날 한밤의 밀회를 마치며 고개를 조금 숙였다가 바로 들고 마지막으로 물었다.

“무슨 말인지 알겠느냐?”

모든 마군장군이 허리를 꼿꼿이 세우며 목청껏 외쳤다.

“예, 잘 알겠습니다!”


## 달아나는 왕

때는 918년 음력 유월 그믐날 자정이었다. 한낮 불볕더위가 덥혀 놓은 대기가 철원 도성 북쪽에서 불어오는 밤바람에 많이 식었다. 그러나 막다른 골목과 높은 건물 사이에선 아직도 후끈한 기운이 묵직하고 느리게 떠다녔다. 하늘에 뜬 별들도 맑고 또렷한 빛을 잃고 졸린 개가 눈을 끔벅이듯 흐릿하게 가물거렸다. 생물이건 무생물이건 모두가 지칠 대로 지쳐서 아침이 올 때까지 아무 일도 벌어지지 않을 듯했다.

한없이 깊고 고요한 밤에 관청이 몰려 있는 도성 동북쪽에선 별안간 푹, 하고 찌르는 소리와 혁, 하고 숨이 막히는 소리와 털썩, 하고 바닥에 주저앉거나 나자빠지는 소리가 잇달았다. 안쪽에서 동문을 지키던 병사 쉰 명이 토성을 넘어온 반란군 보병들이 휘두르는 칼에 맞아 쓰러지는 소리였다. 단단하고 무거운 성문이 삐걱 열리면서 반란군 기마병들이 재갈을 물린 말을 끌고 네 줄로 걸어 들어갔다. 기마병 스무 명 가운데 한 명꼴로 횃불을 들고 있었다.

기마병 두 줄은 동문으로 들어서자마자 남쪽으로 방향을 틀었고, 기마병들이 말에 올라타자 이동하는 속도가 몇 곱절 빨라졌다. 이들은 길 중간 중간에 있는 초소를 덮쳐 맞서는 병사들은 칼로 베어 쓰러뜨렸고 스스로 바닥에 엎드리는 병사들은 사로잡았다. 반란군이 왕궁이 있는 내성을 뺀 도성 전체를 송두리째 손에 넣는 데는 어른이 천천히 밥 한 그릇을 비우는 데 드는 시간밖에 걸리지 않았다.

동문 안쪽에서 머무르던 기마병 두 줄은 가까운 관청 건물들을 에워쌌다. 이곳에 병력 삼분의 일이 남았고, 나머지는 이미 문지기들을 모두 쓰러뜨리고 활짝 열어 놓은 내성 남문으로 다가갔다. 마군대장 둘이 이끄는 기마병들은 내성으로 들어가기 무섭게 말에 올라탔다. 왕궁이 보이는 곳에 이르자 힘껏 두 발로 말의 옆구리를 차며 번개처럼 내달렸다.

오늘밤 궁궐을 지키는 내군장군은 껑다리 신훤이었다. 왕궁 옆 막사에서 갑옷 차림으로 비스듬히 누워 있는데 밖에서 보초를 서던 병사가 외치는 소리가 들려왔다.

"반란이다! 반란군이 쳐들어온다!"

창칼을 양 손에 들고 뛰쳐나간 신훤은 우뚝 멈추어 섰다. 갈대밭에서 센 바람을 타고 불이 번지듯이 횃불을 든 반란군 기마병들이 시야를 가득 채우며 왕궁으로 몰려오고 있었다. 다른 막사에서 달려나온 내군 병사 이백 명은 어쩌면 좋을지 몰라 쩔쩔맸다. 신훤이 칼을 내던지고 두 손으로 창을 잡아 앞쪽을 겨누며 외쳤다.

"모두 반란군을 막아라!"

내군 병사들은 신훤을 따라 왕궁 앞뜰로 달려가서 두 발로 땅을 단단히 딛고 반란군 쪽으로 창을 겨누었다. 점점 커지는 말발굽 소리와 반란군이 외치는 함성이 고막을 울렸다. 잠시 뒤에 내군과 반란군은 정면으로 충돌했다. 창칼이 맞부딪히는 소리와 창이 적병을 찌르는 소리, 적병의 칼에 맞은 아군의 비명이 뒤섞이면서 온 뜰이 아수라장으로 바뀌었다. 신훤은 반란군 기마병 다섯을 말에서 떨어뜨렸고 말 세 필을 자빠뜨렸다. 키가 크고 팔이 길어서 창을 다루는 몸짓이 무척 시원스러웠다. 그러나 일순간 옆쪽에서 달려든 기마병의 칼에 목이 베였고, 허공에 붉은색 반원을 그리며 피를 뿌리고 쓰러졌다. 죽주성 시절을 앞뒤로 해서 이어온 서른 해에 가까운 군인 생활을 그렇게 마감했다.

횃불이 빛나긴 했지만 달이 뜨지 않은 그믐날이라서 아군과 적군을 구별하기가 쉽지 않았다. 내군 이백 명은 모두 죽거나 치명상을 입었지만 반란군 기마병 이천 명에 맞서 꽤 오랫동안 버티며 용감하게 잘 싸웠다. 뒤쪽에서 전투를 지켜보던 왕건은 홍술에게 걱정스러운 목소리로 두 번이나 물었다.

"어찌 된 일이지? 다른 군대가 미리 들어가 있다가 방어하는 거 아니야?"

"그날그날 야간 근무하는 내군이 이백 명이라고 하지 않았나? 우리 병력에 비하면 십분의 일밖에 안 되는데, 제압하는 데 이렇게 시간이 많이 걸려?"

같은 시각에 왕궁 뒷문을 나서 정원 너머 마사로 가서 말에 오르는 두 사람이 있었다. 하나는 선종이었고, 또 하나는 열흘 전부터 밤마다 선종이 자는 침방 옆방에서 지내온 은부였다. 은부는 선종이 마다하는데도 고집을 피우며 밤에도 왕궁에 머물렀다. 잠을 자다가 앞뜰에서 울리는 함성에 깨어 뛰쳐나온 두 사람은 얇고 흰 모시옷을 입은 채였다. 내성 위쪽에서 도성 밖으로 나가는 북문을 가리키며 은부가 말했다.

"잠깐 다녀올게."

선종 혼자 놔두고 어둠 속으로 사라지더니 바랑을 하나 지고 돌아왔다. 북문을 지키는 병사들에게서 받은 옷이 바랑에 들어 있었다.

"자, 어서 갈아입자고."

두 사람은 바랑을 열고 검은색 저고리와 바지를 꺼내 입었다. 갈색 가죽신을 신고 머리엔 검은색 띠를 둘렀다. 다시 나란히 말을 타고 북문 왼쪽으로 나아갔다. 은부가 선종에게 속삭였다.

"북문으로 나가면 위험해. 틀림없이 어딘가에 반란군이 숨어 있을 거야."

두 사람은 말 한 필이 겨우 지나가게 소나무를 촘촘히 심어 놓은 숲으로 들어갔다. 숲을 지나자 흙으로 쌓은 성벽이 별빛에 모습을 드러냈다. 그곳엔 오래 전에 은부가 일꾼들을 시켜서 몰래 뚫어 놓은 굴길이 있었다.

"이제 말에서 내리세."

앞서 걸어간 은부는 잔가지를 엮어 만든 문을 열었다. 고삐를 당기며 말을 끌고 먼저 굴길 속으로 들어갔다. 잠깐 머뭇거리던 선종이 말을 끌고 뒤따랐다. 아무것도 보이지 않는 깜깜한 굴길 속에서 말들은 좀처럼 발을 옮기지 않으려 했다. 선종과 은부가 저마다 볼을 맞비고 갈기를 쓰다듬으며 자기 애마를 달랬다.

"괜찮아, 괜찮아. 조금만 더 가면 돼."

"그래, 알았어. 이따가 배가 터지도록 맛난 풀 많이 먹여 줄게."

은부가 그렇게 말하자 선종은 입속이 바짝 타고 심장이 터질 듯한데도 훗, 하고 웃음이 나왔다. 은부도 덩달아 쿡쿡거렸더니 말들은 긴장을 풀고 재게 발을 옮겼다. 굴길을 지나 훤히 트인 들판으로 나간 태봉 왕과 내군장군은 다시 말에 올랐고, 말이 따각따각 소리를 내며 빠르게 달리기 시작했다.

그동안 숱하게 반란군이 도성으로 들어왔으나 왕궁에 가까이 다가가지 못했다. 세 해 전에 왕비의 오빠 강금부가 반란 음모를 꾸미다가 붙들려 목이 잘린 뒤로는 도성 곳곳에 격문이 많이 나붙긴 했지만 반란이라고 부를 만한 일조차 드물었다. 선종은 시중 왕건이 관리들과 옛 호족들을 감찰하는 일을 맡은 여러 관서를 엄격하게 다스린 결과라고 믿었다. 그런데 반란 조짐이 없었고 어떤 첩보도 들은 적이 없었건만, 오랜만에 악몽을 꾸지 않고 곤히 자던 한밤중에 갑자기 공격을 당할 줄은 전혀 상상하지 못했다.

도성에서 멀어질수록 선종의 고개는 더욱 앞으로 숙여졌고 어깨가 낮게 가라앉았다. 몸이 안 좋아서 말 등에 엎드리려는 사람처럼 보였다. 뒤쪽 도성에선 줄곧 와아, 하는 함성이 들려왔다. 마치 선종더러 어서 돌아와 심판을 받으라고 외치는 듯했다. 은부를 앞지른 선종은 몇 해 전에 아내가 큰아들과 함께 걸었을 언덕길을 올랐다. 철원 도성을 떠나 승령(지금의 경기도 연천 북부)으로 가는 여러 길 가운데 하나였다. 언덕 꼭대기에 오른 선종은 그 너머 비탈로 내려가기에 앞서 말을 돌렸다. 저 멀리 평원에 놓인 도성이 한눈에 들어왔다. 도성 곳곳에서 늑대 눈빛처럼 횃불이 빛났고, 왼쪽 왕성에선 건물 여러 채가 통째로 불타고 있었다.

선종은 점점 더 눈이 흐려졌다. 도성에서 날아오는 불빛이 물에 젖은 듯 뿌옇게 보였다. 손 등으로 눈을 비비며 속으로 중얼거렸다.

'이 모든 일이 꿈이라면 얼마나 좋을까!'

온몸에 소름이 돋고 가위눌려 비명도 나오지 않는 악몽일지라도 괜찮았다. 아침 해가 뜰 때까지 이를 악물고 너끈히 견딜 수 있을 듯했다.


## 보가산성

언덕 너머 비탈을 내려간 선종과 은부는 남쪽으로 방향을 틀었다. 이내 사방이 탁 트인 철원 평야로 들어섰다. 곳곳에서 냇물이 거미줄처럼 서로 뒤얽혀 흐르는 곳이었다. 안개가 내리면서 별빛이 사라져서 더는 나아가기 힘들었다. 은부가 냇가에서 말을 멈추어 세웠다.

"여기서 쉬었다 가세."

말에서 내린 두 사람은 냇가 버드나무에 말을 매어 놓았다. 풀밭에 나란히 앉아 눈을 감고 있다가 뒤로 누워 잠들었다. 꼬마물떼새들이 물가로 내려와 휘파람 소리를 내며 우는 소리에 먼저 눈을 뜬 선종이 풀밭에 일어나 앉았다. 어느 결에 동녘 하늘이 푸른빛에 물들었고, 바람이 세게 불면서 안개가 빠르게 흩어졌다.

"일찍 일어났네?"

은부가 기지개를 켜며 일어나 앉아서 바랑을 열고 인절미를 꺼내 선종에게 건넸다. 선종이 멍하니 인절미를 바라보다가 받아들고 물가로 내려갔다. 쪼그려 앉아 손으로 물을 떠 얼굴을 닦았다. 은부에게서 등을 돌리고 인절미를 입에 넣어 우물우물 씹었는데 금세 목이 메었다. 연거푸 손으로 물을 떠 마시며 겨우 인절미를 목으로 넘겼다.

은부가 먼저 말에 올라 앞으로 나아갔고 선종이 말없이 말을 몰고 뒤따랐다. 두 사람은 얕은 개울을 여럿 건너고 들판을 가르며 온종일 쉬지 않고 달렸다. 맑은 하늘에서 뜨거운 햇살이 쏟아져 내리는 무척 더운 날씨에 둘 다 얼굴과 팔뚝과 옷이 땀에 흠뻑 젖었다. 말들도 땀을 많이 흘려 온몸이 번들거렸다. 목이 마르면 스스로 알아서 걸음을 멈추고 개울로 다가가 물을 마셨다. 배가 고프면 풀을 뜯어 먹었고 철벅철벅 소리를 내며 똥을 누었다.

어느덧 하늘 복판을 지난 해가 서쪽으로 기울었다. 보따리를 등에 지고 머리에 이고 가던 사람들이 밝게 웃으며 손을 흔들었다.

"더운 날씨에 고생이 많으세요."

"말들도 쉬어야 하니까 쉬엄쉬엄 가세요!"

저만치 풀밭에 풀어 놓은 망아지들이 팔딱팔딱 뛰었다. 한번 겨루어 보자는 듯이 힘차게 쫓아오다가 혀를 내두르며 엄마한테 돌아갔다.

선종과 은부가 고대산과 금학산 사이 골짜기를 지날 때였다. 더위를 피해 놀러온 사람들이 돗자리를 펴고 누워 있다가 윗몸을 일으키고 소리쳤다.

"이리 오셔서 시원한 막걸리 한잔 드세요!"

"빈대떡도 좀 드시고요! 막 부쳐서 아주 맛있어요!"

선종은 안대를 한 눈을 손으로 가리고 그대로 지나쳤다.

"잠깐 다녀올 테니까 천천히 가고 있어."

은부가 그들에게 가서 웃는 얼굴로 몇 마디 주고받고 빈대떡을 얻어 왔다. 해가 사라지자 골짜기가 빠르게 어두워졌다. 이제 말들은 많이 지쳐서 잘 걷지 못했다. 자꾸만 돌을 헛딛고 휘청거렸다.

"우리도 걸어서 가세."

선종과 은부는 말에서 내려 고삐를 끌고 골짜기를 마저 올라갔다. 산등성이에 이르렀을 때 별안간 먹구름이 하늘을 뒤덮더니 굵은 빗방울이 후드득 떨어졌다. 두 사람은 어마하게 큰 바위 세 개가 합쳐진 굴로 다가가서 말들을 굴속으로 들이고 나란히 바위 앞쪽에 앉았다. 천둥번개가 치며 소나기가 폭포처럼 쏟아져 내렸다.

"엄청나구먼. 산등성이가 다 깎이고 골짜기가 떠내려가겠어."

은부가 바랑에서 떡갈나무 잎으로 싼 빈대떡을 꺼내 절반을 떼어 선종에게 내밀었다.

"낮에 아무 것도 먹지 않았더니 무척 시장하네. 어서 먹자고."

선종은 이번엔 등을 돌리지 않고 빈대떡을 먹었다. 바위에서 떨어지는 빗물을 손바닥으로 받아 마셨다.

"거의 다 왔지?"

은부는 얼마 만에 선종의 목소리를 들어보는지 알 수 없었다.

"골짜기 두 개를 건너고 등성이 하나를 넘으면 돼."

소나기는 잠깐도 쉬지 않고 쏟아졌다. 한껏 불어난 계곡물이 바위를 굴리며 내달리는 소리가 온 골짜기를 끝없이 울렸다. 두 사람은 새벽까지 잠자코 빗소리와 계곡물 소리를 들으며 앉아 있었다.

"이 밤이 영원히 이어질 것만 같구먼."

은부가 그렇게 졸린 목소리로 중얼거리며 하품했다. 슬며시 모로 누워 숨을 깊이 들이쉬었다가 내쉬더니 코를 골며 잠들었다. 선종도 눈꺼풀이 무거워진 눈을 끔벅이다가 감았다. 바위에 등을 대고 앉아 꼼짝도 하지 않았다. 그렇게 자는 둥 마는 둥 아침을 맞았다.

고대산에서 남쪽으로 십여 리 내려가면 공성현(지금의 경기도 연천)과 청성군(지금의 경기도 포천)에 걸쳐 솟은 보개산이 나왔다. 골이 무척 길고 험한 산이었다. 이곳엔 산과 비슷한 이름의 보가산성이 있었다. 산성 폭이 일천 걸음쯤 되었고 둘레는 십 리에 조금 못 미쳤다. 선종이 십여 년 전에 쌓은 성인데, 군대가 이곳에 늘 머무르면서 남서쪽에서 올라오는 적들로부터 수도를 지켰다.

보가산성 성주 귀평은 밤새도록 장대비가 내린 다음 날 깜짝 놀라 자빠질 일을 잇달아 겪었다. 하나는 이흔암과 환선길을 떠나보내는 환송회에서 만난 지 열이틀밖에 지나지 않아서 선종과 은부를 다시 만난 일이었다. 간밤에 무너진 성벽을 돌아보던 중이었다.

"전하, 이른 아침에 여긴 어쩐 일로 오셨습니까?"

귀평이 눈을 크게 뜨고 달려가서 말을 끌고 성문으로 터벅터벅 걸어 들어오는 두 사람을 맞았다. 둘 다 몰골이 엉망이었고 온몸에서 땀내가 물씬 풍겼다. 선종은 귀평에게 대꾸하지 않고 그대로 지나쳐 갔다. 은부가 귀평에게 눈짓하며 말했다.

"막사에서 쉴 수 있게 해 드리게."

귀평이 선종을 본부 막사 안으로 들이고 돌아왔다.

"아무것도 안 드시겠답니다. 혼자 있고 싶다고 하세요."

"우리는 저쪽으로 가세."

은부가 돌벽 쪽으로 귀평을 데려가서 느티나무 그늘에 털썩 앉으며 말했다.

"그제 자정께에 반란군이 쳐들어왔다네. 마침 내가 왕궁에 머물고 있었는데, 서둘러 전하를 모시고 도성을 빠져나왔지. 어제 온종일 말을 몰고 평원을 달렸고, 고대산 골짜기에서 비를 피한 뒤에 동 트자마자 이리로 왔다네."

"반란이 벌어졌다고요? 도대체 누가 그랬답니까? 병사를 얼마나 많이 몰고 왔기에 도성이 그리 쉽게 무너졌단 말입니까?"

"내 눈으로 보지 못해서 잘 모르겠네. 반란군이 말을 몰고 달려오는 소리가 계곡물에서 바위 구르는 소리 같더라고."

"전하께서 큰 충격을 받으셨겠습니다."

"충격 정도가 아니야. 거의 넋이 나가셨어."

"어제 도성에 보급품을 신청하러 전령을 보냈는데요, 전령이 돌아오는 대로 소식을 알려 드리겠습니다."

은부는 나무 그늘에 누워 눈을 감았다.

"좀 쉬어야겠네."

"그럼 이따가 뵙겠습니다."

본부 막사에서 선종은 아침나절 내내 평상에 홀로 앉아 있었다. 팔짱을 끼고 눈을 감은 모습으로 고개를 숙이고 있다가 이따금 퍼뜩 정신이 든 얼굴로 눈을 번쩍 뜨며 고개를 들었다. 그러나 이내 초점을 잃은 눈으로 멍하니 허공을 바라보았으며 소리 내지 않고 길게 한숨을 내쉬었다. 팽팽한 긴장이 막사 안팎을 휘감았다. 막사 곁에서 신갈나무에 앉아 쉬던 산비둘기들은 심장이 조여드는 느낌에 더는 못 참고 멀리 날아가 버렸다.

"전하, 점심 가져왔습니다."

병사 하나가 밥상을 들고 막사로 들어와서 평상에 내려놓고 돌아 나갔다. 선종은 수저를 들지 않고 물만 마셨다. 막사 양쪽으로 열어 놓은 문으로 시원한 숲 바람이 날아 들어왔다. 그런데도 선종의 이마와 콧등에선 땀이 맺혔고 턱 끝에서 땀방울이 똑똑 떨어졌다.

오후에 귀평이 은부와 함께 전령을 데리고 나타났다. 전령은 급하게 산성으로 돌아오느라 지쳐서 두 눈이 쑥 들어갔다. 귀평 밑에서 산성을 지키는 부장 다섯이 뒤따라 막사로 들어왔다. 부장들은 평상에 앉은 선종 앞쪽으로 오른쪽에 줄지어 섰고, 선종 왼쪽엔 은부와 귀평이 나란히 섰다. 바닥에 엎드려 절하고 고개를 든 전령과 선종이 주고받았다.

"전하, 반란군이 도성을 점령했고 도성 밖에서도 겹겹이 방어벽을 쳤습니다.”

“반란군 숫자가 얼마나 되더냐?”

“기마병만 이천이 넘고 보병은 팔천에 이른다고 합니다.”

선종과 모든 장수들이 움찔하며 눈을 크게 떴다.

“왕궁엔 누가 들어가 있다고 하더냐?”

“반란군 괴수와 장군들, 그리고 도성에서 지내던 모든 고관과 장군들이 모여 있다고 합니다. 이들은 나라 이름을 태봉에서 고려로 되돌렸으며 괴수를 새로운 왕으로 앉혔다고 합니다.”

모든 장수들이 후끈 달아오른 얼굴로 서로 쳐다보았다. 하나같이 속으로 비명을 질렀다.

‘이럴 수가!’

‘말도 안 돼!’

은부는 어금니를 악물고 온몸을 부르르 떨었다. 귀평은 칼을 쥔 손에 잔뜩 힘이 들어가면서 손마디가 하얗게 바뀌었고 팔뚝에서 핏줄이 불거져 툭툭 뛰었다. 그러나 선종은 전령이 한 말을 못 알아들은 사람처럼 낯빛이 전혀 달라지지 않았다. 눈썹 하나 움직이지 않고 전령 뒤쪽으로 열린 문을 바라보았다. 다시 전령에게 눈길을 내리며 침착한 목소리로 물었다.

“반란군 괴수가 누구라고 하더냐?”

얼굴이 더욱 붉어진 전령이 숨을 헐떡거렸다. 마치 자신이 반란죄를 저지른 듯이 몸을 한껏 옹그렸다. 바닥에 이마를 대고 납작 엎드려 목숨만 살려 달라고 빌어도 전혀 이상하지 않을 듯했다.

귀평이 눈을 부릅뜨고 전령에게 다그쳤다.

"어서 대답하지 못하겠느냐?"

전령은 온몸을 바들바들 떨 뿐이었고 아무 말도 하지 못했다. 선종이 헛기침을 한 뒤에 다시 물었다.

"두려워하지 말고 말해 보거라."

가까스로 입을 연 전령이 작게 말했다.

"시중이라고 합니다."

선종과 두 장군과 모든 장수들은 자기 귀를 의심하며 눈을 끔벅거렸다. 전령이 내친김에 용기를 내서 좀 더 크고 또렷하게 덧붙였다.

"시중 왕건이 마군장군 넷과 보군장군 둘을 데리고 반란을 일으켰습니다. 맞서 싸우던 여러 장군들은 목이 잘렸고 도성 곳곳에서 장대 끝에 머리가 매달렸습니다."

은부와 귀평은 동시에 짧게 신음을 삼켰다. 부장 다섯은 너무 놀라 온몸이 빳빳하게 굳었다. 선종도 그들과 크게 다르지 않았다. 금세 낯빛이 숯처럼 까맣게 바뀌었으며 목덜미와 팔뚝 맨살이 잿빛을 띠었다. 온몸 어디에서도 생기를 느낄 수 없었다. 이미 숨이 넘어간 사람을 억지로 평상에 앉혀 놓은 듯했다.

한참 숨을 멈추고 꼼짝도 하지 않던 선종이 천천히 손을 들어 올렸다. 저승에서 지상으로 보내듯이 낯설고 으스스하면서 서늘한 목소리로 한 사람씩 가리키며 말했다.

"자네는 여기 남고, 자네는 나한테 맞는 갑옷과 투구를 가져오게. 자네는 가서 좀 쉬고, 자네들은 병사들에게 가서 전투 치를 준비를 하라고 일러라."

## 마지막 전투

보가산성 남문 망루에서 골짜기 아래를 내려다보던 병사가 소리쳤다.

"반란군이 몰려온다!"

갑옷을 입고 투구를 쓴 선종이 말에서 내려 귀평과 함께 돌로 쌓은 성벽으로 다가섰다. 꼬물거리는 벌레들처럼 서로 어깨를 부딪치며 골짜기를 따라 올라오는 반란군 병사들이 보였다. 귀평이 눈을 끔벅이며 선종에게 말했다.

"지금 눈에 들어오는 병사만 이천 명이 넘어 보입니다."

북문 쪽에서 장수 하나가 말을 타고 달려오며 외쳤다.

"북문 너머에서도 반란군이 진을 치고 있습니다! 족히 이삼천 명은 넘을 듯합니다!"

선종이 귀평을 돌아보았다.

"우리 병사가 모두 몇 명인가?"

"천오백 명입니다."

"산성 동쪽에 관인봉이 있고 서쪽에 삼형제봉이 있지 않나. 반란군이 그리로 넘어올 수 있겠는가?"

귀평이 고개를 가로저었다.

"아주 가팔라서 웬만큼 산을 잘 타지 않고선 어렵습니다."

"병사 삼백을 북문 쪽으로 더 올려 보내고, 궁사들을 모두 성벽에 바짝 붙여라."

아래쪽 골짜기에서 성벽을 바라보면 고개를 뒤로 한껏 젖혀야 위쪽 끝이 보일 만큼 높았다. 하지만 성벽 안쪽은 흙과 돌로 메워져서 위쪽 끝이 평지와 수평을 이루었다. 귀평이 말을 타고 이리저리 달리며 궁사들에게 외쳤다.

"모두 화살을 재고 기다려라!"

궁사 삼백 명이 무릎을 꿇고 성벽 너머 골짜기를 내려다보며 숨을 죽였다. 반란군 선봉대는 성벽에서 이백 보 떨어진 곳까지 올라와 걸음을 멈추었다. 다른 병사들은 뒤쪽에서 계속 올라오는 대로 대오를 맞추며 앞쪽 병사 뒤에 바짝 붙어 섰다. 모두가 맨 뒤에서 앞으로 사다리들을 높이 들어 전달했다. 반란군이 북을 둥둥 울리며 함성을 외치기 시작했다.

"와아아! 모두 단번에 무찌르자!"

그 소리에 골짜기가 떠나가려 했고 성벽이 우르르 울리면서 금방이라도 와르르 무너질 듯했다. 반란군 선봉대는 서너 명이 한 조를 이루어 사다리를 하나씩 머리에 이고 골짜기를 마저 올라왔다. 반란군 궁사들이 뒤따라오며 성벽 위를 겨누고 활을 쏘았다. 어깨에 멘 시복에서 화살 예닐곱 개를 꺼내어 모두 쏜 뒤에 재빨리 물러나면 다른 궁사들이 또 달려와 활을 쏘았다.

성주 귀평이 사다리 열댓 개가 성벽 가까이 다가왔을 때 외쳤다.

"쏘아라!"

맨 앞에 있던 궁사 쉰 명이 벌떡 일어나 사다리를 겨누고 연거푸 활을 쏘았다. 이들이 물러나자 뒤쪽에 있던 궁사들이 뛰쳐나가 활을 쏘았다. 소나기처럼 날아간 화살은 사다리에 맞고 튕겨 나가거나 머리와 등에 사다리를 진 반란군 병사들을 맞혔다. 여러 사다리가 힘없이 내려앉았다. 하지만 꿋꿋이 다가오는 사다리가 훨씬 더 많았다. 이윽고 사다리 열 개가 성벽에 기대어 바로 섰고, 칼을 든 반란군 병사들이 소리치며 달려와서 사다리를 타고 올라왔다.

귀평이 칼을 들어 허공을 길게 그으며 소리쳤다.

"창병들은 앞으로 나가라!"

창을 든 병사 일백 명이 달려 나가서 성벽 위로 삐죽 나온 사다리 끝을 겨누었다. 반란군 병사들이 머리부터 쑥 올라왔다. 창병들은 힘껏 창으로 반란군의 얼굴이나 목과 가슴을 찔렀다.

"아악!"

반란군들이 외마디 비명을 지르고 피를 뿜으며 사라졌다. 그러나 곧이어 다른 병사들의 머리가 쑥 올라왔다. 창병들은 다시 이들을 창으로 찔러 물리쳤고, 적들은 또다시 불쑥 머리를 올렸다. 골짜기에선 성벽 아래까지 다가온 반란군 궁사들이 활을 쏘아 댔다. 화살에 맞은 이쪽 병사들이 줄줄이 쓰러졌으며, 어떤 병사는 성벽 너머로 머리부터 거꾸로 떨어졌다.

마침내 사다리를 마저 올라온 반란군들이 칼을 휘두르며 달려들었다. 갑자기 전세가 바뀌면서 성벽 안으로 들어선 반란군 숫자가 점점 빠르게 늘었다. 칼끼리 부딪치는 소리가 쨍쨍 울렸고 신음소리와 비명소리가 잇달았다.

은부가 말 두 필을 끌고 선종에게 달려왔다.

"여기 있으면 위험하네. 어서 말에 오르게."

"무슨 소리야? 함께 싸워야지."

은부가 눈을 부라리며 선종 손에 말고삐를 쥐어주었다.

"왕이 죽으면 다 끝난다는 걸 몰라서 그래? 어서 내 말대로 해."

은부가 그렇게 사나운 얼굴로 선종을 다그치기는 처음이었다. 선종이 멍하니 은부를 쳐다보더니 말에 올랐고 곧 은부를 따라 북문 쪽으로 올라갔다. 그쪽에서도 성벽을 넘어온 적군과 아군이 맞붙어 싸우고 있었다. 사방이 훤히 트인 언덕에서 두 사람은 말을 멈추어 세웠다. 남쪽과 북쪽 모두에서 귀평과 여러 장수들이 이끄는 군대는 병사 숫자가 곱절이 넘는 반란군한테 눈에 뜨이게 밀리고 있었다.

좌우를 살펴보던 은부가 오른쪽에 우뚝 솟은 관인봉을 가리켰다.

"저리로 넘어가자고."

그때 귀평 밑에 있던 장수 호림이 보병 서른 명을 데리고 달려왔다.

"귀평 장군이 전하를 모시라고 해서 왔습니다."

은부가 높임말로 선종에게 소리쳤다.

"전하, 억새산성으로 가서 때를 기다리는 수밖에 없습니다. 반드시 이흔암과 환선길 장군이 군대를 이끌고 돌아올 겁니다."

은부가 먼저 말을 몰고 가파른 비탈을 오르기 시작했다. 선종이 입술을 깨물며 은부를 쫓아 비탈로 들어섰고 병사들이 호림과 함께 뒤따랐다. 억새산(지금의 강원도 철원 명성산)에도 예전에 선종이 세운 산성이 있었다. 보개산에서 동쪽으로 사십 리 떨어진 곳이었다. 그리로 가는 길에 보가산성과 도성을 오가는 반란군과 마주칠 수도 있었다.

선종 일행은 조심스레 움직이느라 보가산성을 떠난 지 사흘이 지나서야 억새산 골짜기에 이르렀다. 억새풀을 헤치며 산등성이에 올라선 선종이 저만치 보이는 성을 가리키며 은부에게 말했다.

"병사들을 데리고 먼저 가 있게나."

바람이 많이 부는 산등성이엔 큰키나무들이 없었고 떨기나무들만 눈에 들어왔다. 공룡 등줄기처럼 이쪽에서 저쪽 끝까지 부드럽게 등성이가 이어졌다. 좌우로 곳곳에 둥글고 불룩한 바위 봉우리들이 보였다. 등성이를 뒤덮은 억새풀들이 서로 부딪치며 저들끼리 속삭속삭 소리를 냈다.

해가 나오지 않은 무척 흐린 날이었다. 선종은 어딘가에 철원성이 놓여 있을 북쪽을 내려다보며 말에서 내렸다. 풀밭에 털썩 앉아 투구를 벗고 바람에 머리칼을 흩날리며 길게 숨을 내쉬었다.

'저 멀리 시원스럽게 철원 평야가 펼쳐져 있겠지.'

젖줄처럼 평야를 적시며 흐르던 한탄강과 기괴한 절벽을 바라보며 시중 최윤과 함께 차를 마셨던 고석정이 떠올랐다. 어른 덩치만 하며 아주 소박하게 생긴 철불을 보고 감탄했던 도피안사, 드넓은 대륙으로 나아가서 만민이 평등한 세상을 이룰 꿈을 보듬고 온 정성을 다해 만든 철원 도성도 머릿속에 그려 보았다. 모두가 꿈에서 본 풍경처럼 아련하게 느껴졌다.

무릎을 세운 선종은 두 팔을 올려 손을 맞잡고 눈을 끔벅거렸다. 여러 날 가슴속 깊은 곳에 옹그리고 있던 슬픔이 천천히 올라왔다. 이윽고 선종은 흑, 하는 소리를 냈다. 눈물 한 방울이 외눈에서 뺨을 타고 굴러 손등에 떨어졌다. 흐느끼는 소리가 조금씩 커져 가면서 눈물방울은 물줄기로 바뀌어 한쪽 뺨과 손등과 바지 무릎께를 적셨다. 바람이 더욱 거칠어지면서 억새풀들이 큰 소리로 울어 댔고, 산등성이를 길게 훑으며 먹구름 한 자락이 내려오더니 넓게 퍼졌다.

금세 온 세상이 먹구름에 덮이면서 주위가 어둑해졌다.

어린아이처럼 작게 온몸을 웅크린 선종은 싸늘하게 식어 가는 춘섬의 가슴에 얼굴을 묻고 울던 열 살 때 모습 같았다. 손등으로 눈물을 훔치며 콧물과 눈물이 뒤섞여 흘러드는 입으로 느리게 중얼거렸다.

"건아, 적어도 너는, 아니었어야 해. 네가 어떻게 나한테, 이럴 수 있단 말이냐."

휘몰아치는 바람 소리는 깔깔 웃으며 선종을 놀리는 사람 목소리 같았다.

"그러니까 한번쯤 의심해 보았어야지, 그렇게 덮어놓고 믿으면 어떡해? 참으로 어리석은 사람일세."

장수 호림이 이끄는 병사들과 함께 억새산성으로 들어간 은부는 눈을 동그랗게 떴다.

"아니, 이게 어쩐 일이지? 아무도 없잖아."

마군장군이자 억새산성 성주 김순관과 병사 이천 명이 어디로 갔는지 보이지 않았다. 반란군과 맞서 싸운 흔적도 없었다. 은부는 계속 고개를 갸웃거리며 조리대가 있는 막사로 들어갔다. 비록 쉰 냄새가 났지만 아직 곰팡이가 슬지 않은 밥이 솥에 남아 있었다.

"적어도 어제까지는 여기서 머물고 있었다는 얘기네."

이윽고 모두가 새로 밥을 지어 먹는데 창고에서 병사 둘이 나왔다. 이들은 은부에게 다가가 무릎을 꿇었다.

"너희는 누구냐?"

"김순관 장군 밑에서 성을 지키던 병사들입니다. 어제 낮에 장군이 부장들을 모아 놓고 회의를 열었고 이미 대세가 기울었다는 결론을 내렸습니다. 곧이어 모든 병사들을 데리고 반란군에 투항하러 철원으로 내려갔습니다."

"너희는 왜 따라가지 않았느냐?"

"투항하더라도 죽일까 봐 두려웠습니다."

한밤처럼 캄캄해졌던 하늘은 저녁때가 다 되어서야 다시 밝아졌다. 선종이 노을을 등지고 산성으로 들어왔다. 눈이 퉁퉁 부었고 어깨가 축 처진 모습이었다. 반백이었던 머리가 하얗게 세었고 낯빛이 새파랬다. 그런데 입가에 미소를 머금고 있었다. 은부를 보고 손가락질하며 갑자기 웃음을 터뜨렸다.

"하하하하, 꼭 두꺼비같이 생겼네! 아니야, 솥뚜껑 같아. 얼굴이 엄청 두꺼워 보여. 하하하하하, 이 친구 정말 재미나게 생겼다니까!"

모든 병사들이 둥그런 눈으로 선종을 쳐다보았다. 은부가 두 손을 맞잡고 허리를 구부리며 말했다.

"전하, 길을 잃으셨나 하고 걱정했습니다. 어서 안으로 드시지요."

막사 안에서 선종을 의자에 앉히고 물었다.

"왜 엉뚱한 말을 하면서 웃고 그래?"

선종은 억울하게 누명을 쓰고 꾸지람을 들은 아이처럼 입을 삐죽거렸다. 훌쩍거리는 소리를 내다가 뚝 그치더니 눈빛이 제대로 돌아왔다. 자세를 고쳐 앉으며 은부에게 되물었다.

"김순관이 안 보이네. 벌써 반란군이 여기를 휩쓸고 지나갔나?"

"투항하러 내려간 모양이야. 군대를 새로 배치하러 반란군이 몰려올 걸세. 서둘러 다른 데로 옮겨 가야겠어."

선종은 잠깐 뒤에 다시 눈빛이 흐려져서 입을 헤벌리고 웃었다. 손으로 입을 가리며 아주 작게 중얼거렸다.

"억새가 우는 소리 들어봤어? 큭큭, 먹구름이 머리를 스치고 지나갈 때 누가 목 놓아 울었는지 알아? 큭큭큭, 한낮에 갑자기 하늘이 시커멓게 바뀌면 억새풀들이 덜덜 떨며 우는 까닭이 뭔지 알아?"

은부가 의자에 앉아 온몸을 들썩이는 선종의 손을 꼭 잡고 무릎을 꿇었다. 눈물이 고인 외눈을 똑바로 바라보며 말했다.

"오늘 밤에는 다 잊고 푹 쉬도록 해. 아침에 깨어나면 한결 기분이 나아져 있을 거야."


## 여행길

이튿날 선종은 은부와 함께 억새산성을 떠났다. 바랑을 하나씩 등에 지고 나란히 걸었다. 선종은 빈손이었으나 은부는 허리에 칼을 차고 어깨에 활을 메었다. 둘 다 철원 도성을 나설 때처럼 위아래로 검은색 옷을 입고 머리에 검은색 띠를 둘렀다. 선종은 멍한 얼굴에 눈빛이 흐렸고 은부가 뭐라고 말을 건네도 아무런 반응이 없었다. 그러나 이제는 괜히 웃거나 울지 않았다.

두 사람은 곧게 뻗어 오르내리는 산등성이를 따라 걷고 또 걸었다. 자기들이 어디로 가는지 전혀 알지 못했다. 박달봉을 넘어 백운계곡을 지날 때 남쪽에서 먹구름이 몰려오더니 비가 쏟아졌다. 이틀이 지나고 사흘이 지나도 비는 그치지 않았다. 두 사람은 앞이 훤하게 트인 바위굴에서 꼼짝하지 않고 지냈다. 이따금 빗줄기가 가늘어 질 때 밖에 나간 은부는 취나물과 당귀와 산초나무 잎을 한 아름 안 고 돌아왔다. 마주앉은 두 사람은 바랑에서 된장을 꺼내 산나물과 말린 고기를 찍어 먹었다.

덩달아 말을 끊었던 은부가 먼저 입을 열었다. 둘이서 같이 겪은 일 가운데 즐거웠던 일을 돌아보았다.

"세달사 뒷산에 있던 곰바위 생각나지? 곧잘 거기에 나란히 앉 아서 쉬었잖아. 자네가 나한테 그 산에서 철마다 어떤 꽃이 피는지, 멧돼지나 호랑이와 맞닥뜨렸을 땐 어떻게 해야 하는지 들려주었 지. 근데 사실 그때 자네가 하는 얘기를 귀담아듣진 않았다네. 어찌 나 자네 목소리가 부드럽고 따뜻하던지, 오로지 목소리에만 온 신 경을 모았거든. 나한테 그런 목소리로 말했던 사람은 자네가 처음 이었다네."

눈을 끔벅이며 얘기를 듣던 선종의 입가가 살짝 움직였다.

"내 얘기 재미있지? 그렇지?"

은부는 여느 때 말수가 적고 묵직하던 사람답지 않았다. 엉덩이를 들썩이며 새로운 얘기를 계속 꺼냈다.

"종간이 말을 그토록 좋아할 줄 누가 알았겠어. 날마다 말들과 가 까이 지내더니 나중엔 두 발로 걷는 걸 잊고 네 발로 돌아다니며 히 히힝 울더군."

"정선성을 공격할 때 여자들이 아라리를 부르는 바람에 모두 우 뚝 멈추어 서서 눈물 글썽거린 일이 떠오르네. 노랫말과 노랫가락 모두 얼마나 구슬프고 애절하던지, 아직도 그때를 생각하면 애간장이 녹아내리는 듯해."

두 팔을 들고 느리게 어깨춤을 추며 가락을 넣어 읊조렸다.

"눈이 올라나— 비가 올라나— 억수장마 질라나— 만수산 검은 구
름이 막 모여든다— 아리랑— 아리랑— 아라리요— 아리랑 고개고
개로— 나를 넘겨 주소—"

얼마 만에 선종이 멍하니 은부를 쳐다보며 중얼거렸다.

"우리 종간이는 괜찮겠지?"

은부가 선종을 돌아보았다.

"이제야 정신이 드나 보네?"

그러나 더는 말하지 않았다. 종간 얘기를 주고받았다간 선종이 다
시 슬픔에 빠져들까 봐 걱정되었다. 종간은 반란군이 쳐들어오던 날
밤에 왕궁 지키는 일을 하루 쉬고 집에 가 있었다. 늦어도 이튿날 아
침엔 반란군에게 붙들려 심한 고초를 겪었을 게 틀림없었다. 어쩌면
지금 이 세상 사람이 아닐 수도 있었다.

이레 만에 늦장마가 지나가자 더위가 한풀 꺾였다. 굴을 나선 두
사람은 골짜기를 건너 다시 산등성이에 올랐고 여러 봉우리를 넘었
다. 쏟아지는 햇살이 무척 따가웠지만 산등성이를 넘나드는 바람은
아주 시원했다. 얼굴과 목에 땀이 흐르기 무섭게 말랐고 손으로 훑
으면 하얗게 소금 가루가 묻어났다.

까치봉(지금의 경기도 포천 국망봉)을 지나 남쪽으로 내려갈 때 선종
이 은부 팔뚝을 툭 치며 말했다.

"우리, 그리로 가세."

"어디?"

"세달사."

"세달사?"

"응."

은부가 선종을 물끄러미 바라보며 고개를 끄덕였다.

"그래, 그러자고."

처음으로 목적지가 생긴 두 사람은 한결 걸음이 가볍고 빨라졌다. 은부는 성큼성큼 발을 옮겼고 선종은 껑충껑충 뛰었다. 언젠가부터 은부는 방향과 지세를 읽는 눈이 부쩍 날카로워졌으며, 나라 곳곳의 산줄기를 약초꾼과 사냥꾼들 못지않게 잘 알았다.

"자, 보자. 여기서부턴 어디로 가야 하나."

은부는 백두대간에서 갈라져 나온 한북정맥을 따라 계속 남서쪽으로 내려가기로 마음먹었다. 중간에 정맥을 떠나 평지로 내려가서 동남쪽으로 쭉 걸어가면 세달사가 있는 내성군에 이를 수 있었다. 선종은 은부가 앞장서서 걷는 대로 군말 없이 따라갔다.

까치봉을 떠난 지 사흘째 되던 날, 사냥꾼 세 사람이 갑자기 앞에 나타났다. 이쪽이나 그쪽이나 화들짝 놀라긴 마찬가지였다. 사냥꾼 하나가 외쳤다.

"와, 한 달 만에 사람 구경을 하네요! 어디서 오는 길이에요?"

선종이 은부 뒤쪽에 서서 다른 데로 몸을 틀었다. 손으로 외눈에 댄 안대를 가린 모습이었다. 은부가 어색하게 웃으며 대꾸했다.

"까치봉 너머에서 왔어요."

"차림새가 사냥꾼 같진 않네요."

은부가 등에 진 바랑을 손으로 툭 쳤다.

"약초꾼이에요. 송이를 따 볼까 하고 길을 나섰지요."

사냥꾼들이 서로 쳐다보고 고개를 갸웃거리며 주고받았다.

"송이를 따기엔 아직 이르지 않나?"

"이제야 아침저녁으로 찬바람이 불기 시작했으니까 앞으로 한 달은 더 있어야 해."

은부가 재빨리 말을 돌렸다.

"저기 저 우뚝한 봉우리 이름이 뭐예요?"

"강씨봉이잖아요. 둘 다 이쪽 등성이엔 처음 온 모양이네?"

그 사냥꾼은 무척 퉁명스러웠다. 그러나 뺨에 커다란 점이 난 사내 하나는 눈을 거의 감고 웃는 모습이 무척 순진해 보이거니와 말씨가 아주 부드럽고 따뜻했다. 점박이 사내는 그 봉우리에 그런 이름이 붙은 지 한두 해밖에 안 되었다며 덧붙였다.

"우리도 두어 번 직접 보았는데요, 어머니와 아들이 봉우리에 있는 동굴에서 살고 있더라고요. 어머니는 성이 강씨였는데 온갖 병을 앓았어요. 살 한 점 없을 만큼 온몸이 빼빼 말랐고, 거의 미쳐서 히죽히죽 웃다간 흑흑 울었지요. 한때 자기는 왕비였고 아들은 왕자였다고 그러더라고요. 오빠가 반란죄를 저질러 처형된 뒤에 자기도 왕에게 대들었다가 감옥에 갇혔대요. 그 뒤에 어떻게 풀려났는지는 모르겠지만, 아들과 함께 떠돌다가 이리로 오게 되었다네요."

은부가 쓱 돌아보니 선종은 고개를 조금 숙인 채 외눈을 똑바로 뜨고 있었다. 다른 사냥꾼이 점박이 어깨를 툭 쳤다.

"이 친구 좀 봐. 미친년 헛소리를 진짜로 믿나 보네."

"그게 아니고, 그런 얘기를 하더라는 말이지."

은부가 물었다.

"아직도 저 봉우리에 살고 있나요?"

"다른 데로 갔어요. 아들도 몸이 많이 아파 보이던데, 둘 다 아직 살아 있으려나?"

아까부터 뒤쪽에 물러서 있던 오소리 털 모자를 쓴 사냥꾼은 선종을 매서운 눈으로 쳐다보고 또 쳐다보았다. 한번은 고개를 옆으로 기울이고 눈을 끔벅거렸으며, 또 한번은 살짝 고개를 끄덕거리며 입술을 오므렸다. 서로 헤어질 때 그 사냥꾼이 은부에게 넌지시 물었다.

"어디에 송이가 많이 나는지는 아세요?"

"저 봉우리를 지나서 남쪽으로 쭉 내려가 보려고요."

다시 길을 떠난 선종과 은부는 강씨봉을 오르다가 걸음을 멈추었다. 어디선가 사람 소리가 났는데 남자와 여자가 주고받는 소리였다.

"어머니, 좀 더 드세요."

"나는 배부르니까 너나 좀 더 먹어."

소리 나는 쪽으로 다가갔더니 집채만 한 바위 밑에 뚫린 동굴이 보였다. 어느 결에 사람 소리는 사라졌고 늑대들이 으르렁거리는 소리가 들렸다. 어둑한 동굴 안쪽에선 늑대 두 마리가 마주앉아 고라니를 뜯어먹고 있었다.

은부는 선종과 함께 강씨봉 동굴 앞을 떠나기까지 여러 날이 걸렸다. 선종이 좀처럼 발을 떼지 않으려 해서였다.

"왜 그래? 계속 여기서 이러고 있을 거야? 세달사에 가고 싶다고 하지 않았어?"

선종은 은부가 다그치면 겨우 발을 들어 몇 걸음 걷다가 또 멈추어 섰다. 둘 다 어찌나 더디게 나아갔던지 저녁때 돌아보면 아침에 떠난 곳이 저만치에서 눈에 들어왔다. 강씨봉에서 십 리도 떨어지지 않은 청계산에 이르렀을 땐 이미 가을로 접어든 뒤였다. 청계산도 두 사람이 억새산을 떠나서 지나온 박달봉과 까치봉, 강씨봉 등성이처럼 억새풀로 뒤덮여 있었다. 밝고 눈부시면서 가냘프고 흰칠한 억새풀이 바람에 쓸려 파도처럼 출렁거렸다. 쑥부쟁이와 구절초, 벌개미취들도 흐드러지게 핀 꽃을 흔들며 춤을 추었다.

참나무들은 이미 잎이 시들어 갈색으로 바뀌었고, 당단풍과 복자기와 개옻나무며 붉나무며 화살나무 잎들은 앞다투어 붉게 물들면서 서로 누가 더 고운지 겨루었다. 딱따구리들이 목뼈에 금이 가고 아침에 먹은 밥이 다 올라오도록 요란하게 나무를 쪼아 댔다. 뻐꾸기는 짝을 찾으며 뻐꾹 하고 울었고, 검은등뻐꾸기는 저기 호랑이가 간다며 호랑뻐꾹 하고 울었다. 꾀꼬리가 고음과 저음 사이를 쏜살같이 오르내리며 멋들어지게 울자 모든 새들이 잔뜩 기죽어 목을 움츠렸다. 얼마 뒤에야 하나 둘 조심스럽게 운을 떼며 눈치를 보더니, 한꺼번에 용기를 내어 아까처럼 한껏 목소리를 높여 노래했다.

선종은 청계산을 떠나 가을 정취를 즐기며 슬렁슬렁 걷는 사이에 낯빛이 무척 밝아졌다. 두리번거리며 멋진 풍경을 둘러보는 일이 잦아졌고, 고개를 숙이고 시무룩한 얼굴로 걷는 일은 크게 줄었다. 원추산(지금의 경기도 포천 원통산) 꼭대기에 올랐을 때 은부가 저 멀리 남쪽으로 보이는 산을 가리키며 말했다.

"운악산 봉우리를 넘어 좀 더 가다가 남동쪽 비탈을 타고 평야로 내려가세."

두 사람은 바위에 나란히 앉았다. 선종이 운악 할아버지, 하고 우물거리더니 주위를 다시 둘러보며 중얼거렸다.

"경치가 참 좋네."

"그렇지? 꽃도 예쁘고 단풍도 아름답고 정말 좋을 때야."

선종이 좀 더 긴 문장을 더듬더듬 입에 올렸다.

"인생이, 한바탕 꿈 같다더니, 꼭 그런 느낌이 드네."

은부가 말없이 고개를 끄덕였고, 선종은 중간에 잠깐씩 쉬어 가며 계속 말을 이었다.

"그때 이랬더라면, 저때 그랬더라면, 더 좋았을 텐데, 하는 아쉬운 마음이 없지 않지만, 후회는 없어. 마음껏 사랑했고, 힘껏 끌어안아 보았으니까. 한껏 웃어 보았고, 가슴이 터질 듯이, 울어 보았으니까."

은부를 돌아보며 덧붙였다.

"고맙네. 나처럼 보잘 것 없는 사람을, 오래도록 지켜봐 주어서, 정말 고마워."

은부가 허공을 올려다보며 대꾸했다.

"내가 할 소리를 자네가 하는구먼."

입술을 달싹이며 한마디 덧붙이려다가 귀를 쫑긋 세우고 일어났다. 눈을 가늘게 뜨고 되돌아보더니 빠르게 속삭였다.

"어서 일어나. 청계산 쪽에서 병사들이 몰려오고 있어."

강씨봉 너머에서 마주쳤던 사냥꾼들 가운데 눈빛이 가장 매서웠던 이가 풀밭에서 사람이 지나간 흔적을 찾다가 허리를 곧게 폈다. 손을 들어 선종과 은부가 쉬고 있는 원추산 꼭대기 쪽을 가리키며 외쳤다.

"저리로 올라갔어요!"

왼쪽 비탈부터 오른쪽 비탈까지 산등성이를 뒤덮은 병사들이 풀숲을 샅샅이 훑으며 앞으로 나아갔다. 모두 일천 명이 넘는 병사들은 그물을 펼쳐 들고 물고기를 한쪽으로 모는 것처럼 보였다. 눈에 보이지 않는 그물에 갇힌 토끼와 고라니들이 어쩔 줄 몰라 하며 폴짝폴짝 뛰었다. 그 모습이 꼭 어부들한테 쫓기는 물고기들 같았다.

사람 형상을 한 물고기 두 마리는 허둥대며 원추산 꼭대기를 떠나 맞은쪽 등성이로 내려가서 운악산 쪽으로 달아났다. 선종은 어디에선가 끈이 끊어지면서 바랑을 잃어버렸다. 은부도 선종처럼 몸을 가볍게 하려고 활을 멀리 던져 버렸고 칼 한 자루를 손에 쥔 채 달렸다. 그러나 두 사람은 좀처럼 추격대를 따돌리지 못했다. 얼마만큼 가다가 돌아보면 여전히 아까와 비슷한 거리에서 추격대가 다가오고 있었다.

은부가 선종에게 소리쳤다.

"저 꼭대기만 넘으면 돼. 비탈로 내려가서 골짜기로 들어가 물을 건너면 더는 우리를 쫓아오지 못해."

은부와 선종은 마침내 운악산 꼭대기에 올랐다. 머나먼 산봉우리와 등성이와 평야가 한눈에 내려다보였다. 두 사람은 잠깐 쉴 틈도 없이 운악산 봉우리를 넘었다. 그때 맞은쪽에서 다가오는 또 다른 추격대가 보였다. 은부가 짧게 신음하며 칼을 빼어 들었다.

"오도 가도 못하게 됐네. 저쪽으로 가 보자고."

두 사람은 오른쪽으로 병풍처럼 깎아지른 벼랑이 있는 바윗길로 올라섰다. 산등성이 양쪽에서 올라와 서로 마주친 추격대는 곧바로 그들을 쫓아왔다. 일백 발짝쯤 떨어진 거리에서 아무런 소리도 내지 않고 그저 뚜벅뚜벅 다가왔다. 은부가 추격대를 돌아보며 선종에게 외쳤다.

"뒤돌아보지 말고 그리로 쭉 올라가!"

멈칫대던 선종은 바위 사이로 발을 옮겨 디디며 나아갔다. 거친 나뭇가지에 긁힌 팔뚝에서 피가 맺혀 흘렀다. 선종은 머리띠를 풀어 피를 닦아 냈다. 흰 머리칼이 바람에 어지럽게 흩날렸다. 좀 더 나아가던 선종은 벼랑 끝에 섰다. 저 아래로 미륵을 닮은 바위가 보이는 곳이었다.

두 줄로 길게 늘어서서 걸어오던 병사들이 은부를 보고 칼을 꺼내 겨누었다. 칼에 부딪힌 햇빛이 번쩍, 하고 은부 얼굴로 날아왔다. 햇빛을 피하며 뒤로 고개를 돌린 은부는 그제야 벼랑 끝에 선 선종을 보았다. 선종은 두 팔을 벌리고 새파란 하늘로 가슴을 활짝 열어젖힌 모습이었다. 다음 순간 선종은 벼랑 앞쪽으로 몸을 날렸다.

"안 돼!"

은부가 외친 외마디 비명이 온 산을 울렸다. 잠깐 뒤에 벼랑 아래서 퍽 하고 둔탁한 소리가 올라왔다. 은부는 칼을 내던지고 새하얘진 얼굴로 벼랑을 향해 달려갔다. 벼랑 끝에 이르러 무릎을 꿇고 까마득한 저 아래 숲을 내려다보았다. 은부의 눈에서 뜨거운 눈물이 솟구쳤다.

선종이 떨어진 숲에서 새까만 점 하나가 올라왔다. 점점 커지더니 독수리로 바뀌었다. 부리부터 날개와 꼬리까지 유난히 번쩍거리고 여느 독수리보다 서너 곱절 큰 독수리였다. 휘익 소리를 내며 하늘 높이 솟구친 독수리는 방향을 틀어 은부에게 가까이 내려왔다. 머리 위에서 부드럽게 큰 원을 그리며 날면서 낯익은 목소리로 말했다.

"우리가 품었던 것이 헛된 꿈이 아니라면, 언젠가 또 다른 우리가 이 땅에 오게 될 걸세. 그래서 우리가 꿈꾸었던 세상을 만들고자, 온몸을 바칠 걸세."

또박또박 힘이 넘치는 그 목소리가 덧붙였다.

"자네와 함께해서 행복했네. 친구여, 안녕."

그 말을 끝으로 독수리는 힘차게 날갯짓해서 하늘 높이 올라갔다. 새파란 하늘 복판에 떠서 활활 타오르는 해를 향해 눈 깜짝할 사이에 사라졌다.

그 뒤로 꽤 오랫동안 지상에 있던 모든 생명체는 숨소리를 죽였다. 바람도 일지 않았으며 냇물도 흐름을 멈추었다. 마치 모든 순간이 영원으로 바뀌고, 모든 소리가 침묵으로 바뀐 듯했다. 세월이 많이 흐른 뒤에도 그날 그 순간을 기억하는 사람들은 같은 말을 입에 올렸다.

"참 이상하지 않아? 갑자기 온몸이 굳은 듯 손가락 하나 까닥이지 못하겠는데, 엄청난 기쁨이 밀려와 가슴속을 꽉 채우는 느낌이 들더라고. 바로 이곳이 너나없이 모두가 행복한 극락이고 낙원이구나 하는 느낌 말이야."

## 작가의 말

참으로 신비로운 시간이었다. 이 소설을 쓰는 내내 궁예라는 인물이 더없이 생생하게 살아서 가까이에 있었다. 봄에서 가을 사이에 그는 내가 새벽에 눈을 뜰 때 곁에서 눈을 떴고, 나란히 앉아 밥을 먹고 같이 밖에 나갔다. 고구마밭과 옥수수밭에서 함께 멧돼지와 고라니를 막을 울타리를 치고 잡풀을 뽑았으며 도랑을 팠다. 그러는 동안 그는 낮은 목소리로 자기가 살았던 세월을 들려주었다. 때로는 목소리에 흥이 듬뿍 배었고 또 때로는 어둠이 깊이 스몄다.

농사를 쉬는 겨울에는 그와 함께 오전을 보내는 곳이 밭에서 뒷산으로 바뀌었을 뿐, 집으로 돌아오는 때는 같았다. 정오가 지날 즈음에 나란히 손발을 씻고 점심을 먹었고, 내가 책상 앞에 앉아 소설

쓸 준비를 하면 그는 어디론가 슬며시 사라졌다. 그 뒤로 날이 저물고 밤이 깊을 때까지 그가 오전에 들려준 이야기를 글로 옮겼다. 그렇게 세 해 남짓 꾸준히 글 농사를 지어 수확을 앞둔 기쁨과 설렘이 각별하다.

궁예가 누구보다 믿었던 부하한테 쫓겨나서 죽은 지 올해로 꼭 일천 백 년이 되었다. 짧지 않은 세월이어서 많은 게 변했지만 거의 변하지 않은 것들도 적지 않다. 특히 그 시절의 임금과 귀족과 세도가들을 쏙 빼닮은 이들이 곳곳에서 활개 치는 모습을 볼 때면 등골이 오싹해진다. 허균이 말한 바와 같이 이런 이들이 세상을 어지럽히는 한 궁예 같은 인물은 거듭 되살아날 것이다. 그리고 많은 사람들이 그를 따라 세상을 세상답게 만드는 일에 온몸을 던질 것이다.

　열 해 넘게 소설과 담을 쌓고 살아온 사람에게 다시 소설을 쓰고 싶은 마음을 갖게 하시고 숨겨진 궁예 이야기를 들려주신 토지문화관 김영주 선생님과 김지하 선생님, 그리고 정초에 모든 짐을 내려놓고 영면에 드신 아버지와 슬픔을 딛고 일어나 꿋꿋이 살아가시는 어머니께 이 소설을 바친다.

－2018년 봄
봉림산 자락에서

원 재 길

## 작가 **원재길**

서울에서 태어나 일신중·양정고를 거쳐 연세대와 같은 대학원에서 한국사와 국문학을
공부했다. 시인과 소설가로 활동하며 시집 <지금 눈물을 묻고 있는 자들> <나는 걷는다
물먹은 대지 위를>, 소설 <모닥불을 밟아라> <적들의 사랑 이야기> <달밤에 몰래 만나
다>, 동화 <총알 방귀> <바다로 가는 합창단> 등을 냈다. 강원도 원주 산골에서 농사짓
고 글을 쓰며, 동네 청장년 모임과 독서 모임에 나간다.

## 궁예 이야기 2

| | |
|---|---|
| 발행일 | 2018년 4월 30일 초판 1쇄 |
| | 2019년 3월 15일 초판 2쇄 |
| 지은이 | 원재길 |
| 디자인 | 원새록 |
| 편집 | 이상희 |
| 펴낸이 | 원재길 |
| 펴낸곳 | 단강 |
| 등록 | 2017년 11월 6일 제419-2017-000023 |
| 주소 | 강원도 원주시 부론면 사기막길 388 |
| 전화 | 033-761-8796 |
| 전자우편 | dan-gang@daum.net |

ⓒ단강 2018
ISBN 979-11-963225-2-6 04810
ISBN 979-11-963225-0-2 (전2권)